IL DUCA DI CUORI

(IL CLUB DEL 1797 LIBRO 7)

JESS MICHAELS

Traduzione di
ISABELLA NANNI

Il Duca Di Cuori
(titolo originale: The Duke of Hearts)
(IL CLUB DEL 1797 LIBRO 7)

*A Leora Hansen. Una vera incarnazione di classe, dedizione e gentilezza.
Grazie per tutto quello che hai fatto per le centinaia di studenti che ti
hanno voluto bene.
Riposa in pace, cara amica.*

*E a Michael, che ho conosciuto al suo corso.
Quelli polemici fanno i matrimoni migliori.*

CAPITOLO UNO

Primavera 1812

Si sarebbe potuta chiamare una festa del Club del 1797, visto il numero di amici che Matthew Cornwallis, Duca di Tyndale, aveva tra gli ospiti presenti al ricevimento. I duchi apparentemente abbondavano in ogni angolo. Una volta si sarebbe goduto questo momento in cui erano tutti insieme. Era diventato così raro nel corso degli anni, mentre i suoi amici ereditavano i loro titoli, si sposavano, e assumevano crescenti responsabilità. Ma al momento, non c'era gioia nel cuore di Matthew mentre li osservava da lontano.

Era qualcosa di molto più oscuro, molto più brutto. Qualcosa a cui non voleva dare un nome. Più della metà dei suoi amici era qui con le loro mogli. Volteggiavano sulla pista da ballo in coppia, con gli occhi fissi in quelli delle loro mogli, le mani sconvenientemente in basso sulle loro schiene, tra risate che riecheggiavano e guance che arrossivano dopo parole sussurrate all'orecchio.

Erano tutti felici. Lui avrebbe dovuto essere felice per loro. Lo era. E non lo era. Perché ora si trovava a guardare dall'esterno un mondo di cui avrebbe dovuto far parte anni prima. Solo che Angelica era morta.

Tutto ciò che gli era rimasto erano i rimpianti.

All'improvviso Robert Smithton, Duca di Roseford, gli arrivò accanto senza far rumore. Porse a Matthew uno scotch senza dire una parola e poi sollevò il proprio bicchiere per farlo tintinnare contro quello di Matthew.

«Agli scapoli» disse, fissando la pista da ballo e i loro amici. «Almeno quelli di noi rimasti.»

Matthew chiuse gli occhi. C'erano giorni in cui sentiva la ferita ancora aperta, non importava quanti anni fossero passati dalla morte della sua fidanzata. Quello era uno di quei giorni, e le parole di Robert erano come un coltello che gli trapassava il cuore.

«Scusa» disse Robert sottovoce.

Matthew riaprì gli occhi e fissò il suo amico. Robert era quasi il suo esatto opposto, un uomo guidato dal piacere e nient'altro. Non si concedeva emozioni più profonde, quindi non aveva mai provato il dolore che ne derivava.

Ma era anche una mente brillante, un amico leale a cui Matthew teneva profondamente, a prescindere da cosa pensava delle decisioni di Robert.

«Devo avere un aspetto orribile se ti scusi con me» disse Matthew prima di bere un sorso del suo liquore.

La tensione sul viso di Robert svanì e sorrise, tornando in pieno la canaglia di sempre. «Mi sto scusando perché sono un idiota» disse. «Ma tu già lo sai. Mi dici sempre più o meno la stessa cosa.»

Matthew trasse un respiro profondo mentre il dolore si attenuava un po'. Solo Robert ci riusciva. Lo apprezzava davvero.

«Be', non più del solito» concesse. «Quindi ti perdono per questa volta.»

Robert inclinò la testa. «Obbligatissimo, Vostra Grazia.»

Matthew sospirò mentre riportava l'attenzione sugli altri. La musica si era ormai affievolita e si riunivano in piccoli gruppi, le donne confrontavano gli abiti e sorridevano ai loro mariti. Ogni tanto Ewan, Duca di Donburrow, passava la mano sul ventre di sua moglie Charlotte, incinta, e l'ombra di un sorriso attraversava il suo volto normalmente serio.

«È la fine di un'epoca» commentò Robert.

Matthew sobbalzò, distratto dai suoi pensieri, e annuì. «Suppongo di sì. Hanno tutti trovato le loro compagne di vita, lasciando solo una manciata di noi senza tale felicità. Ma era destino che accadesse, no? Abbiamo l'età per fare queste cose. Qualcuno sarà il prossimo.»

Robert sbuffò e fece una risata sarcastica. «Non sarò certo io quel prossimo, dannazione» disse, e mandò giù tutto il liquore in un solo sorso.

Matthew rise con lui. «No, presumo che sarai l'ultimo: ti piace troppo la tua vita per rinunciarci di tua spontanea volontà.»

Per un breve istante, un'ombra attraversò il volto di Robert. Matthew inclinò la testa quando la vide, perché era un'espressione che non aveva mai visto prima nel suo vecchio amico. Prima che potesse fare domande, Hugh Margolis, Duca di Brighthollow, un altro dei loro amici scapoli, si avvicinò.

Il focus della preoccupazione di Matthew si spostò. Negli ultimi sei mesi, aveva visto un cambiamento in Hugh. Aveva lasciato crescere i capelli, spesso non si faceva la barba. Oltre a questo, c'era un profondo turbamento nel suo sguardo cupo. Ogni volta che gli si chiedeva di parlarne, lui evitava la domanda.

Ma quella sera parte di quell'angoscia sembrava essere scomparsa. Hugh sorrise ai suoi amici, tornando il compagno allegro e vivace che era sempre stato. Abbracciò persino Robert. «Di cosa state parlando con aria tanto seria voi due, eh?»

Robert sgranò gli occhi. «Di quanto sono diventati romantici i nostri amici. E stavamo discutendo su chi sarebbe cascato in trappola la prossima volta.» Fece l'occhiolino a Matthew. «*E* stavamo discutendo di quanto sia depresso Tyndale.»

Il sorriso di Hugh svanì e la sua espressione si intenerì. «Sei molto infelice, Tyndale?»

Matthew scosse la testa. Era una cosa strana. Dopo aver perso qualcuno, era come se ci si trasformasse in vetro. Tutti gli altri si muovevano in punta di piedi, cercando di non rompere nulla. Si stava stancando di questo atteggiamento, a dire il vero.

«Sono passati tre anni» disse piano. «Suppongo che Robert abbia ragione, a questo punto dovrei aver superato la perdita e non vagare come lo sdolcinato eroe di un romanzo d'amore.»

Robert scrollò le spalle. «In base alla mia esperienza, le donne vanno pazze per gli eroi sdolcinati. Devi iniziare a usarlo a tuo vantaggio.»

Matthew non riusciva a immaginarsi a fare nulla del genere, ma stette al gioco per amore di Robert. «E come mi suggerisci di farlo?»

Sembrava che gli avesse offerto mille sterline da quanto al suo amico Roseford si illuminarono gli occhi. Praticamente saltellava di gioia quando disse: «Usciamo da questa festa soffocante e andiamo a divertirci.»

Hugh scosse la testa. «Rabbrividisco al pensiero di cosa tu intenda per divertimento, amico mio. Dove esattamente?»

Robert fece un sorriso smagliante. «Al Donville Masquerade.»

Matthew lo fissò a bocca leggermente aperta. «La casa di piacere» disse scuotendo la testa. Santiddio, tutti sapevano del Donville Masquerade.

Robert si incupì. «Quanto sei limitato, mio caro vecchio amico. Non è solo una casa di piacere. C'è da bere, da giocare e da ballare, e sì, credo che una serata con una bella signora farebbe bene a ciascuno di noi.»

«Cristo» disse Hugh con una leggera risata. «Tu e i tuoi appetiti.»

Robert corrugò la fronte. «E da quando indulgere al piacere è un appetito così terribile? Non può essere passato tanto tempo da quando hai fatto altrettanto.»

Hugh si agitò. «Be'... nove mesi» ammise.

Robert spalancò gli occhi all'inverosimile e fece una smorfia inorridito. «No. Questo... non può essere vero. È possibile?

Matthew, digli che diventerà un monaco se non cambia abitudini.»

I due uomini si voltarono verso Matthew e fu lui ad arrossire. «Dubito di poter essere io a dirglielo, considerando quanto tempo è passato per me.»

Robert rimase di stucco. «Più di nove mesi?»

Matthew si schiarì la gola. «Non sono sicuro che questo sia un argomento appropriato...»

«Dieci mesi?» incalzò Robert. «Un anno?»

«Onestamente, Roseford, sei...»

«Più di un anno?» Robert quasi barcollò all'indietro.

Matthew fece un lungo sospiro. Conosceva il suo amico, non avrebbe mollato l'osso. Non avrebbe lasciato perdere finché non avesse scoperto da quanto. «Bene. Tre anni e mezzo.»

Robert lo fissò ammutolito. Anche Hugh si girò di scatto verso Matthew come se avesse dichiarato di aver deciso di conquistare la Spagna. Matthew serrò le labbra e si costrinse a rimanere impassibile davanti alle loro espressioni inorridite.

«Come fate a non essere entrambi... morti?» disse Robert. «Siete morti, perché sembra la vita che si può fare in una tomba.»

«Roseford» ruggì Hugh, ammonendolo con la sua voce profonda.

Robert lo liquidò sventolando la mano. «È deciso, stasera andremo al Donville Masquerade. Sono socio del club e voi due verrete come miei ospiti. Non accetterò alcun rifiuto.»

Con questo, girò sui tacchi e uscì a grandi passi dalla sala da ballo, probabilmente per andare a chiamare la sua carrozza.

Matthew fissò Hugh e lo trovò che lo guardava a sua volta. Brighthollow alzò le spalle. «Non ha tutti i torti, sai.»

«Certo che no» disse Matthew. «Non ha mai torto. Non del tutto.»

«Probabilmente entrambi abbiamo bisogno di una pausa. Dopo-tutto, nessuno ci ordina di passare la serata con una donna di facili costumi.»

Matthew si agitò. Raramente pensava ancora a cose peccami-nose. Quei pensieri gli erano sembrati sbagliati dopo la morte di Angelica. Alla fine li aveva semplicemente epurati dalla mente ed era diventato il monaco che Robert aveva inizialmente accusato Hugh di essere.

«Hai ragione» disse con un sospiro. «E ci andrò, se non altro per evitare che gli venga un colpo apoplettico nel bel mezzo della sala da ballo di James ed Emma.»

Fecero per andare a salutare i loro amici, ma Hugh gli prese il braccio prima che potessero raggiungerli. Costrinse Matthew a guardarlo e gli parlò con espressione seria.

«Non la stai tradendo» disse sottovoce.

Matthew schiuse le labbra e annuì. «Lo so.»

Solo che non era vero. Quello che Robert voleva che facesse gli sembrava proprio come tradire la donna che un tempo aveva amato, quella che aveva perso. Ed era per questo che non aveva alcuna intenzione di farlo. Nemmeno quando fosse stato circondato da "tentazioni" al famigerato Donville Masquerade.

I sabel Hayes si raddrizzò la maschera prima che la portiera della carrozza si aprisse e un servitore annoiato le porgesse la mano. Le prese alcune monete per il cocchiere e le fece cenno di dirigersi verso l'entrata di un edificio dall'aspetto insignificante con una porta finemente intagliata.

Solo Isabel sapeva che non c'era niente di insignificante in quel posto. E niente di normale.

Mise piede nell'atrio e trovò il solito uomo in piedi a un tavolo alto, con un libro in equilibrio sul ripiano. «Buonasera, signorina. Il vostro nome o il nome concordato?»

Isabel si agitò. Di certo non aveva intenzione di usare il suo vero nome proprio qui. «Signorina Swan» disse, arrossendo per la bugia.

Il tipo scorse il libro e fece un piccolo segno. «Buonasera, signorina Swan. Benvenuta al Donville Masquerade.»

Mentre diceva queste parole, si avvicinò a una porta secondaria e la spalancò, permettendole di entrare nel sancta sanctorum del club.

Divenne subito tesa. Era sempre la sua reazione quando entrava in questa casa di peccato, seduzione e piaceri proibiti che le donne come lei non dovevano desiderare.

Eppure li desiderava. Disperatamente.

La prima stanza dove fece ingresso era una sala da gioco ampia e aperta. Era la terza volta che veniva, se contava anche quella sera. Ed era comunque nervosa mentre i suoi occhi scrutavano la sala.

In parte era quello che ci si poteva aspettare. C'erano tavoli sparsi per la stanza e uomini e donne che giocavano. Normale, anche se scandaloso. Ma c'era anche altro. Contro una parete, una dama e un gentiluomo si baciavano selvaggiamente mentre lui le passava le mani sul corpo. Su uno dei tavoli una coppia stava copulando come animali all'aperto, mentre una manciata di uomini guardava e applaudiva.

Le si agitò lo stomaco a quella vista, patendo lei stessa un forte languore mentre si aggirava per la stanza, cercando di passare inosservata mentre guardava.

Le piaceva guardare. Aveva scoperto da tempo questo scandaloso segreto su se stessa, e questo era un posto per alimentare quel desiderio. *L'unico* posto, considerando che il tempo a sua disposizione stava per scadere.

Scosse la testa e scacciò quei pensieri indesiderati, e invece si appoggiò alla parete per osservare gli avventori intorno a lei. Li guardava parlare e baciarsi, guardava mani anonime andare sotto le gonne e peni tirati fuori dai pantaloni, guardava come alcune delle coppie sparivano lungo il corridoio per soddisfare i loro bisogni nelle stanze private a cui accedevano pagando un extra, mentre altre non aspettavano e facevano le loro cose in pubblico.

Le cedevano già le ginocchia e le pulsava il sesso, ma in quel momento l'atmosfera nella sala cambiò. Ci fu un mormorio che sembrò investire tutta la folla e la gente cominciò ad allungare il collo verso l'ingresso. Lei fece altrettanto e vide che tre uomini mascherati erano entrati nella stanza.

«Scusatemi» disse, facendo un cenno a uno dei domestici.

«Sì, signorina?» disse, e non le sfuggirono le occhiate che le lanciava. Lei arrossì, perché una cosa era guardare e un'altra essere guardati.

«Chi sono gli uomini che sono appena entrati?»

Il tipo si voltò e scosse la testa. «So che quello al centro è il Duca di Roseford. Non fa alcuno sforzo per nascondere la sua identità, anche se indossa una maschera. Gli altri? Non lo so, signorina. Scusatemi.»

Si allontanò tornando tra la folla e Isabel si mordicchiò il labbro inferiore mentre i gentiluomini entravano nella stanza. Erano tutti e tre alti. Uno aveva capelli castani un po' troppo lunghi e folti con riccioli selvaggi. Quello al centro, identificato come un duca, aveva un'aria sicura di sé e un ghigno malizioso sulla bocca.

Ma fu il terzo a catturare la sua attenzione. Aveva capelli scuri come la pece, tagliati corti. Non poteva vedere i suoi occhi per via della distanza e della maschera che li celava parzialmente, ma aveva una mascella ben definita con un accenno di barba e belle labbra.

Sobbalzò. Belle labbra? Chi mai definirebbe *belle* le labbra di un uomo?

Vide le donne presenti sciamare verso i nuovi arrivati. Per la maggior parte sembravano invaghite del duca al centro. Si protendevano verso di lui, mettendosi in mostra mentre lui sorrideva.

Notò che il suo uomo misterioso sembrava il meno interessato dei tre. Oh, guardava, ma si allontanava, come se volesse evitare la grana di mani affamate e bocche esperte.

Lei aveva una bocca meno esperta, naturalmente, ma si chiedeva che sapore avesse quell'uomo.

Si girò di scatto e si portò una mano alle labbra tremanti. Santiddio, cos'aveva che non andava? Era venuta qui per guardare, non per partecipare. Non aveva il coraggio di farlo, né la capacità di dimenticare tutto ciò che le era stato insegnato sulla buona educazione di una gentildonna. Be', qualcosa di simile a una gentildonna, in ogni caso.

Certamente non era qui per imbastire fantasie romantiche su uno sconosciuto, o per determinare che sapore avesse. Sarebbe stato sconveniente. *Lui* era qui per facili avventure.

Il tipo si allontanò dai suoi amici mescolandosi tra la folla e lei si costrinse a riportare l'attenzione su ciò per cui era venuta. La notte si stava facendo più tarda e, come sempre, ciò significava che le attività nella stanza si stavano facendo più accese. Il gioco d'azzardo si faceva disperato, sempre più persone ci rinunciavano completamente per abbandonarsi ai loro bisogni edonistici. Sentì la musica dal fondo della sala, dove c'era un palco per atti così scandalosi da farle tremare le ginocchia.

Eppure, mentre guardava i giochi, la sua mente continuava a tornare a quell'uomo alla porta. Quando vide uno dei presenti aprire il vestito di una donna sul davanti e seppellire la faccia tra i suoi seni, si immaginò in quella posizione, ma con un uomo mascherato dalle labbra carnose.

«Ciao, bella.»

Si bloccò al suono della voce di un ubriaco accanto a lei. Normalmente, era molto attenta agli altri avventori e si allontanava da chiunque la adocchiasse con troppa attenzione. Ma si era distratta e adesso, quando si voltò, si trovò di fronte un uomo molto grosso, molto ubriaco e molto concentrato su di lei che la torreggiava leccandosi le labbra mentre la guardava.

«Che bella pollastrella che sei» disse il tipo. «Stai cercando una volpe che entri nel tuo pollaio?»

Lei fece un passo indietro, ma la folla era aumentata e c'era ben poco spazio da mettere in mezzo. Si sforzò di sorridere. «Vi sbagliate, signore, non sono qui per... le volpi.»

L'altro si mise a ridere. «Be', se ti piacciono le galline, ti pagherei dieci sterline per guardare.»

Isabel spalancò gli occhi. Era una cosa che non aveva visto durante la sua permanenza qui. «N... no» insistette lei. «Sono sicura che ci sono altre signore che sarebbero contente della vostra offerta, però. Buona notte.»

Si girò per andarsene e lui le prese il braccio, riportandola verso di lui. I suoi occhi non erano più pieni di umorismo, ma scuri e arrabbiati. «Hai ragione, molte altre donne mi darebbero quello che desidero. Ma ho scelto te, puttana. Ora dammi quello che voglio.»

Lei tirò per liberarsi dalla sua presa, ma lui era troppo grande e forte per scappare. «Basta» disse lei forte e chiaro. «Ho detto di no.»

«Non hai voce in capitolo, non puoi dire di no» ringhiò l'ubriaco.

«Credo che l'abbia appena fatto.»

Isabel rimase scioccata, perché il bellissimo uomo su cui si era concentrata prima era quello che parlava mentre le veniva incontro facendosi largo tra la folla. Era come se lo avesse evocato. Da vicino riusciva a vedere che i suoi occhi erano di un bel grigio, e in questo momento erano mari in tempesta, pieni di rabbia verso l'arrogante che la stringeva.

«Dicevate sul serio, non è vero?» chiese dolcemente, scrutandola con attenzione. «Non stavate giocando?»

«No... no» ansimò lei, ancora più affascinata dal timbro tetro e profondo della sua voce. «Non stavo giocando.»

Lo sconosciuto allungò la mano e afferrò il braccio del mascalzone, liberandole il polso e allontanandolo da lei. Isabel sollevò la mano, strofinandosi delicatamente il polso mentre lo sconosciuto si metteva tra di loro.

«Non posso credere che non vi siano state lette le stesse regole che sono state enunciate a noi quando siete entrati qui, signore» disse lo sconosciuto. «Le signore non devono essere molestate.

Credo che comportarsi come voi sia il modo più rapido per essere cacciati.»

Il suo aggressore strinse ulteriormente gli occhi. «Lavorate per Rivers, allora?» sbottò.

«Io no, ma posso certamente chiamare qualcuno al suo servizio.»

«Per una puttana» sibilò il tipo. «Una donna che si abbassa a venire qui e poi nega quello che sta esibendo davanti a tutti. Puttana!»

Gridò l'ultima parola da sopra la spalla dello sconosciuto indirizzandola a Isabel, e lei si voltò per l'imbarazzo.

A giudicare dalla postura lo straniero si arrabbiò ancora di più. Sembrava davvero più grosso quando afferrò il suo aggressore, lo attirò a sé e ringhiò «Questa donna ha diritto quanto voi di andare e venire a suo piacimento. Venendo qui non ha chiesto di essere molestata da un pazzo ubriaco. I suoi desideri non sono più sporchi dei vostri. Ora andatevene o vi metterò io alla porta.»

Poi lo spinse facendolo finire tra la folla barcollando. Il suo aggressore li fulminò con lo sguardo, poi si allontanò.

A quel punto lo sconosciuto si voltò verso di lei. Tutta la rabbia era sparita dalla sua espressione, sostituita da sincera preoccupazione. «State bene? Vi ha fatto male al polso?»

Lei abbassò lo sguardo e scoprì che lo stava ancora stringendo con la mano opposta. «Oh, n… no» balbettò, sforzandosi di trovare le parole, un compito più difficile di quanto avrebbe dovuto essere. «Sto bene. Grazie mille, signore. Non riesco a pensare a cosa potrei fare per dirvi quanto apprezzo il vostro intervento e la severità con cui avete messo in riga quello zoticone.»

Lo vide spalancare un po' gli occhi e arrossì leggermente quando si rese conto del doppio senso delle sue parole. Ora non aveva idea di cosa avrebbe pensato di lei, e se fosse appena saltata fuori da una comoda padella per finire direttamente in una brace ardente.

CAPITOLO DUE

Matthew faceva fatica a concentrarsi mentre fissava il bel viso della sua compagna mascherata. I suoi lineamenti delicati erano impossibili da nascondere, anche sotto la maschera di broccato che proteggeva la sua identità. Aveva labbra carnose e folti capelli scuri raccolti in un semplice stile greco che le incorniciava perfettamente il viso.

Non aveva pensato a quanto fosse bella quando si era avvicinato. In verità, non era stato in grado di vederla, si era concentrato solo sullo zoticone che l'aveva afferrata esigendo ciò che lei chiaramente non voleva dargli.

Ma ora... ora si ritrovava a provare cose che non provava da anni. A desiderare cose che aveva deciso di non cercare durante la sua serata al Donville Masquerade.

Scosse la testa. Robert lo stava contagiando.

«Succede spesso qui?» chiese.

Una vampata di colore le colorò le pallide guance, ma scosse la testa. «No. Non è mai successo prima. Sono molto attenti in questo club. Si rispettano tutte le regole o niente.»

Lui storse le labbra. Parlava come se fosse molto esperta di ciò che accadeva qui. Questo implicava che potesse essere una donna di facili costumi, anche se non poteva credere che fosse vero. C'era un'aria di innocenza in questa donna. Il suo accento corretto e la scelta accurata delle parole gli dicevano che era una gentildonna. Forse era una moglie annoiata o un'ereditiera scapestrata.

«Suppongo che questo Rivers debba far rispettare le regole o rischiare che le signore non vengano affatto per paura di essere infastidite» continuò. In verità, non gl'importava molto del club, perché non aveva intenzione di farne parte. Ma non voleva allontanarsi, e questo significava che doveva continuare a parlare.

Lei lo guardava con uno sguardo indecifrabile. «Questo significa che siete un nuovo membro, signore?»

«Sono venuto con i miei amici» disse, facendo cenno verso la porta. Quando si voltò, scoprì che Robert non c'era più e che Hugh stava parlando con una rossa formosa che sembrava molto concentrata a tracciargli la mascella con l'unghia.

Si schiarì la gola. «A quanto pare, però, hanno trovato ciò che desideravano.»

«E voi?» chiese la donna. «Qual è il vostro desiderio?»

Deglutì. «Be'...»

Lei scosse la testa. «Scusate, non so cosa mi sia preso. Era una domanda terribilmente sfacciata e non avrei dovuto farla. Io...»

Sembrava pronta a scappare così allungò la mano per toccarle delicatamente il braccio. «Suppongo che in circostanze normali non sarebbe appropriato, ma qui... be', non è quello per cui c'è un *qui*?»

Lei si leccò le labbra e lui le osservò la lingua. Quanto tempo era passato da quando aveva sentito la bocca di una donna su di lui? Le mani di donna su di lui? Troppo tempo, se la prima possibilità gli faceva impennare il desiderio così facilmente.

«Suppongo che abbiate ragione» sussurrò lei dando una veloce occhiata alla folla chiassosa che si dimenava nella stanza.

Intorno a loro la gente stava facendo cose così perverse che Matthew non sapeva quasi dove guardare. Così seguì lo sguardo di lei verso la pista da ballo. Lì alcune coppie stavano ballando a ritmo di musica come in un qualsiasi ricevimento. Altre si strusciavano tra loro in una pubblica dimostrazione di desiderio... o di preliminari.

«Volete ballare?» si ritrovò a chiedere.

Lei sussultò e il suo sguardo tornò su di lui. «Ballare?» ripeté.

«Non... non così» disse lui, rabbrividendo quando una coppia cominciò a baciarsi appassionatamente. «Ballare e basta.»

Lei esitò, ma poi annuì lentamente. «Molto bene. Sarei felice di ballare con voi.»

Quelle parole gli fecero più effetto di quanto desiderasse. Gli girò la testa e si prese qualche secondo per riprendersi prima di tenderle la mano. Nessuno dei due indossava i guanti. Questo non era il tipo di struttura dove ci si aspettava o si voleva una tale accortezza. Lei lo guardò con quei suoi occhi grandi e scuri. Le tremavano le dita quando gliele posò sul palmo, e lui si rese conto in quel momento che era a disagio per l'elettricità che crepitava tra loro, proprio come lui.

In qualche modo questo non era di aiuto.

Fece alcuni respiri profondi mentre la guidava attraverso la folla e sulla pista da ballo proprio mentre l'orchestra iniziava il motivo successivo. Era lento, un valzer destinato a costringere i partecipanti a stare l'uno nelle braccia dell'altro. Matthew non ballava un valzer da anni. Un tempo era stato il ballo preferito di Angelica, quindi normalmente non se la sentiva.

Cominciò a muoversi a tempo di musica, guidando la bella sconosciuta tra le sue braccia in cerchio intorno alla pista e chiedendosi in cosa diavolo si fosse cacciato.

I sabel non riusciva a respirare mentre il suo protettore danzava con lei con tanta grazia. La sua mano era calda nella sua, ruvida; l'altra premeva contro il suo fianco e la rendeva molto consapevole del fatto che non portava alcun indumento intimo sotto i vestiti. Solo un sottile lembo di seta separava la sua pelle da quella di lui, il desiderio di quell'uomo dal suo.

La stanza le girava intorno, e non solo per via del valzer. Era già venuta qui e aveva solo guardato, ma ora veniva trascinata dal ritmo della danza, dall'intensità sessuale che crepitava intorno a loro. Dall'uomo che la teneva così vicina e la fissava negli occhi come se fosse l'unica donna nella stanza.

Non sapeva cosa stesse succedendo esattamente, ma era ipnotico e potente, e non voleva che finisse.

«Perché siete qui?» sussurrò lui, quasi a se stesso più che a lei.

Lei sbatté le palpebre, la domanda aveva fatto breccia nella nebbia confusa che si era depositata intorno a loro. «Perché si viene qui?» ribatté lei.

Lui si accigliò e diede una veloce occhiata intorno. «Per peccare. Siete venuta qui per il gusto del peccato?»

Isabel deglutì e poi si ritrovò a fare un cenno con la testa. «Suppongo di sì. Non dovrei vedere quello che vedo qui, non dovrei sentire quello che sento. Eppure... io...»

Si interruppe e perse leggermente l'equilibrio. Lui la resse stringendole le dita sul fianco, eppure non servì a riportarla con i piedi per terra. Aveva l'impressione che il suo corpo avesse preso fuoco, le tremavano le gambe e l'apice delle cosce pulsava.

Si era già sentita così, naturalmente. Molto tempo prima durante il suo matrimonio, e ora nel suo letto da sola dopo le notti trascorse al club quando si dava piacere.

Ma mai così intensamente.

«Vi piace» disse lui a bassa voce.

Lei alzò lo sguardo verso di lui. «È sbagliato, suppongo.»

«Non so più cos'è sbagliato e cos'è giusto» ribatté lui. «Quello che è giusto in questo momento mi sembra molto... confuso.»

A Isabel mancò il fiato. Era vero. Non era per questo che era venuta qui, non era quanto aveva dichiarato di voler fare. Eppure era qui, tra le braccia di uno sconosciuto, a parlare di cose di cui nessuna donna avrebbe dovuto parlare.

O così le era stato detto.

«Perché *voi siete* venuto?» gli chiese.

Lui sbatté le palpebre, come se la domanda lo avesse svegliato da un sogno. «Non lo so. Perché... perché sono rimasto lontano dalla mia vita troppo a lungo. Perché qualcuno mi ha detto che dovevo tornarci.»

C'era qualcosa di triste in quelle parole. Dolore dietro il suono lieve, profondo e ipnotico della sua voce. Gli si avvicinò leggermente e lui la strinse di nuovo a sé, come se la volesse più vicina.

Fu in quel momento che si rese conto che avevano smesso di muoversi sulla pista da ballo. Erano in piedi al centro della stanza, le coppie ballavano intorno a loro, e lui la stava fissando. Lei lo guardava a sua volta. Forse erano le maschere, l'anonimato, forse l'ambiente, forse il fatto che era stata sola molto a lungo e che temeva un futuro che potenzialmente l'avrebbe tenuta lontana da questi sentimenti per il resto della sua vita... qualunque cosa fosse, non si sentiva strana a stare con lui.

Si sentiva viva. Per la prima volta dopo tanto tempo, si sentiva viva.

Lui chinò la testa lentamente, e poi quelle labbra piene su cui lei aveva fantasticato dalla parte opposta di una sala affollata erano sulle sue. All'inizio fu esitante, gentile, il tipo di bacio che un uomo darebbe a una sposa nervosa. Qualcosa per alleviare e confortare.

Ma poi l'ardore e il desiderio presero il sopravvento. La avvicinò ancora di più e aprì la bocca. Lei fece altrettanto e poi lui le fu dentro, sondandole la lingua con la propria con abile e potente precisione. Sapeva leggermente di scotch, di menta, di potente desiderio maschile.

Lei si sollevò andandogli incontro, tenendosi aggrappata ai risvolti mentre lui le stringeva ancora di più il fianco e se la tirava addosso.

Stava annegando e non le importava. Era venuta a guardare, ma questo era meglio. Questa unione di bocche, questo scontro di lingue... ne voleva di più. Voleva di più di tutto e non le importava niente delle conseguenze.

Furono spinti da una coppia di ubriachi che passava. Lo sconosciuto sollevò la bocca dalla sua. L'incantesimo si ruppe. Lei lo fissò, ancora ipnotizzata dalla sua bellezza, dalla sua padronanza, da qualsiasi cosa si fosse avvolta intorno a lei e le avesse fatto cadere tutte le barriere che aveva eretto nella vita.

Se non si fosse fermata ora, se non si fosse allontanata, si sarebbe data a lui. Un estraneo, un uomo di cui non sapeva nulla. E anche se tutto questo la eccitava, la terrorizzava anche. L'acqua era troppo profonda e si rese conto di aver perso il controllo.

«Mi... mi dispiace» balbettò, poi girò sui tacchi e scappò.

Era passata un'ora da quando la bella sconosciuta mascherata era fuggita dal club, eppure le mani di Matthew tremavano ancora mentre le appoggiava alla balaustra della terrazza. Nell'ombra sentiva i grugniti e i gemiti delle coppie in preda alla passione, ma li ignorava mentre fissava il giardino sottostante.

«Eccoti qua.»

Non si voltò. Sapeva che era Robert che invadeva la sua privacy. Come c'era da aspettarsi. Hugh avrebbe avuto tatto, Robert meno. Era come se Matthew venisse messo alla prova.

«Sono qui da un po'» disse, ancora senza guardare il suo amico. «Sembra che tu sia stato occupato.»

«Molto» disse Robert con una risatina mentre si avvicinava a Matthew. Era più spettinato di quando erano arrivati, e Matthew si sforzò di non alzare gli occhi al cielo. Tipico di Robert trovare il proprio piacere senza preoccupazioni o domande o conseguenze.

E Matthew non riusciva a smettere di pensare a un maledetto bacio.

«Chi era?» chiese Robert.

Matthew si voltò di scatto a guardarlo. Il volto di Robert era impassibile. Almeno non lo avrebbe giudicato male.

«Non sapevo che l'avessi vista» disse lui per evitare la domanda. «Eri già andato via con la tua conquista.»

«Semplicemente non mi hai visto» disse Robert. «Posso aver trovato la mia conquista, ma questo non significa che non abbia trovato interesse nella tua.»

Matthew strinse forte la balaustra. Non gli piaceva l'idea che Robert avesse un *interesse* per la donna con cui aveva ballato.

«Non so chi fosse» ammise. «Non ci siamo scambiati i nomi.»

Robert si ritrasse con un lieve fischio. «Anonimo. Molto sensuale.»

«No. Sì. No.» fece Matthew passandosi una mano tra i capelli. «Non lo so.»

Robert aggrottò la fronte e si voltò verso Matthew. «Solo tu potevi rendere un momento rubato così complicato. Santiddio, amico, ti è piaciuta una donna. Una donna molto bella, nonostante il viso seminascosto da una maschera. Hai dimenticato la tua malinconia per cinque minuti. Che male c'è?»

Matthew si voltò dall'altra parte. «Sparisci e torna a scopare» scattò, molto più duramente di quanto volesse. Forse più di quanto Robert meritasse.

Ma il suo amico era imperterrito. Gli diede una pacca sulla schiena. «Ti voglio bene. Probabilmente è l'alcol a parlare, ma è così. Sei mio fratello, come tutti gli altri. Lo dimostra il modo in cui mi sopporti nonostante la tua disapprovazione.»

Matthew lo guardò. Sotto la maschera gioviale, sotto gli ondeggiamenti da ubriaco, Robert era serio. «Io non...» cominciò, poi si fermò. «Molto bene, suppongo che a volte ti disapprovo. Ma più per il tuo bene che per quello che temo tu faccia agli altri. E ti voglio bene anch'io.»

Robert sorrise. «È solo che non voglio vederti annegare per sempre nell'infelicità.»

Matthew piegò la testa. «Lo so. Lo so.»

«Se un momento con questa signora con cui hai ballato, che hai baciato…»

«Allora *stavi* guardando» esclamò Matthew.

«Naturalmente. Ho pensato che avrei potuto estenderti i miei privilegi sulle camere sul retro ed ero estasiato.» Robert scrollò le spalle. «Soprattutto perché speravo che potessi trovare un po' di luce se avessi ceduto.»

Matthew sospirò. «Ad essere onesti, c'è stata luce. Non sono stato attratto da una donna in quel modo da… da Angelica. È stato inaspettato e potente, e penso che se lei non fosse scappata avrei potuto fare esattamente come speravi. Quindi forse hai ragione a non darmi per perso.»

«Non ti darei mai per perso» disse Robert. «Ora vieni, vado a presentarti a Marcus Rivers.»

Matthew lo seguì mentre il suo amico lo riportava dentro. «Il proprietario?» chiese. «Perché?»

«Così puoi fare domanda per diventare membro del club, naturalmente» ribatté Robert, andando verso l'angolo posteriore della stanza e verso un uomo che stazionava ai piedi delle scale.

Matthew non poté fare a meno di ridere. «Sei tenace.»

«Devo esserlo. Sono l'unico del nostro gruppo con un po' di buon senso» disse Robert fermandosi davanti all'uomo sulle scale. «Vorremmo vedere il signor Rivers, per chiedere di iscrivere il mio amico al club.»

Il giovane fece un cenno con la testa e scomparve su per le scale. Matthew sapeva che avrebbe dovuto fermarlo, ma non lo fece. In fondo forse Robert aveva davvero ragione. Forse era il momento di andare verso la luce.

E forse, venendo qui regolarmente, si sarebbe imbattuto nella donna che aveva incontrato prima. Quella che gli aveva ricordato che c'era ancora luce al mondo, dopo tutto.

CAPITOLO TRE

Isabel se ne stava seduta al tavolo della sala colazione di suo zio, ma non aveva toccato il piatto di uova e salsiccia che le era stato messo davanti. Non poteva farlo, il suo stomaco era ancora agitato dalla notte precedente.

Da quello che aveva fatto su una pista da ballo pubblica con uno sconosciuto, un uomo che non aveva un nome e mostrava solo mezza faccia. Era una cosa da sgualdrina assolutamente sbagliata.

E voleva disperatamente fare tutto di nuovo.

«Mangia» scattò suo zio, facendola sobbalzare per l'improvvisa asprezza del suo tono.

«Potrei suggerirvi di fare altrettanto, zio Fenton» disse lei con attenzione, usando le prime parole che si erano detti quella mattina per valutare lo stato d'animo del parente.

Quella era sempre la parte peggiore della sua giornata, quando non sapeva cosa passasse per la mente a suo zio. Fenton Winter poteva essere gentile e cortese e parlare con lei di libri o musica o vecchie storie di famiglia che li facevano sorridere entrambi. Oppure poteva essere introverso e cupo, immerso in un dolore che lo aveva trascinato a fondo più e più volte per tre lunghi, disperati anni.

Lui sbatté sul tavolo il giornale che stava leggendo facendola trasalire. Era di cattivo umore, apparentemente, a giudicare dalla sua espressione cupa.

«Qualcosa sul giornale vi disturba?» chiese lei dolcemente mentre infilzava le uova e cominciava a mangiarle. Non sapevano di niente nel suo umore attuale.

«Tutta l'alta società è in visibilio per quel bastardo di Tyndale, ecco tutto.» Suo zio sbatté un pugno contro il tavolo e i piatti tremarono per la forza della sua rabbia. «Il giornale non fa che parlare di lui, di quanto sia uno scapolo d'oro.»

Isabel bevve un sorso di tè e si prese un momento per comporsi e per osservare suo zio. Era un enigma. Poteva essere così onesto, così amorevole. Era stato gentile con lei da bambina e quella gentilezza si era estesa a lei dopo la morte di suo marito, quando era rimasta con così poco. Zio Fenton l'aveva accolta senza esitazione e le aveva dato un piccolo sussidio che la preservava dal dover mendicare e vivere di stenti.

Ma sotto quella gentilezza si nascondeva qualcosa di più. Il suo dolore. La sua rabbia. Il suo odio per il Duca di Tyndale, l'uomo contro cui in quel momento inveiva.

Nonostante tutto il tempo passato, nulla aveva alleviato quei sentimenti.

«Capisco cosa vuol dire perdere qualcuno a cui... si tiene» iniziò con cautela.

Lui si voltò verso di lei scuotendo la testa. «Non è vero. Almeno tuo marito non è stato assassinato come la mia Angelica.»

Le mancò il fiato. Nei suoi giorni peggiori, lo zio Fenton faceva così. Sbraitava su come sua figlia, sua cugina, fosse stata assassinata. Annegata di proposito, piuttosto che in un incidente, come tutti pensavano. E incolpava il fidanzato di Angelica. Incolpava Tyndale.

Quanto a Isabel, non sapeva cosa credere. Gli uomini di potere avevano certamente i mezzi per coprire i crimini commessi. Tyndale ne aveva molti. Il modo in cui si presentava al mondo da uomo profondamente addolorato poteva essere tutta una copertura intesa a spingere l'attenzione altrove.

Non conosceva la verità. E non sapeva come aiutare suo zio quando ciò che lui credeva lo paralizzava in preda alla rabbia e all'ira come quella mattina.

«No» disse lei, sperando di tranquillizzarlo con il suo tono. «Gregory è stato portato via da una malattia, una cosa che lo ha tormentato per tutto il nostro matrimonio.» Quelle parole avevano un sapore amaro, ma decise di ignorare i propri sentimenti per il momento. «Avete ragione, non riesco a capire cosa... cosa crediate sia successo ad Angelica.»

Suo zio si girò a fissare la finestra. «Non c'è giustizia. Lui continua a vivere la sua vita, adorato dai suoi simili, mentre lei è sepolta sotto terra.»

Isabel abbassò la testa. «Mi dispiace tanto, zio.»

«Lo so. Non avrei dovuto essere brusco con te.» Rimase in silenzio a lungo, perso nei pensieri. «Se solo potessi dimostrarlo» mormorò, più a se stesso che a lei. «Se solo potessi distruggerlo come lui ha distrutto me.»

Sospirò. Ed ecco il resto del ciclo che si ripeteva nel cuore e nella mente spezzata di suo zio. La sua ricerca di una sorta di vendetta. Questo la spaventava più di ogni altra cosa.

«Vorrei potervi aiutare» sussurrò lei, intendendo più che altro che desiderava aiutarlo a superare quei demoni, piuttosto che trovare la verità che lui credeva doversi ancora cercare.

L'anziano scrollò le spalle, e poi parlò senza residui di veleno nel tono quando disse: «Sono solo un vecchio che blatera» mormorò. «Parlo troppo, come sempre. So che non è giusto nei tuoi confronti.» Quando la guardò il suo sguardo si era un po' schiarito. «Sarebbe meglio per te se non dovessi vedere tutto questo, lo so. Dobbiamo trovarti un marito, Isabel. Un nuovo marito, in modo che tu possa andare avanti con la tua vita.»

Lei si sforzò di sorridere mentre lui tornava a mangiare, ma dentro di sé saliva l'ansia. Questa era un'altra cosa su cui lo zio

Fenton era determinato. Sempre di più, a quanto pareva. Forse lo riteneva un modo per salvarla.

Ma lei sapeva che trappola sarebbe stata.

«Signora Hayes?»

Si voltò verso il maggiordomo di suo zio, che ora era in piedi sulla soglia della sala colazione. «Sì, Hicks, cosa c'è?»

«La signorina Carlton è arrivata.»

Isabel fece un sorriso smagliante all'annuncio dell'arrivo di una delle sue migliori amiche. «Grazie. La fareste accomodare nel salotto blu?»

Hicks annuì e si allontanò. Quando se ne fu andato, lo zio la guardò mentre si alzava. «Non si unirà a noi per colazione, allora?»

Isabel si chinò per baciargli la tempia. «E annoiarti con le nostre chiacchiere su cucito, abiti e romanzi d'amore? Non vorrei torturarti in questo modo.»

Lui sorrise, ma lei capì che dubitava della veridicità delle sue parole. E ne aveva motivo, perché lei e Sarah parlavano molto raramente di cose così banali. Specialmente di recente.

Si affrettò a passo leggero giù per il corridoio fino al salotto e quando vi entrò trovò la sua amica in piedi alla finestra, gli occhi blu scuro puntati sul giardino dietro casa. Sembrava preoccupata, e a Isabel venne un nodo in gola mentre chiudeva la porta dietro di sé.

Sarah si voltò e l'espressione cupa si attenuò leggermente. «Isabel» disse, facendosi avanti per prendere entrambe le mani dell'amica. Si scambiarono un bacio sulla guancia prima che Isabel la conducesse al divano.

«Vuoi qualcosa? Non consiglierei di fare colazione con mio zio al momento, ma potrei chiedere a Hicks di portarci qualcosa.»

«Oh, no, grazie. Ho mangiato a casa con la mamma.» La voce di Sarah si incrinò, e Isabel si chinò in avanti per prenderle la mano. Sarah le rivolse uno sguardo grato per il sostegno silenzioso. «Mi dispiace. È solo che... non sta migliorando.»

Isabel scosse la testa. «Oh cara, mi dispiace tanto. C'è qualcosa che posso fare?»

«No» sussurrò Sarah. «Giuro che è come se gli ultimi due anni siano stati una punizione per qualche crimine di cui non sono a conoscenza. La morte di mio padre, la nostra rovina finanziaria e ora la malattia di mia madre? Temo che nessuno possa fare nulla.»

«Posso ascoltarti» disse Isabel. «È quello che facciamo l'una per l'altra, no? Ascoltare. E capire.»

Sarah si asciugò le lacrime che le si erano raccolte negli occhi e si sforzò di fare un sorriso tremolante. «Infatti, è così. Sono molto fortunata ad avere un'amica come te. Non mi sbaglio su questo fatto, spero che tu lo sappia.»

«La penso allo stesso modo» disse Isabel.

Sarah si mise a ridere. «Be', credo che la cosa migliore per me al momento sarebbe non parlare della mia situazione. Quando ci penso, sono quasi sopraffatta dalla tristezza e dal terrore. Parliamo di te! Le tue avventure sono l'unica cosa che mi sostiene in questi momenti difficili.»

Isabel arrossì. L'unica altra persona nel suo mondo che conosceva il suo segreto era Sarah. Non era mai stata così terrorizzata o sollevata da questo fatto come quel giorno.

«Anch'io ho delle avventure da raccontarti» disse, sprofondando sul divano. Sarah la seguì, il suo viso improvvisamente preoccupato.

«Sai che mi preoccupo per te in quel... quel posto» sospirò Sarah, lanciando uno sguardo verso la porta come se tutti gli chaperon dell'impero stessero per piombarle addosso.

Isabel annuì. Sarah era ancora un'innocente, naturalmente. Davvero non capiva la spinta di Isabel ad esplorare le passioni che le ribollivano dentro.

«Lo so» disse lei. «Lo so e non dirò che non hai le tue ragioni. Il Donville Masquerade non è un posto adatto per una gentildonna.»

«Eppure ci vai ancora» disse Sarah, tirando un filo allentato sull'orlo della manica. «Suppongo che tu ci sia andata ieri sera.»

«Sì. E devo dirti cos'è successo, perché sto per scoppiare.»

Quando Sarah le prese le mani con un sospiro tremolante, Isabel fece un respiro profondo e le raccontò tutto. Dal momento in cui era stata molestata fino a quando era fuggita dal potente e appassionato bacio di uno sconosciuto mascherato. Quando ebbe finito, Sarah si alzò in piedi e si allontanò.

Isabel fissò le spalle dell'amica, sperando che non si fosse spinta tanto in là da allontanare Sarah alla fine. Ma quando Sarah si voltò aveva le guance rosse. «So che non dovrei dirlo, ma sembra tutto molto romantico.»

Isabel piegò la testa. I suoi sentimenti al riguardo non erano esattamente *romantici*. Più scandalosi. Lascivi.

Eppure il bacio *era* stato piuttosto romantico, quando ripensava al modo in cui ci si era arrivati. Essere travolti così, in un posto dove chiunque poteva vedere... c'era del romanticismo in tutto questo.

«Mi è piaciuto a dire il vero» ammise con le guance in fiamme. «Oh Sarah, mi sono convinta che potevo solo guardare, che sarebbe stato abbastanza, ma quando quell'uomo mi ha toccato... volevo di più. Cos'ho che non va?»

Sarah abbassò la testa. «Forse niente. Dopo tutto, ci sono momenti in cui voglio di più anch'io. Voglio provare quello che temo non avrò mai la possibilità di sperimentare. E suppongo che tuo zio continui a dirti di risposarti.»

«Quasi tutti i giorni.» Isabel lasciò uscire il fiato in un lungo sospiro. «So che non intende essere crudele, anche quando non può fare a meno di essere schietto e cupo con il suo dolore. Eppure, vuole farmi sposare, portarmi via da questa casa per poter continuare a venerare il santuario della figlia morta. Non ha intenzione di darmi in sposa a qualcuno che mi scaldi il cuore. Mi troverà qualcuno che sia appena adeguato, proprio come hanno fatto i miei genitori con Gregory.»

Sarah si mordicchiò il labbro. «In questo momento, mi andrebbe bene un vecchio mercante con dei soldi.»

Isabel trasalì. «Oh, Sarah, mi dispiace. Devo sembrare così superficiale ed egoista considerando la tua situazione.»

Sarah tornò da lei e riprese il suo posto. La sua espressione era gentile mentre diceva: «No invece. Tu ed io siamo in posizioni molto diverse, tutto qua. Non c'è niente di male nel volere qualcuno che ti faccia cantare il cuore, che ti faccia... cedere. È naturale, credo, a dispetto di quel che dicono. Mi preoccupa solo che l'insistenza di tuo zio ti renda... imprudente.»

Isabel trasse qualche respiro. Quello che aveva fatto, quello che *stava* facendo, *era* imprudente. «Ci tornerò» sussurrò.

Sarah spalancò gli occhi. «Isabel...»

«Lo so. Lo so che è sciocco» disse Isabel. «Ma ora è un impulso a cui non posso resistere.»

«E se quest'uomo è ancora lì?» chiese Sarah. «Sei sicura che non ti spingerai troppo in là se lo rivedessi? Che non supererai ulteriormente i limiti che ti eri posta quando prendesti la decisione di fare qualcosa di così folle?»

Isabel si appoggiò allo schienale ed evocò facilmente l'immagine del suo bellissimo sconosciuto. Della sua bocca sulla sua, delle sue mani su di lei, della sua passione cominciata tenue e prudente come la sua e poi divampata come un incendio.

«Non lo so» ammise. «Non so cosa farò se lui sarà di nuovo lì. Suppongo che sarà qualcosa che deciderò al momento. Avrò un sacco di tempo per essere posata e corretta e sola se mio zio riuscirà nei suoi intenti per il mio futuro.»

Sarah annuì lentamente, e per un po' rimasero sedute in silenzio, entrambe riflettendo sull'ingiustizia del futuro che ciascuna di loro doveva affrontare. Solo che la mente di Isabel non pensava al matrimonio che sarebbe venuto, ma piuttosto a quello che sarebbe successo la prossima volta che si fosse trovata vicino quello sconosciuto.

A cosa avrebbe fatto per catturare quel momento di desiderio e di sintonia tra loro.

～

Perché era qui?

Era questa la domanda che aveva avuto in mente dal momento in cui era entrato al Donville Masquerade per la terza volta in altrettante sere. Eppure era venuto lo stesso, nonostante la vocina in testa che continuava a gridargli che era sbagliato.

La voce che gli diceva che Robert avrebbe riso a crepapelle se avesse saputo con quanta disperazione Matthew cercasse una donna di cui non conosceva il nome, ma di cui sentiva ancora il sapore sulle labbra e nei suoi sogni infuocati.

«Cristo» mormorò. Avrebbe dovuto andarsene e basta. Non l'aveva più vista da quella prima volta. Nessun'altra gli aveva suscitato il benché minimo interesse, nonostante le copiose offerte che aveva ricevuto per scandalosi atti di piacere.

«Signore.»

Si voltò e scoprì che il proprietario del locale gli si era messo a fianco lungo la parete da dove osservava gli avventori. Marcus Rivers era un uomo gigantesco, grosso quasi quanto il cugino di Matthew, Ewan, che era il più robusto del loro gruppo. Era pieno di muscoli e uno dei pochi a non indossare una maschera.

Ovvio, non ne aveva bisogno.

«Signor Rivers» disse Matthew, tendendogli la mano. Aveva incontrato Rivers la sera in cui era diventato membro del club, e anche se la loro interazione era stata breve, il tipo gli era piaciuto. Era perspicace e concentrato, deciso. Matthew apprezzava queste caratteristiche in una persona.

«È bello rivedervi» disse Rivers, attento a non rivolgersi a Matthew con un titolo per non svelare la sua vera identità. Aveva deciso di usare un semplice nome inventato, il signor Wallace: un omaggio al suo vero nome, senza rivelarlo.

«Grazie» disse, fissando di nuovo la folla chiassosa. «C'è molta gente stasera.»

Rivers guardò i clienti scrollando le spalle. «È sempre pieno. La gente viene, prende quello che vuole e se ne va barcollando.» Corrugò la fronte e si girò verso Matthew. «Tranne voi.»

Matthew si agitò. «Io? Cosa volete dire?»

«È la terza volta che venite. Ve ne state qui lungo la parete, non bevete, non giocate, non... partecipate.» Sorrise malizioso. «State aspettando. Mi chiedo solo cosa.»

Matthew sbatté le palpebre scioccato da quest'uomo, questo estraneo che apparentemente lo capiva così bene. «Sono sorpreso che abbiate pensato così tanto a un solo avventore.»

Rivers scrollò le spalle. «È il mio lavoro. Mi guardo sempre intorno. Quindi, se c'è qualcosa di cui avete bisogno, come posso aiutarvi a trovarlo?»

Matthew fece un passo indietro. «Niente, non c'è niente che mi...»

Si interruppe, perché in quel momento vide la donna mascherata da sopra la spalla di Rivers. Quando entrò nella stanza, si portò al volto la mano sottile per toccarsi d'istinto la maschera. Matthew perse la capacità di parlare, di pensare, persino di respirare mentre la guardava.

Rivers si guardò alle spalle e rise. «Ah, capisco. Bene, allora vi lascio. Buona serata.»

Matthew mormorò qualcosa, non era nemmeno sicuro che fosse una parola che avesse un qualche senso, e passò oltre Rivers dirigendosi verso la sirena che sognava da giorni.

La sirena a cui non poteva resistere neanche un momento di più.

CAPITOLO QUATTRO

Isabel era stata consapevole dell'uomo mascherato che le stava venendo incontro fin dal momento in cui aveva messo piede nella sala principale del club. L'aveva trovato appena aveva lasciato che i suoi occhi scrutassero il posto, quasi come se fosse stata attratta da lui come un faro. Tuttavia, cercò di rimanere calma mentre lui si faceva strada a gomitate tra la folla puntando dritto verso di lei.

Verso di *lei*.

Oh, le batteva il cuore come se dovesse scoppiare. Quando lui raggiunse il suo fianco, temeva che lui potesse sentirlo al di sopra di tutto il resto del frastuono.

«Siete scappata» disse, senza alcun preambolo. Come se riprendessero dal momento stesso in cui si erano separati tre sere prima.

Deglutì a fatica. «Io... sì» ammise, sa che fosse tremolante il suo tono di voce. Stava facendo fatica anche solo a trovare un minimo di fiato adesso.

Lui dovette percepirlo, perché allungò la mano e le afferrò il gomito, con le dita calde che quasi bruciavano la sua carne sensibile. «State bene?» chiese, la sua voce bassa e roca. «Siete diventata pallida.»

«Sì, è solo che sono... che sono...»

«Volete prendere un po' d'aria?» suggerì lui.

Isabel si ritrovò ad annuire, anche se non era affatto quello che voleva. Eppure, poteva farle bene un po' d'aria, poteva schiarirle la mente, almeno. In questo momento sembrava averne bisogno.

La condusse attraverso la folla, schivando le coppie che si contorcevano e i giocatori chiassosi con la precisione di un uomo che veniva sempre qui. Si chiese se fosse quello il caso. Aveva pensato che fosse un nuovo arrivato quando lo aveva visto per la prima volta, ma era possibile che non lo fosse.

Era possibile che facesse lo stesso gioco con una dozzina di altre donne consenzienti. Non le piaceva l'idea, anche se questo era lo scopo del Donville Masquerade dopo tutto.

Perseguire il piacere.

Lui aprì le porte della terrazza e la condusse all'ampio parapetto di pietra. Lei aspirò lunghi respiri di aria fresca della notte mentre si allontanava da lui e si fermò alla balaustra, che strinse forte con le mani. Lui le si avvicinò e per un momento rimasero in silenzio.

L'aria intorno a loro non era silenziosa. Da un angolo buio provenivano suoni ovattati di respiri pesanti, di sospiri sommessi, e Isabel arrossì quando alzò lo sguardo verso di lui. Era chiaro che lui era altrettanto consapevole degli altri fuori con loro. E di quello che stavano facendo. La sua mascella si serrò e si agitò per il disagio.

«Venite qui spesso?» chiese, cercando qualcosa da dire per non essere distratta a chiedersi cosa stesse facendo l'altra coppia al buio.

Desiderando che fossero loro due la coppia al buio.

Lui scosse la testa. «No, vi ho già detto che la prima notte che mi avete visto è stata la mia prima volta qui» rispose. «E voi?»

Il calore alle guance aumentò ancora di più. «Sono già venuta» ammise. «Non molto spesso, ma qualche volta prima di stasera. Sono membro del club.»

Lo sconosciuto inarcò le sopracciglia. «Capisco. Quindi anche le signore devono pagare per frequentare il club?»

«Meno degli uomini, credo» disse lei. «Ma sì. Ho ereditato una piccola somma, quindi ho preso i soldi da lì.»

«Ereditato» ripeté lui piano. «Da vostro padre, vostro fratello... vostro marito?»

Isabel si agitò e si girò dall'altra parte. Le stava chiedendo dettagli personali sulla sua vita. Cose che non avrebbe dovuto condividere se sperava di restare anonima. Eppure che male c'era, se stava attenta? Parlare con quell'uomo rendeva l'attrazione tra loro un po' meno sconcertante.

«Mio marito» sussurrò lei. «È morto un anno e mezzo fa.»

Qualcosa nell'uomo accanto a lei mutò. Il suo contegno cambiò, le sue mani si strinsero ai fianchi, i suoi occhi si allontanarono e si riempirono di un tumulto di emozioni. Alla fine disse: «Mi dispiace per la vostra perdita.»

«Grazie» sussurrò lei. «Era un matrimonio combinato. Lui era molto più vecchio di me e... non è che volessi che morisse, ma suppongo che avrei dovuto essere più dispiaciuta quando è morto.» Esitò un momento, e poi si rese conto di quello che aveva detto. Alzò lo sguardo verso di lui. «Non so perché ho detto una cosa del genere. Non vi conosco nemmeno.»

Lui scrollò le spalle. «È il chiaro di luna» spiegò dolcemente. «È il fatto che indossiamo delle maschere e qualsiasi cosa diciamo non può essere usata contro di noi. Quella piccola bugia tira fuori la verità.»

Lei rifletté per un momento su queste parole e poi annuì. «Probabilmente avete ragione. Il segreto è la chiave della verità.»

«Allora, cosa cercavate venendo qui?» chiese lui, avvicinandosi un po' di più. Abbastanza vicino che il suo calore la stuzzicava. La ammaliava.

«Io...» Piegò la testa. «Non posso dirlo ad alta voce.»

«Sì che potete» insistette lui. Le toccò il mento e lo sollevò in modo che lei lo guardasse in faccia. Allargò le dita su tutta la mascella, sfiorandole la guancia, e lei si perse in un mare grigio.

«Volevo solo guardare» disse alla fine, ipnotizzata da lui. «Guardare... *loro*.»

Lui si voltò di scatto verso l'angolo della terrazza dove i gemiti dei loro compagni stavano diventando più forti e insistenti. «Loro?» ripeté.

Isabel annuì. «Sì. Prima di voi, non avevo mai parlato con un'altra persona al Donville Masquerade. Certamente non avevo mai ballato con nessuno o baciato nessuno. Non mi aspettavo una cosa del genere.»

«Neanch'io» commentò lui. «Ad essere onesti, non volevo venire qui la prima sera. Il mio amico ha insistito ed è difficile dirgli di no. Ma mi aspettavo di passare la serata lungo una parete e di essere solo a disagio mentre attendevo che lui finisse di fare qualsiasi cosa faccia qui. E poi siete comparsa voi.»

«Quindi quello che state dicendo è che siamo due persone che non dovrebbero essere qui e tuttavia quando siamo entrati l'uno nell'orbita dell'altra... era come se ci appartenessimo?»

Le infilò le dita tra i capelli, contro la nuca, e lei per poco non gemette come stava facendo la donna nell'angolo. Questo era un tocco intimo e risvegliava desideri più profondi del semplice guardare.

Lui abbassò la testa, così lentamente che sembrò che il tempo stesso si fosse fermato. Poi la sua bocca fu di nuovo su di lei, com'era successo tre notti prima. Questa volta non fu così sorpresa e si sollevò immediatamente sulla punta dei piedi, avvolgendogli le braccia intorno al collo e aprendosi a lui per baciarlo più a fondo.

Lui le sussurrò qualcosa sulle labbra. Una parola, ma era troppo confusa per riconoscere cosa fosse. Specialmente quando le accarezzò la lingua con la sua e si sentì sciogliere, pronta per quello che sarebbe venuto dopo.

La attirò più vicino, modellando il corpo al suo, facendole sentire i suoi muscoli sodi e duri contro la sue morbide curve. E c'era una grande quantità di muscoli. Era alto e magro, ma robusto, forte. E lei si sentiva perdersi nel suo sapore, nel suo tocco e nel suo profumo in quel momento.

Alla fine sollevò la bocca, ma la tenne tra le braccia e la fissò. Anche lui aveva il fiato corto, anche lui tremava da capo a piedi.

«Ti sembra che ci apparteniamo?» sussurrò.

Lei annuì, perché non riusciva a formare parole. Riusciva a malapena a ricordare qualsiasi parola.

«Vuoi venire in una stanza privata con... con me?» chiese lui, con tono esitante.

Lei inspirò forte dal naso. Quella domanda era scioccante e c'era una parte di lei che era davvero scioccata. Una parte più profonda, però, sentiva qualcos'altro. Un desiderio che si era negata, anche quando guardava. Un bisogno che ora le urlava in testa.

«Sì» rispose, senza volerlo. Eppure, dopo averlo sussurrato, non si pentì di averlo detto.

Voleva andare con lui. Voleva quello che sarebbe successo dopo.

Lui le prese la mano e la guidò all'interno. Andarono nel corridoio dove lei aveva visto scomparire decine di coppie nelle notti in cui era venuta qui. Il suo sconosciuto mascherato disse qualcosa alla guardia, che annuì e gli consegnò una chiave.

Il corridoio sembrava incredibilmente lungo mentre lo percorrevano. Dietro le altre porte si sentivano i suoni inconfondibili della passione. Rabbrividì al pensiero che la sua voce si sarebbe presto unita a quel coro.

Alla porta, lui girò la chiave e si fece da parte per permetterle di entrare. Isabel sussultò. Non aveva trascorso una quantità smodata di tempo a immaginare queste stanze, farlo era andare troppo in là. Quando l'aveva fatto, la sua mente aveva creato qualcosa di squallido. Qualcosa di sporco e piccolo.

Questo non lo era. Era una bella camera, con bei mobili, un fuoco scoppiettante e belle opere d'arte, per quanto raffiguranti scene piccanti, che decoravano le pareti. Immagini di uomini e donne aggrovigliati insieme nel piacere. Bocche e mani che si muovevano come nelle stanze esterne. Girò il viso e guardò il grande letto che era l'elemento centrale della stanza.

Lui chiuse la porta. Sembrò un colpo di fucile. Isabel trasalì e poi rabbrividì quando fissò quel letto. Immaginò cosa vi sarebbe successo dopo. Le sembrava quasi impossibile ritrovarsi protagonista delle immagini su cui aveva fantasticato.

«Se vuoi cambiare idea...» cominciò.

Si girò verso di lui e scoprì che era appoggiato alla porta e la guardava. Deglutì a fatica. Era un rischio che stava correndo, qualcosa di completamente contrario al suo carattere.

Eppure non sentiva altro che il desiderio di farlo. Suo zio l'avrebbe di certo accasata prima o poi. Un altro vecchio come lo era stato suo marito, un'altra vita inappagata in cui lei cercava sintonia e passione e non trovava nulla in cambio.

Si era *guadagnata* quella notte dopo tante altre vuote. E l'avrebbe tenuta stretta quando fosse finita, come memento del fatto che aveva potuto ispirare il desiderio in un uomo come questo.

«Mi rendo conto che è lascivo e anche... sbagliato, ma lo voglio» disse lei arrossendo. «Non lo capisco, non so spiegarlo, ma appena ti ho visto è stato come se fosse destino. Non voglio cambiare idea.»

Lui la fissò un attimo, poi si scostò dalla porta e con tre lunghi passi fu da lei. La prese per le braccia e la baciò di nuovo. Ma questa volta non ci fu niente di gentile, niente di esitante. La reclamò, inclinando la testa in modo da poter spingerle la lingua in bocca e assaggiarle ogni centimetro.

Isabel sussultò contro di lui mentre era travolta dalle sensazioni. Calore e desiderio. Piacere e aspettativa. Ma soprattutto bisogno. Un bisogno feroce, intenso, brutale che le pulsava tra le gambe e formicolava nel resto del corpo.

Lo aveva già provato in passato. Il ricordo di quel bisogno era il motivo per cui era venuta qui all'inizio. Ma non era mai stato così. Era sempre stata un'eco. Questa era una sinfonia. Forte e tumultuosa e assolutamente bella che le sollevava il corpo e calmava la sua mente turbolenta.

Lo sconosciuto strinse le mani contro la sua schiena e le gemette profondamente in gola mentre la baciava con crescente intensità. Lei stava annegando in lui, completamente persa, incapace di fare altro che tenersi aggrappata e lasciarsi trascinare.

«Lo hai già fatto?» le chiese, interrompendo finalmente il bacio, anche se non allontanò il viso dal suo e il suo respiro le agitava ancora le labbra e le faceva girare la testa. «Non voglio farti del male, o comprometterti.»

Lei riuscì a fare un cenno con la testa. «Sì. Ero sposata, ricordi?»

Lui strinse leggermente gli occhi, un'espressione preoccupata che Isabel non riuscì a collocare. Ma poi abbassò di nuovo la bocca sulla sua e ogni pensiero o preoccupazione che Isabel aveva riguardo alla sua reazione sparì. E fu perfetto. Quel bacio si intensificò, rallentò, fino a diventare un'esplorazione. Lei si ritrovò a sciogliersi, le tremavano le gambe mentre lui continuava a baciarla e basta.

Era incredibile, diverso da qualsiasi cosa avesse mai provato prima. Ma voleva di più. Questa era la sua unica possibilità di ottenere di più. Doveva coglierla, a quanto pareva.

Gli aveva appoggiato le mani sul petto e le fece scivolare giù per trovare i bottoni del suo gilet. Era un bell'indumento e perfettamente aderente, era ovviamente molto ricco, e all'inizio fece fatica ad aprirlo per poterlo spingere via insieme alla giacca.

Lui si bloccò quando gli passò le mani sulla sottile camicia sottostante. Si ritrasse e la guardò di nuovo. La sua espressione era seria, pensierosa, piena di anticipazione, ma anche di esitazione.

«Lo *hai* già fatto, vero?» lo stuzzicò lei dolcemente.

Un lieve sorriso gli incurvò gli angoli della bocca, qualcosa di malizioso che le fece agitare lo stomaco. Anche con metà faccia coperta, quest'uomo era incredibilmente attraente. Non il tipo di uomo che si sarebbe mai aspettata fosse attratto da lei.

Ma era il posto, le maschere e il chiaro di luna, forse. Qualunque cosa fosse, ne avrebbe tratto il massimo.

«Sì» rispose lui piano, poi si allontanò quel tanto che bastava per aiutarla a togliergli la giacca e il gilet. Alzò la mano e si sciolse la cravatta, srotolando la stoffa più e più volte finché non la gettò via con il resto.

Isabel trattenne il fiato quando la sua camicia si aprì e rivelò appena la parte superiore di un petto scolpito. Deglutì con forza. Suo marito era stato molle, più vecchio, non orribile, ma assolutamente non *così*. Si stava forse cacciando in qualcosa di più grande di lei?

«Hai cambiato idea?» le chiese lo sconosciuto.

Lei mise da parte l'esitazione. «No» disse con fermezza.

«Bene» sussurrò, e le mise le mani sulle spalle. Sostenne il suo sguardo per un momento, poi la fece voltare lentamente in modo che gli desse la schiena. All'inizio non era del tutto sicura di quello che stava facendo, non fino a quando le sue dita le sfiorarono il collo, spingendo via le ciocche di capelli che si erano staccate dallo chignon durante la serata. Il suo respiro era caldo sulla sua pelle e poi sentì le sue labbra baciarle la pelle, gentili, morbide.

Isabel rabbrividì di piacere, poi ansimò sorpresa quando quelle mani si allontanarono dalla sua pelle e scesero fino al primo bottone del suo abito.

Lo liberò dall'asola con attenzione e aprì il tessuto. Lei arrossì mentre lui ripeteva la stessa azione più e più volte. Non indossava indumenti intimi. Quella era stata l'altra sua ribellione quando aveva deciso di venire al club. E quando aprì completamente l'abito, lui se ne accorse e si lasciò sfuggire un piccolo borbottio di cui lei non riconobbe il significato.

Probabilmente pensava che fosse una sgualdrina, ma cosa importava? Erano estranei, questa era una notte rubata. Scacciò il suo imbarazzo e si voltò verso di lui.

Le si abbassò un po' il vestito sul davanti e fu costretta a tenerlo in posizione con le mani. Lui la stava fissando. Solo fissando, e vedere quanto avesse spalancato gli occhi la fece sorridere.

«Stai cambiando idea?» gli chiese.

Scosse la testa. «Era l'ultima cosa che avevo in mente, te lo assicuro.»

Gli tremava la mano quando allungò il braccio, le prese le dita e le scostò dall'abito. Infilò le proprie dita nella scollatura, e poi tirò. Il vestito cadde in avanti, le maniche a sbuffo scivolarono lungo le braccia, e poi lei si ritrovò nuda dalla vita in su.

Si sentì avvampare le guance mentre la guardava. Suo marito lo aveva fatto... due o tre volte al massimo negli anni del loro matrimonio? Di solito le volte che l'aveva toccata le aveva sollevato in fretta la camicia da notte, aveva fatto qualche grugnito e poi aveva finito. Dopo essersi ubriacato la toccava un po' di più, ma non aveva mai trovato vero piacere con lui. Solo con la sua mano.

E ora questo sconosciuto le stava fissando i seni nudi. Seni troppo piccoli, secondo suo marito. Troppo rosa. Troppo... be', qualunque *troppo gli* venisse alle labbra all'epoca.

«Bellissima» sospirò lui. Isabel alzò il viso di scatto per guardarlo. Non era una presa in giro o una provocazione.

Spinse giù le maniche lungo le braccia e il vestito le si raccolse intorno alla vita, cadendole morbido intorno ai fianchi. Era sul punto di cadere per terra lasciandola completamente nuda, ma non si concentrò su questo.

Anche lei voleva vedere lui.

Si avvicinò un po' di più e gli slacciò il primo bottone della camicia. Le tremavano le mani così tanto che riuscì a malapena a sfilarlo.

«Ecco» disse lui, sfilandosi la camicia dalla vita prima di aprire alcuni bottoni e levandosela da sopra la testa. Gli si storse la maschera così facendo, e la rimise a posto prima di gettare la camicia da parte.

Isabel si ritrovò a fissarlo senza fiato. Quello che aveva davanti era perfezione maschile allo stato puro. Aveva una corporatura snella e muscolosa, un petto duro come il granito, ricoperto da una leggera peluria che si restringeva in una linea che spariva nella vita dei pantaloni.

Non riuscì a trattenersi. Allungò la mano e gliela posò sulla pelle.

Lui grugnì e lei sospirò. Era caldo e reale. Tutto *questo* era reale. Gli passò la mano sopra, tracciando il contorno dei muscoli che trovava, godendo del muscolo duro sotto la morbida pelle. In quel momento sfrenato voleva leccarlo e toccarlo e fare tutto quello che aveva visto nelle stanze aperte della sala.

Voleva lasciarsi andare per lui. Abbandonarsi al desiderio.

Sembrava che lui volesse fare altrettanto, perché improvvisamente afferrò l'abito che aveva ancora intorno alla vita e la attirò contro di sé. Le si appiattirono i seni contro il suo ampio petto e lui le coprì la bocca con la propria in un gesto di possesso e bisogno famelico. Lei gli si strofinò contro e le si inturgidirono i capezzoli con l'abrasione.

Si sentì sollevare. Lo sconosciuto la fece marciare all'indietro fino al letto dove la fece sedere. Non smisero mai di baciarsi, anche mentre le sfilava il resto del vestito. Isabel scalciò via le scarpine, e lui la sollevò sul letto dove la fece reclinare.

Si sistemò alla cieca contro i cuscini quando lui fece finalmente un passo indietro. Era nuda e lui la fissava da capo a piedi con uno sguardo famelico, come se la stesse memorizzando. Come se stesse pianificando una mossa contro un'altra nazione.

Poi si tolse gli stivali e i pantaloni, restando nudo come lei. Lei si tirò su a sedere appoggiandosi sui gomiti per guardare meglio. Buon Dio, era perfetto ovunque. Aveva fianchi stretti e gambe muscolose. Era già duro e il membro si drizzava verso il ventre.

Si chinò, ingabbiandola sul letto, e si sistemò sopra di lei. Lo sentì sfiorarle il ventre con il sesso, e sobbalzò quando si rese conto di quanto era duro. Quanto fosse caldo, grosso e pronto. D'istinto aprì le gambe, sollevandosi per andargli incontro.

Lui la guardò sorpreso. «Abbiamo appena cominciato» sussurrò.

Isabel sbatté le palpebre confusa. Erano nudi su un letto. Era più di quanto avesse sperimentato di solito in questo frangente. Era già bagnata, stava formicolando per l'anticipazione. Il prossimo passo era che lui unisse quel corpo stupendo al suo, e poi sarebbe finito e sarebbe rimasto impresso nella sua memoria per sempre.

«Sembri sorpresa» disse lui mentre le dava un bacio sul collo.

«Lo sono» ammise.

Lui alzò gli occhi per guardarla in viso. «Bel marito che avevi» sussurrò. «Lascia che ti faccia vedere.»

Le passò la bocca sulla pelle, assaggiandola appena con la lingua mentre seguiva la linea del suo collo, le tracciò la clavicola, poi scese più in basso. Si ritrasse leggermente e lo vide coprirle i seni con le mani. Si inarcò quando la invase una sensazione inaspettata che si intensificò quando lui cominciò ad accarezzarla, sfiorandole i capezzoli con i pollici, finché le mancò il fiato.

E poi le coprì un seno con la bocca e le tracciò il capezzolo con la lingua. Aveva visto gli uomini nei corridoi farlo con le loro amanti, ma non l'aveva mai provato. Ora si lasciò sfuggire un grido nella quiete della stanza. Il calore umido della sua bocca contro il capezzolo già ultrasensibile era troppo. Una sensazione fortissima che le percorse il corpo con una scarica che le fece inarcare la schiena.

Lo sentì sorridere contro la sua pelle e poi lo sentì succhiare. Isabel sobbalzò per la sensazione, per la sorprendente esplosione di piacere. Era perfetto, non troppo forte, non abbastanza da creare dolore, ma quanto bastava per risvegliare ogni sua parte che non si era resa conto essere addormentata da troppo tempo. Si sentì gemere, sospirare, un po' come avevano fatto tante notti le donne del club che aveva osservato.

E si arrese a tutto questo mentre lui si spostava al seno opposto e ripeteva le sue azioni, massaggiando il seno che aveva abbandonato. Isabel sollevò i fianchi, godendosi il calore che la inondava, il desiderio che cresceva sempre di più ad ogni tocco inaspettato. Quando finalmente le liberò il capezzolo con uno schiocco e la guardò da sotto in su, lei si preparò di nuovo. Il suo corpo era certamente pronto per lui ora. Le sembrava di essere in fiamme.

Eppure lui non si sollevò su di lei e non la montò ancora. Le sue labbra scivolarono più in basso, verso il suo ventre. Le sfiorò i fianchi, tracciando il profilo del suo corpo, afferrandole il sedere e sollevandola. Le si aprirono le gambe e lo vide posizionarcisi in mezzo, con il viso allo stesso livello del suo sesso.

Aveva le guance in fiamme a questo punto. Era un gesto troppo intimo, troppo indecente. Qualcosa che facevano le donne in questo club, ma non le gentildonne. Di certo le gentildonne non...

Smise di pensare quando le toccò il sesso, aprendo delicatamente le pliche e rivelandola completamente. Tremò quando le soffiò uno sbuffo di fiato caldo nei luoghi segreti più nascosti. Suo marito non l'aveva mai fatto. Aveva visto gli uomini farlo, ma non si era mai immaginata in questa posizione.

Poi la leccò.

Isabel afferrò le lenzuola con entrambe le mani e ansimò mentre il suo corpo si sollevava da solo. La leccò di nuovo e lei piantò i talloni nel materasso. Poi non riuscì più a distinguere una leccata dall'altra. La sua lingua si muoveva su di lei, intorno a lei, dentro di lei, assaggiandola, stuzzicandola, tormentandola. Lei girò la testa contro il cuscino con un sospiro tremolante. Sollevò i fianchi, strusciandosi contro la sua bocca, arrendendosi al piacere inaspettato e potente che lui stava creando con ogni movimento. Con ogni leccata, con *tutto*.

Si era toccata in passato. Aveva trovato quel grumo scivoloso che le faceva tremare il corpo con intense ondate di piacere. Lo trovò anche lui, e all'improvviso l'attenzione della sua lingua si spostò su quel punto sensibile. Lo lambì, ci roteò intorno, lo succhiò. Isabel si sentì avvicinare allo sfogo che aveva trovato con le mani, ma questa volta era diverso. Più potente, di certo più fuori controllo. Lo voleva disperatamente, lo desiderava più dell'aria o della vita in quel momento.

E poi ci arrivò. Si lasciò sfuggire un grido lamentoso che sapeva sarebbe riecheggiato giù per il corridoio. Non le importava. Ondate di sensazioni la travolsero, facendole scuotere i fianchi contro di lui e contro l'intensità che stava creando. Voleva di più, voleva di meno, voleva tutto.

E lui continuò a tormentarla durante la crisi finché lei non si accasciò sui cuscini debole ed esausta. Lo sentì muoversi, lo sentì ripercorrere all'indietro il suo corpo con la bocca. Gli infilò le dita tra i capelli, lasciandosi sfuggire mugugni di piacere mentre lui le leccava e mordicchiava ogni cresta e valle del suo corpo. Raggiunse la sua bocca e lei gli si aprì assaporando il sapore muschiato del suo stesso corpo sulla sua lingua mentre lui gliela spingeva in bocca in profondità.

Si abbandonò alla sensazione ancora una volta, il suo corpo ancora palpitante dall'orgasmo. Non era niente di simile a quello che aveva provato in passato, non da sola, certamente non con suo marito.

Lo sconosciuto le fece allargare un po' le ginocchia e lei glielo lasciò fare, aprendo le gambe sotto di lui come una sgualdrina. Lo sentì premere al suo ingresso, poi interruppe il bacio con un sussulto quando lui si sistemò contro di lei e spinse, penetrandola appena un po' con la punta.

«Hai cambiato idea?» mormorò, la sua voce densa di desiderio.

Isabel posò lo sguardo sul suo viso. «È un po' tardi per chiederlo» riuscì ad ansimare.

Lui scosse la testa. «Non è mai troppo tardi per dire di no.»

Lo fissò. Non c'era nulla di falso nel suo sguardo. Se gli avesse detto di no, lui si sarebbe allontanato e sarebbe finita lì. Dopo averle dato piacere, se ne sarebbe andato senza fare altre richieste.

«Non voglio dire di no» rispose piano. «Ma è passato molto tempo.»

Un lieve sorriso gli sollevò un angolo della bocca e poi replicò: «Anche per me.»

Spinse dolcemente mentre lo diceva e poi le fu dentro, davvero dentro. Il suo corpo si distese per accoglierlo, poi ancora di più. Isabel fece un lungo sospiro mentre lui prendeva sempre di più. Fu una sensazione così bella, così naturale quando si incuneò completamente dentro di lei e appoggiò la fronte alla sua con un respiro affannoso.

Per un istante rimase così, i loro corpi intrecciati, i loro respiri sincronizzati. Ma poi puntò i fianchi contro di lei e la tranquilla connessione si dissolse in qualcosa di molto più animale e passionale.

Cominciò a prenderla, a spingere come se fosse posseduto, facendo roteare i fianchi ad ogni affondo, stuzzicandola ogni volta che si ritraeva. Lei si inarcò per andargli incontro, tenendosi aggrappata alla sua schiena mentre il piacere che aveva sentito pochi istanti prima ricominciava a montarle dentro. Non sapeva se poteva provare più di un orgasmo, ma lo cercò a prescindere, emettendo suoni incoerenti mentre la sensazione le attraversava ogni nervo del corpo.

Si sollevò mentre lui faceva ruotare quei fianchi stretti e l'estasi arrivò di nuovo. Questa volta fu più intensa, e Isabel si aggrappò a lui impotente mentre lui la guidava attraverso le ondate più forte e più veloce. Tremava sotto di lui, avulsa dal pensiero e dalla ragione e da tutto tranne che dalla potente sensazione di arrendersi a quest'uomo che non conosceva nemmeno.

Semmai, questo la rendeva ancora più potente.

«Non posso aspettare» ansimò lui, quella voce profonda segnata dalla tensione.

«Non aspettare» gridò Isabel.

Si sfilò con un disperato ruggito di piacere mentre lei continuava a palpitare per l'orgasmo,. Si pompò con la mano e venne prima di accasciarsi accanto a lei sul letto, riprendendo fiato come se avesse corso da Londra a Brighton.

Isabel gli mise la mano sul petto, quasi per assicurarsi che fosse vero. Che fosse successo davvero.

Perché le sembrava un sogno. E non voleva svegliarsi.

CAPITOLO CINQUE

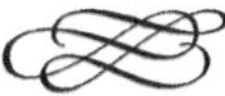

Matthew si mise un braccio sugli occhi mentre cercava di riprendere fiato. Non era stato nelle sue intenzioni che accadesse nulla di simile quando era venuto al club con Robert e Hugh qualche sera prima. Se chiunque di loro avesse ipotizzato un esito del genere, avrebbe risposto che erano pazzi. Da legare.

Eppure eccolo qui, con il corpo che formicolava per il più potente orgasmo che avesse sperimentato da anni, il dolce sapore di questa donna ancora sulle sue labbra, e si sentiva...

Bene.

Trasalì quando quella parola gli si insinuò nella mente. Dalla morte di Angelica, era stato inquieto e vuoto. Sempre a pensare. Sempre a ricordare. Eppure, in quei momenti in cui si era perso in quest'altra donna, aveva provato pace.

Era un tradimento?

Mentre rifletteva su questo, la mano di lei si posò sul suo petto. Lui abbassò il braccio e guardò quella mano. Dita sottili che si flettevano sul suo corpo. Sentì il peso di ogni falange e desiderò sentirne di più. Voleva sentire quelle mani muoversi ancora su di lui. E quando seguì la linea del suo braccio e guardò la bella donna al suo fianco, desiderò anche quella bocca. Voleva toglierle quella maschera intricata e vedere tutto il suo viso mentre si dimenava di piacere sotto di lui.

E *questo* era un tradimento di sicuro. Una notte rubata e anonima poteva essere perdonata, forse. Questa strana sensazione che non fosse abbastanza era troppo.

Si tirò su a sedere e le prese la mano, se la portò alle labbra e le sfiorò il palmo con un bacio. «Grazie» disse, sperando che capisse cosa voleva dire.

Aveva avuto un tenero sorriso sul viso, ma a quelle parole svanì e la vide deglutire a fatica. «Certo» sussurrò. «Grazie.»

Provò uno strano dolore in petto quando si alzò e cominciò a raccogliere i suoi vestiti. Sentì che lo guardava e cercò un argomento qualsiasi per riempire lo spazio ormai scomodo tra loro.

«Be', ora potrai dire di essere stata nelle famigerate stanze sul retro del Donville Masquerade» disse mentre si infilava i pantaloni. «È già qualcosa.»

«Non qualcosa di cui vantarsi, suppongo. Almeno non per una donna.»

Si girò e scoprì che aveva sollevato il lenzuolo per coprirsi. La delusione che lo attraversò per quel fatto fu qualcosa su cui scelse di non ponderare. «Non ne sei pentita, vero?»

Lei si alzò dal letto, arrossendo quando si denudò ancora una volta. Gli diede le spalle mentre raccoglieva il suo vestito, e gli mancò il fiato. La vista di lei piegata sull'abito era sufficiente a far impazzire chiunque.

Si stava trasformando in Robert, non c'era altro da dire. Impazzito dal desiderio.

«Non ne sono pentita» disse lei, irrompendo nei suoi pensieri. «Non sapevo di averne così tanto bisogno finché...» si interruppe e si tirò su il vestito. «Mi aiuteresti con i bottoni?»

Spogliarla era stato un piacere che lo aveva stordito. Non c'era modo di non sfiorarle la pelle e sarebbe stato lo stesso ora. Infilò con calma ogni bottone al suo posto e lasciò che le sue dita le toccassero la pelle. La sentì irrigidirsi e restare senza fiato ogni volta che lo faceva.

Sentì il desiderio pulsargli tra le gambe, sentì il suo uccello tornare lentamente sull'attenti. Cosa diavolo aveva che non andava? Non era mai stato un libertino arrapato, nemmeno prima di Angelica. Il sesso era stato qualcosa di suo gradimento, certo, ma non ricordava che gli bruciasse nel sangue a quel modo. Che gli facesse venire voglia di prendere e prendere fino a quando non fosse rimasto nulla di lui o della donna tra le sue braccia.

Non capiva proprio.

Lei si allontanò quando le allacciò l'ultimo bottone e si avviò barcollando un po' verso uno specchio appeso sopra il fuoco. Si specchiò, e di tanto in tanto il suo sguardo fluttuò su di lui nell'immagine riflessa mentre cominciava a sistemarsi i capelli.

«*Tu* te ne sei pentito?» chiese lei.

Matthew scosse la camicia. «No» disse dolcemente prima di infilarsela sopra la testa.

Il tessuto si impigliò un attimo intorno alla maschera che indossava e riuscì a liberarsi. Ma quando tirò giù la camicia, la maschera era sbilenca. Imprecò tra i denti e la slegò, poi la tolse e cominciò a pulirla.

La sentì ansimare proprio mentre cominciava a rimettere la maschera al suo posto. Alzò lo sguardo e vide che lo fissava. Lo fissava a occhi spalancati e basta, apparentemente inorridita e scioccata. Le tremavano le mani e aveva le labbra dischiuse.

«Cosa c'è?» chiese.

Lei scosse la testa. «Mi...»

Non disse altro, corse fuori dalla stanza. Matthew la guardò da dietro mentre si allontanava e poi la inseguì. «Aspetta!» urlò, ma lei stava già correndo nella sala sempre più affollata. A piedi nudi, non l'avrebbe mai raggiunta.

Arrivò alla fine del corridoio e allungò il collo, ma, come sospettava, si era persa nel mare di corpi che si strusciavano.

Scosse la testa e tornò in camera per finire di sistemarsi. Rifletté freneticamente mentre si rivestiva. Lo aveva visto. Era quella l'unica ragione del suo terrore, della sua rapida fuga.

Ma perché? Perché aveva avuto una reazione così forte vedendo il suo viso? A meno che... non lo conoscesse. O sapesse di lui. O lui conoscesse lei. Gli si rivoltò lo stomaco pensando a tutte le possibilità.

Si sedette e cominciò a mettersi gli stivali. C'erano molte donne sposate e annoiate che venivano a queste serate. La sua sconosciuta gli aveva detto che una volta era stata sposata, che era vedova, ma poteva essere una bugia per nascondere quello che era in realtà. Poteva essere la moglie di un amico.

Non la moglie di uno del suo club di duchi. Non ci credeva assolutamente. Erano tutte profondamente innamorate dei loro mariti, e dubitava che qualcuna di loro sentisse la mancanza di piacere nella vita.

Ma aveva altri amici al di fuori di quella cerchia. Magari una delle loro mogli aveva tradito il marito solo per essere messa di fronte all'orribile azione che aveva fatto quando lo aveva visto in faccia?

Era una possibilità. Una possibilità che gli diede la nausea, perché l'idea di aver tradito un amico, associata all'idea che la donna misteriosa che lo aveva eccitato a quel punto non fosse... libera, era davvero terribile.

Tuttavia, non era l'unica possibilità.

Si alzò in piedi e si infilò di nuovo la camicia nei pantaloni prima di trovare il gilet e la giacca aggrovigliati.

Poteva essere una domestica. Una che conosceva la sua faccia perché gli aveva servito il tè o l'arrosto. Il fatto che lui l'avesse toccata poteva farla licenziare. O metterla in una posizione compromettente che le avrebbe impedito di scegliere la sua strada.

Corrugò la fronte mentre si guardava allo specchio. Non sembrava probabile, però. La donna con cui era andato a letto aveva un bel vestito e qualcuno doveva averle acconciato i capelli. Le sue mani erano morbide, chiaramente non le aveva usate per lavorare.

Comunque, era una possibilità.

Immaginò che la terza opzione fosse che la giovane fosse stata semplicemente scioccata dal fatto che aveva rivelato la sua identità. Lei aveva cercato un incontro anonimo e lui aveva violato i termini di quell'accordo quando si era tolto la maschera per sistemarsela. Ora lei non poteva mettere da parte quello che avevano fatto così facilmente. Dimenticarlo, come forse desiderava.

Guardò la propria immagine riflessa nello stesso specchio in cui lei si era recentemente esaminata. Qualunque fosse la ragione della sua rapida fuga, non poteva fare a meno di preoccuparsi. Si chiese se stava bene. E si ritrovò a sorridere al suo riflesso.

Aveva pensato di dirle che era stata una notte meravigliosa, ma che non avrebbe dovuto ripeterla. Ma ora...

Be', ora sarebbe stato poco signorile non avvicinarla se l'avesse vista di nuovo.

«Per rassicurarla» disse al suo riflesso. «Tutto qui.»

Si allontanò dal bugiardo nello specchio e uscì dalla stanza. In quel momento gli si avvicinò una cameriera. «Avete finito con la stanza, signore?»

Matthew guardò nella direzione in cui la sua dama era scappata. Poi annuì. «Per stasera, sì.»

Lei corrugò le sopracciglia a quello strano giro di parole, ma l'aria inquisitoria svanì quando le lanciò una moneta e la lasciò lì.

Sarebbe tornato. Anche se si era detto che non avrebbe dovuto. Sarebbe tornato e avrebbe ritrovato la sua dama. Solo un'altra volta. E poi sarebbe finita.

Era così che doveva essere.

Isabel tremava mentre i singhiozzi le martoriavano il corpo. Il cocchiere ne era ignaro, naturalmente, e continuò a guidare, facendo svoltare la carrozza per una strada poi per l'altra, sbattendola di qua e di là e rendendola molto consapevole del delizioso indolenzimento che *lui* le aveva provocato.

Alzò la testa e si asciugò le lacrime sulle guance. Lo conosceva. Il magico sconosciuto si era trasformato in un istante da amante gentile a un uomo che da tre lunghi anni le veniva detto di temere. Di odiare. Di sospettare.

«Come poteva essere Matthew Cornwallis?» si chiese ad alta voce. «Come poteva essere il Duca di Tyndale?»

Le lacrime tornarono. Si lasciò cadere sul sedile della carrozza e le lasciò scorrere. La vita era troppo crudele. Era così punitiva. Era andata al Donville Masquerade per un brivido anonimo. Cose a cui pensare mentre si toccava furtivamente nel suo letto solitario. Cose da ricordare una volta che si fosse sposata con un altro uomo che non avrebbe avuto alcun interesse per lei.

Un vero amante non avrebbe mai dovuto far parte di tutto ciò. Certamente non un amante che si era rivelato essere il più grande nemico della sua famiglia.

Le tornò in mente la sua bocca, le dolci attenzioni con cui le aveva suscitato piaceri profondi che non sapeva di poter provare. Rabbrividì al solo ricordo, e smise di pensarci.

«No!» si arrabbiò con se stessa.

Non poteva pensare a quella notte con affetto. Era sbagliato. Nel migliore dei casi Tyndale era stato il fidanzato della sua defunta cugina! Già questo gettava un'ombra su quello che aveva fatto. Ma che suo zio lo ritenesse un assassino?

«È troppo» mormorò mentre l'ansia le saliva in petto. «Troppo.»

La carrozza si fermò dietro la casa di suo zio, come lei aveva ordinato, e il cocchiere scese ad aprirle la porta. Lei gli porse dei soldi e lui la scrutò da capo a piedi. «Siete stata birichina» disse con tono lascivo.

Lei lo guardò male, cercando di comportarsi come se le sue parole non la scuotessero in una situazione già precaria. «Fatevi gli affari vostri» disse bruscamente, e poi si avviò al cancello.

Lo sentì ridere mentre entrava in giardino e poi corse più veloce che poteva. Ma non poteva scappare da quello che aveva fatto. Non poteva scappare da come la faceva sentire.

CAPITOLO SEI

«E a cosa devo questo grande piacere di così buon mattino?»

Matthew si voltò a guardare mentre Robert entrava nel salone, con la mano tesa in segno di benvenuto. Il suo amico aveva un accenno di occhiaie e i capelli leggermente arruffati, come se si fosse alzato da letto da poco.

«È mezzogiorno» disse Matthew scuotendo la testa.

Robert scrollò una spalla. «Se lo dici tu. Mi rendo conto che la maggior parte della gente non fa gli stessi orari civili che faccio io. Vuoi bere qualcosa?»

«No» disse Matthew, e non poté trattenere una risata anche se non si sentiva particolarmente di buon umore oggi. Ecco come ci si riduceva a stare svegli, girandosi e rigirandosi, pensando a soffici sospiri e a un intenso piacere.

Ed eccolo qui. Un atto di disperazione.

«Cosa c'è che non va?» chiese Robert, il suo tono scherzoso sparito, sostituito da sincera preoccupazione.

Matthew si accasciò sulla sedia più vicina. «Non sono impaziente di vedere quanto gongolerai.»

Robert prese posto sul divano e si protese in avanti. «*Oh*, comincia bene.»

«Sono tornato al Donville Masquerade» ammise Matthew in fretta e furia, come se avesse buttato fuori le parole tutte insieme perché Robert non vi reagisse.

Il che, ovviamente, non era vero. Gli occhi del suo amico si spalancarono a dismisura e poi il suo sorriso divenne ancora più ampio. «Ma davvero? Sapevo che anche tu saresti stato sedotto dai molti piaceri che vi si possono trovare.»

Matthew sospirò. «Non sono i molti piaceri. Sono tornato a cercare... quella donna che ho incontrato la prima sera.»

«Quella che hai baciato.»

«Sì.» Matthew si trovò a battere il piede irrequieto e si costrinse a fermarsi. «Quando non è venuta, non avevo niente da fare in quel posto. E poi, ieri sera, è tornata.»

Robert alzò le sopracciglia. «Andare dietro a una sola ragazza non era *esattamente* quello che avevo in mente quando ti ho incoraggiato ad iscriverti al club, ma è meglio di vederti vagare per la tua proprietà come un fantasma. Così hai visto la giovane donna e poi...»

Questa era la parte difficile. Matthew non era mai stato uno che parlava delle sue conquiste. Non aveva nemmeno intenzione di andare troppo in là quando lo avrebbe fatto oggi. Questa non era un'occasione di vanto, ma una richiesta di aiuto. Poco importava come l'avrebbe vista Robert nella sua immaginazione.

«Cosa pensi che sia successo?» chiese, la sua voce più acuta di quanto avesse forse voluto. Ma in fondo sembrava che tutta la sua vita fosse ormai fuori controllo.

Robert aveva un'espressione scioccata. «Azzardo l'ipotesi che tu ci sia andato a letto.» Matthew deglutì a fatica, e la sua espressione sembrò dare la risposta chiesta da Robert. «È una buona notizia. No? Perché hai quella brutta faccia? Perché sembri più infelice di prima? Un'impresa piuttosto erculea, tra l'altro.»

«Devi capire» iniziò Matthew. «È passato molto tempo.»

«Così hai detto» disse Robert a bassa voce. «Troppo tempo per essere una cosa sana. Stai dicendo che sei stato una frana?»

Matthew sorrise al tono scherzoso del suo amico. Lo apprezzava, in realtà. Robert stava cercando di instillare un po' di leggerezza nella situazione.

«Non sono stato una frana» rispose, mentre pensava ai gemiti e alle grida di piacere della sua bella sconosciuta. Al modo in cui il suo corpo stretto e bagnato aveva spremuto il suo fino a quando aveva quasi perso il controllo e per poco non le era venuto dentro.

«Allora qual è il problema?» chiese Robert. «Per favore, non dirmi che ti stai prostrando sull'altare del senso di colpa e del rimorso solo perché hai passato qualche ora a indulgere in un piacere sano e naturale con una partner consenziente.»

«Quando la metti giù così, mi fa sembrare uno stupido» disse Matthew. «E non direi che mi sto prostrando. È solo che... non so. Tu, tra tutti, non capiresti.»

Robert sostenne il suo sguardo per un istante e poi disse: «Pensavi di aver trovato l'unica persona che avrebbe posseduto il tuo cuore per il resto della tua vita. Come hanno fatto gli altri. Credevi che il tuo futuro fosse già deciso. E poi ti è stato strappato da sotto i piedi nel modo più crudele e tremendo possibile. Peggio ancora, qualcuno ha perfino dato la colpa a te. Così hai passato tutto questo tempo a rimpiangere ciò che avrebbe potuto essere e a maledire ciò che è. E quando una giovane donna finalmente smuove il tuo... possiamo dire il tuo cuore o il tuo uccello?» rise. «Be', in entrambi i casi, suppongo che dev'essere molto sconcertante. E deve anche risvegliare ricordi e sentimenti oscuri e pericolosi.»

Matthew rimase a bocca aperta. «Non mi sarei aspettato questa sintesi da te.»

Sul volto di Robert passò l'ombra di un sorriso. «Non credo nell'amore per me stesso. Ciò non significa che lo sottovaluto per gli altri. E sono un cialtrone, fiero di esserlo, e non ho intenzione di cambiare mai, grazie, ma non sono un idiota.»

«Nessuno ti accuserebbe mai di questo» disse piano Matthew. «E sì, quello che dici è esattamente parte del problema. All'inizio ero semplicemente in lutto. A fare i conti con quello che era successo ad Angelica e con la parte che ne avevo avuto. Poi è passato sempre più tempo ed è stato come se fossi... paralizzato dal dolore, dal rimpianto... dalla rabbia e dalla delusione.»

«E poi è spuntata fuori questa ragazza» disse Robert. «E improvvisamente eri di nuovo desto. Sconcertante, immagino.»

«Abbastanza.»

«Così sei venuto qui per un consiglio su come aggirare tutti i sentimenti più profondi e focalizzarti sulla ricerca del piacere?» chiese Robert. «Sono l'esperto in materia.»

«No.» Matthew ridacchiò. «Sono qui perché ieri sera, quando tutto era finito, lei mi ha visto in faccia. Ed è scappata.»

Robert si appoggiò allo schienale del divano scuotendo la testa. «Mio Dio, sembra un romanzo. O una favola per bambini con un risvolto molto malizioso. Pensi che ti abbia riconosciuto?»

«È la spiegazione migliore. In qualche modo mi conosce e questo l'ha terrorizzata. Così è scappata. E io... voglio scoprire chi è. Mi aiuterai?»

Robert inarcò un sopracciglio. «Io? Perché lo chiedi a me? Io sono quello che tirerebbe un sospiro di sollievo se una donna scappasse dopo aver fatto l'amore. Rende il commiato un po' più facile.»

«In qualche modo dubito che al tuo ego farebbe piacere una donna che scappasse dal tuo letto praticamente urlando» disse Matthew. «E lo chiedo a te perché Hugh è distratto, Kit è... alle prese con la malattia di suo padre e tutti gli altri sono...»

«Invadenti» concluse Robert. «Molto invadenti da quando si sono sposati.»

Matthew annuì. «È un aggettivo adatto. Se accennassi a un interesse per una donna, non importa quanto sgradevole sia l'inizio, comincerebbero a fare a gara a incoraggiarmi a sposarmi per amore come hanno fatto loro. Ai loro occhi uno di noi quattro dev'essere il prossimo.»

Robert fece una smorfia. «Be', non sarò io. Ne abbiamo già parlato.»

«*Non posso* essere io» disse Matthew. «Mi sono solo concesso un po' di piacere ieri sera. Non sto pensando a un per sempre.»

«Eppure vuoi trovarla» disse Robert.

Matthew alzò gli occhi al cielo. «Non cominciare. Voglio trovarla perché la sua reazione mi ha turbato. Devo sapere perché si è spaventata così tanto quando mi ha visto in faccia.»

«Nessun'altra ragione» disse Robert.

Matthew si sentì arrossire in volto. «Non so di cosa tu stia parlando. È stata una notte di piacere, non mi aspettavo niente di più. Tu più di tutti dovresti conoscere questa sensazione.»

Robert alzò le mani, quasi in segno di resa. Poi sorrise. «È bello vederti motivato da qualcosa di diverso dal dolore. Ti aiuterò. Solo che non sarà facile. Rivers custodisce gelosamente l'elenco dei suoi membri.»

«È nel suo interesse farlo, naturalmente» commentò Matthew. «Ma questo significa che non c'è speranza di scoprire chi è?»

«Posso controllare in giro, fare qualche domanda, ungere qualche ingranaggio con un po' di grano» disse Robert.

«Non ho bisogno che tu...»

«Non osare togliermi il piacere di questo piccolo gioco» lo interruppe il suo amico. «Ne ho più che a sufficienza per trastullarmi. Credo comunque che avresti migliori speranze di successo se semplicemente continuassi ad andare al Donville Masquerade. Ci andava già, ci era già stata almeno due volte da quanto sappiamo.»

«Pensi che torni dopo un'uscita così brusca?» chiese Matthew sentendosi balzare il cuore in petto al pensiero.

Robert scrollò le spalle. «Non ho idea di cosa succeda nella mente delle donne. Ma se questo incontro tra voi è stato tanto potente da ispirare te a inseguirla, e lei a scappare... ne consegue che potrebbe tornare sulla scena del... *crimine* potrebbe essere un termine troppo forte.»

«Sì, grazie» disse Matthew. «Molto bene. Questo posso farlo. Tornerò al Donville e continuerò a cercarla. E se riesci a scoprire la sua identità prima che io la riveda, tanto meglio.»

«Cosa intendi fare quando la trovi?» chiese Robert.

Matthew aprì e richiuse la bocca alcune volte. Era una domanda a cui aveva cercato di non rispondere, anche a se stesso. Assicurarsi che stesse bene, fu la prima risposta che gli venne alle labbra, ma sapeva che il suo desiderio era molto più profondo. Tanto profondo che non desiderava rifletterci troppo.

L'avrebbe trovata. E allora sarebbe stato chiaro cosa fare.

Isabel osservava suo zio andare su e giù davanti al ritratto di Angelica. Il fatto che avesse insistito a prendere il tè in quel salotto, davanti all'altarino che vi aveva costruito per la figlia che aveva perso, non aiutava affatto i nervi di Isabel.

Ogni volta che guardava il bel viso di Angelica, pensava a Tyndale tra le sue cosce, alla sua meravigliosa lingua che le faceva cose estremamente piacevoli.

Pensava a quello, e al momento in cui gli era scivolata maschera e lei aveva capito che l'uomo che le aveva dato tanto piacere era proprio quello contro cui lo zio Fenton aveva inveito per anni. Quello che credeva avesse ucciso sua cugina.

Quello che disprezzava più di qualsiasi altro uomo sulla terra.

«Zio?» lo chiamò interrompendo il suo avanti e indietro.

Lui sobbalzò, quasi come se si fosse dimenticato della sua presenza, e si voltò verso di lei. Sembrava stanco. Sfinito. Non dormiva molto, lo sapeva. Era prigioniero del dolore e a volte sembrava che stesse rasentando la follia. Ma lei non aveva idea di cosa fare per lui.

«Cosa c'è?» chiese.

Isabel deglutì a fatica. Parlarne con lui significava aprire un vaso di Pandora. Eppure doveva farlo. Per non diventare pazza anche lei.

«Credete davvero che Tyndale abbia ucciso mia cugina?»

Il vecchio si irrigidì e il suo sguardo si fece velato, perso in ricordi lontani. «È annegata» disse, con un pesante tremito nella voce. «È annegata ed è stata colpa sua. È stato lui a farle questo. È stato lui.»

Isabel si strinse le mani in grembo. Non la si poteva chiamare una risposta soddisfacente e nemmeno chiara. C'erano così pochi dettagli sulla morte di Angelica. Era annegata, sì, lo sapeva. Era stato etichettato come un tragico incidente negli ambienti dell'alta società. La gente aveva schioccato la lingua e mormorato frasi di circostanza alla sua famiglia, al duca stesso.

Era stato solo lo zio Fenton a insinuare che Tyndale avesse avuto un altro ruolo in tutto questo. Che in qualche modo fosse stata colpa sua. Ma non aveva mai chiarito cosa intendesse con quell'accusa. Isabel non si era mai sentita motivata a estorcergli più dettagli. Lui riteneva Tyndale responsabile e questo aveva poco a che fare con lei.

Fino ad ora. Ora che era andata a letto con Matthew, concedendosi completamente, i fatti di quella notte orribile sembravano molto più pressanti. E la convinzione di suo zio sembrava molto meno accettabile. Tyndale era stato gentile con lei. Appassionato, ma gentile.

Era difficile credere che fosse un assassino come pensava lo zio Fenton.

Batté il piede sotto l'abito e guardò il ritratto di Angelica. Non avrebbero potuto essere meno simili. Sua cugina era stata bella e alta. Isabel era scura e minuta. Angelica era amata da tutti e ricca, Isabel veniva da una famiglia di mercanti. Il loro unico legame con gli ambienti dell'alta società era lo zio da parte di sua madre.

Aveva adorato sua cugina, naturalmente. Angelica aveva qualche anno in più ed era così sofisticata e bella. Come si poteva non rimanerne incantati?

Ora si ritrovava a guardare il suo ritratto e a porsi domande sulla sua relazione con Matthew. Non solo i particolari della sua morte, ma i dettagli della vita che avevano condiviso. Angelica lo aveva baciato come Isabel? Si era concessa a lui?

Non conosceva le risposte. Quando Angelica si era fidanzata con

Tyndale, vivevano vite così diverse. Isabel stava appena debuttando in società, suo padre stava già organizzando il suo matrimonio. Non si scrivevano quasi più, e quando Angelica lo faceva, le sue lettere erano piene di pettegolezzi su persone dell'alta società che Isabel nemmeno conosceva e di vaghi riferimenti al suo futuro.

Sembrava abbastanza felice, certo, e Isabel non era stata così interessata a fare troppe domande su un mondo con cui non aveva alcun legame. Ora rimpiangeva di non averlo fatto.

«Vi dispiacerebbe molto se andassi a trovare Sarah?» chiese Isabel.

Suo zio smise di fare avanti e indietro e la fissò. Scrollò le spalle. «Fai come vuoi. Prendi la carrozza, ma mi serve per le sei. Ho un appuntamento.»

«Certo» disse Isabel. «Grazie, zio.»

Lui la ignorò e si girò a guardare il ritratto di sua figlia. Isabel si acciglià. Quando faceva così, a volte si perdeva per ore. E beveva. E Dio solo sapeva cos'altro faceva.

Scivolò fuori dalla stanza e chiese che venisse approntata la carrozza. Poco dopo era per strada di gran lena, con le mani strette in grembo, chiedendosi come avrebbe fatto a dire a Sarah quello che era successo.

E si chiedeva cosa avrebbe fatto dopo.

«Il Duca di Tyndale?» ansimò Sarah. «Quello che tuo zio è convinto abbia ucciso tua cugina?»

«Sì» disse Isabel, sprofondando nella poltrona più vicina e coprendosi gli occhi. Era a casa di Sarah da appena dieci minuti e le già aveva spifferato tutta la storia. «Oh, Dio. Non intendevo spingermi così in là con nessun uomo. Ma come faceva a essere lui, Sarah? Come?»

«È una bella coincidenza» ammise la sua amica con voce tremante. «Ma com'è stato?»

Isabel la fissò a occhi spalancati. Sarah non era mai stata sposata. Era un'innocente, eppure sembrava veramente interessata a dettagli di attività di cui Isabel sapeva che non avrebbe dovuto parlare. Ma oh, quanto aveva bisogno di farlo.

«Meraviglioso. Erotico» ammise arrossendo violentemente. «Terrificante.»

Sarah serrò la mascella con un'espressione dispiaciuta a quell'ultimo aggettivo. «Perché? Ti ha minacciata?» chiese.

Isabel scosse la testa. «No, per niente. È stato premuroso. Persino gentile.»

«Ne sono felice.» La tensione sembrò abbandonare il viso di Sarah. «Ma questo fa sorgere spontanea la domanda: *perché* lo hai fatto?»

Isabel si alzò in piedi e cominciò a fare avanti e indietro per la stanza. «Perché... il mio futuro è già segnato. Se ne è assicurato mio padre. Ora mio zio intende fare altrettanto. Nessuno dei due si preoccupa dei miei sentimenti, del mio corpo... solo della mia sicurezza finanziaria. Così funziona il nostro mondo, ma è così...»

Sarah sospirò. «Deprimente. Pensare che non ci sarà mai... amore o passione.»

Isabel si voltò e trovò Sarah a testa china. Le tornò accanto e le prese le mani. «Quanto è grave?»

Sarah storse le labbra. «Vuoi cambiare argomento e lo cambieremo, ma non ancora. Capisco il perché, davvero. E lo capisci anche tu. Ma cosa farai?»

«Non lo so» disse Isabel con un brivido. «Cosa posso fare dopo quello che è successo? Non voglio credere che Tyndale sia un assassino. Non dopo ieri sera. Onestamente, nemmeno prima. Ma ora... mi sono concessa a lui e non era mai stato nei piani, tanto per cominciare. Quindi cosa posso fare?»

«Lui sa chi sei?» chiese Sarah.

«Non credo. La mia maschera è rimasta al suo posto, in qualche modo. E anche se si fosse tolta, non ci eravamo mai conosciuti prima.»

«Davvero?» Sarah sembrava sorpresa.

«Tu ed io veniamo da mondi diversi» Isabel scrollò le spalle. «Non sono stata cresciuta per andare alle feste in società come te. Forse avrei potuto farlo grazie al legame di mia madre con lo zio Fenton, ma mio padre era contrario. Uno snob di basso rango, lo chiamava mio zio.»

«Ma comunque, tu eri di famiglia. Abbastanza uniti perché tuo zio ti prendesse con sé quando tuo marito morì e tua madre e tuo padre non c'erano più.»

L'espressione di Sarah rivelò a Isabel che stava pensando alla sua stessa madre che giaceva malata nella camera da letto di sopra. Isabel strinse più forte le mani della sua amica per sostenerla.

«No, mai incontrato. Se si fossero sposati, sarebbe successo. Ero stata invitata al matrimonio. Ma Angelica è morta prima che potesse accadere. Lo conosco solo grazie ai ritratti e a mio zio che me lo indicava se lo incrociavamo in carrozza o in un parco.»

«È possibile che abbia visto un tuo ritratto?» suggerì Sarah.

«Suppongo di sì. Ma ne dubito. Angelica non portava con sé mie miniature, te lo assicuro. Se ne ha vista una in casa di mio zio, sarà stata una di quando ero piccola. Non avrebbe modo di riconoscermi.»

Sarah sembrò riflettere un momento. Poi lanciò uno sguardo a Isabel. «Potresti... potresti cogliere l'occasione per indagare su di lui?»

Isabel si ritrasse. Era stata così presa dal terrore e dalla confusione e dai ricordi infuocati della loro notte di passione, che non aveva pensato a quella possibilità. «In che senso?» chiese.

«Ti voleva» disse Sarah. «Tanto da regalarti una notte meravigliosa ed erotica tra le sue braccia.»

Isabel rabbrividì leggermente. «Hai dimenticato la parte terrificante. Se hai intenzione di rinfacciarmi le parole che ho usato, fallo con tutte.»

«Ma è stato terrificante perché tu non avevi il controllo su quello che è successo né te lo aspettavi, vero?» incalzò Sarah.

Isabel sospirò. «Sì. È stato lo shock della cosa, e della scoperta della sua identità, che mi ha fatto dire terrificante.»

«Be', allora la tua fuga probabilmente ha solo aumentato il suo desiderio.»

Isabel corrugò la fronte. «Credi?»

Sarah guardò per un momento verso la finestra, con un'espressione tirata. «Quando le dame scappano, i gentiluomini le seguono.»

Isabel schiuse le labbra. L'amarezza nel tono dell'amica le ricordò che Sarah era stata più coinvolta di lei nel mondo di Matthew e dei suoi amici. Ed era finita male.

«Stai pensando al Duca e alla Duchessa di Crestwood?» chiese. «Quella faccenda di due estati fa?»

Sarah la guardò. Isabel sapeva che erano poche le persone a cui aveva raccontato quella storia. Che la sua amica aveva pensato per un momento che Crestwood potesse essere interessato a lei, ma la sua passione per Meg era stata troppo forte, nonostante lei fosse fidanzata con il suo amico. L'intera situazione era esplosa, e in un momento di ebrezza, Sarah aveva detto qualcosa a Meg per cui era stata severamente redarguita.

Ora Sarah aveva le guance paonazze per l'imbarazzo. «Sono ben assortiti» ammise alla fine. «È ovvio che si amano profondamente. È solo che... ho perso così tanto da allora. Credo di rimpiangere l'opportunità, l'ultima che ho avuto, piuttosto che lui.»

«Vorrei poterti aiutare.»

«Non puoi» disse Sarah. «La mia posizione è quella che è. Non c'è niente che si possa fare. Ma tu sei in una posizione *diversa*. Qualcuno si prenderà cura di te, qualunque cosa accada. Quindi puoi agire in modo da *non* rimpiangere l'opportunità o il tuo uomo.»

«Stai parlando dell'opportunità di, come dici tu, indagare su Tyndale, o di avere una scusa per rivederlo?» chiese Isabel.

Sarah sorrise, e parte delle preoccupazioni lasciarono il suo sguardo. «Entrambe. Una cosa tira l'altra, in ogni caso.»

Isabel si alzò. «Stai dicendo che dovrei sedurlo per capire se ha fatto qualcosa a mia cugina.»

Sarah annuì. «Suppongo che sarebbe pericoloso.»

«Solo che non posso credere che le accuse di mio zio siano vere» disse Isabel. «Dopo aver passato un po' di tempo con lui, intimamente, non lo vedo come il tipo d'uomo che farebbe qualcosa per ferire chiunque ami. Che farebbe del male a chiunque in generale.»

«Non vuoi crederci» suggerì Sarah.

«Non voglio crederci» ripeté Isabel. «Ma se potessi provare la sua innocenza, non sarebbe una liberazione per mio zio?»

«È ossessionato» disse Sarah. «Ho visto l'altarino che ha costruito per Angelica, l'ho sentito inveire disperato su come gli è stata portata via. Se tu potessi liberarlo dall'idea che sua figlia è stata assassinata, mi verrebbe da sperare che questo gli permetta di elaborare il lutto e forse di andare avanti.»

«Sì.» I pensieri di Isabel sulla questione si alleggerirono man mano che analizzava i benefici. «Sarebbe un motivo disinteressato per fare una cosa così audace.»

«E tu *vuoi* vederlo di nuovo» disse Sarah, incrociando le braccia e trafiggendo Isabel con lo sguardo.

Ora toccò a lei arrossire. «È... è vero. Voglio vederlo di nuovo. Sono andata in panico quando ho capito chi era, ma questo non cambia quella notte e come mi ha fatto sentire. Non cambia il fatto che presto non potrò più sentirmi così. Non c'è motivo che lui scopra che sono io, vero? Comunque non frequenterò il suo ambiente. Non può scaturirne niente di male.»

Lo diceva per convincere se stessa, non Sarah. E ci stava riuscendo.

«Sembra uno scenario con pochi aspetti negativi» disse Sarah. «A meno che non si riveli un assassino.»

Isabel trasalì al pensiero e lo scacciò. «Be', se dovesse succedere, allora forse potrei aiutare a consegnarlo alla giustizia. Hai ragione. Dovrei farlo. È la mia unica possibilità.»

Sarah sorrise dolcemente. «Sai che ne so qualcosa. Non puoi fartela sfuggire.»

«No, infatti» confermò Isabel. «Non lo farò. Tornerò al Donville Masquerade e lo troverò di nuovo. E questa volta lo farò a occhi ben aperti e con un piano.»

«Ma aspetterai qualche giorno» disse Sarah.

A Isabel si strinse il cuore molto più di quanto avrebbe dovuto. «Perché?»

«Perché stai scappando, Isabel» disse Sarah ridendo. «E più a lungo lo fai, più disperato sarà lui nella caccia. E in qualsiasi cosa accada una volta che ti avrà catturato.»

Isabel deglutì a fatica mentre ricordava le sue mani su di lei, la sua bocca su di lei, il suo corpo massiccio che si muoveva sopra e dentro di lei. La disperazione sembrava una cosa positiva quando c'era di mezzo il desiderio.

E stava per scoprire come avrebbe fatto diventare il Duca di Tyndale.

CAPITOLO SETTE

Quando Isabel entrò nella sala del Donville Masquerade tre sere dopo, sentì il suo cuore librarsi. Tutto intorno a lei sembrava improvvisamente diverso. Più vivo. Più vibrante.

Le volte precedenti che era venuta, aveva guardato, fissato, sentito il suo corpo reagire. Sapeva che sarebbe tornata a casa e avrebbe placato i suoi desideri con la sua stessa mano, e sarebbe finita lì.

Ora, mentre guardava i corpi che si contorcevano, le relazioni oscure e disperate, mentre sentiva nell'aria l'odore del sesso, provava qualcosa di diverso. Un'affinità più profonda con la passione, con il gioco, con la trasgressione, anche solo grazie alla protezione di una sottile maschera.

Tutto questo era ancora eccitante, ma ora i suoi occhi cercavano qualcosa di diverso. Voleva... voleva...

Lui.

Eccolo là, dall'altra parte della stanza vicino alla credenza dei liquori con il Duca di Roseford. Matthew indossava una maschera, ma era immediatamente riconoscibile. Le venne un nodo in gola mentre cercava di decidere se andare avanti con il suo piano audace e coraggioso.

O scappare ancora una volta nella notte.

Fu lui a decidere per lei. All'improvviso il suo sguardo cadde su di lei e si raddrizzò, i suoi occhi incrociarono i suoi e in qualche modo la attirarono verso di lui. Quasi contro la sua stessa volontà. Lui era fuoco e lei non poteva resistere alla tentazione di saltare direttamente nella fiamma.

Era ormai senza fiato quando lo raggiunse, e strinse le mani ai fianchi in modo che non fossero troppo evidente quanto tremavano mentre lui la osservava da capo a piedi.

«Sei venuta» disse con un filo di voce.

Isabel non ebbe modo di replicare. Il suo amico si mise tra di loro e le sorrise. Era un sorriso piuttosto affascinante: non era difficile capire perché tutte le donne nella stanza smaniassero per Roseford. Lei non sentiva alcun desiderio di farlo, anche se riconosceva il suo carisma e il suo fascino.

«Eccovi qua, signorina Swan» disse.

Rimase paralizzata. Quello era il suo nome segreto. Quello che dava per entrare nel club ogni volta che arrivava. Non avrebbe dovuto saperlo.

«Vostra Grazia» rispose.

Lui rise e diede una gomitata a Matthew. «Ebbene sì. Il Duca di Roseford, al vostro servizio, soprattutto se vi doveste stancare di questo qua. Dunque, conoscete il mio nome. Ma scoprire il vostro è stato piuttosto difficile.»

Lei deglutì. Aveva cercato di scoprire il suo nome? Lanciò un'occhiata a Matthew, che aveva serrato la mascella e guardava Roseford stringendo gli occhi.

«Basta, Robert» ringhiò. «Se la signora desidera restare anonima, è un suo diritto.»

«Ah sì» disse Robert e le fece l'occhiolino. «L'erotismo dell'anonimato. Non oserei rovinarlo.» Sorrise. «Suppongo di essere solo curioso di sapere di più sulla signora che ha resuscitato dai morti il mio amico.»

Isabel sobbalzò a quella scelta di parole, una frase oscura considerando ciò che suo zio sospettava di lui. Quando si voltò di scatto verso Tyndale, vide che era sbiancato e stringeva le labbra, chiaramente irritato per le continue battute del suo amico. Ma sotto c'era qualcos'altro. Qualcosa di più profondo.

Ma non poteva ancora dire cosa fosse. Non lo conosceva abbastanza per interpretare i sentimenti che si sforzava di nascondere. Senso di colpa? Dolore? Rabbia?

«Fuori di qua, *Vostra Grazia*» disse.

Robert rise, inclinò la testa in un finto saluto militare e poi si mescolò alla folla lasciandoli soli.

«Mi dispiace» mormorò Tyndale. «Lui è... be', è Roseford. Non ha cattive intenzioni.»

«Sta davvero cercando di scoprire la mia vera identità?» chiese lei, desiderando che la voce non le tremasse così tanto.

Matthew distolse il viso e sospirò. Poteva già intuire la risposta. «Non ero sicuro che saresti tornata. E volevo sapere perché sei scappata quando mi hai riconosciuto.»

Isabel trattenne il fiato. «Gli *hai* chiesto *tu* di scoprire chi fossi?»

«Robert ha possibilità di fare certe indagini che io non ho» rispose. «Quindi sì, gli ho chiesto di provare.»

«Conosce la mia identità? Tu la conosci?» L'idea le faceva palpitare il cuore pensando a cosa avrebbe fatto ora se avesse capito chi era e che rapporto aveva lei con la donna che era stato pronto a sposare.

Matthew si accigliò. «Perché hai tanta paura? Perché avevi così paura l'ultima volta che siamo stati insieme? Come fai a conoscermi? O, cosa più importante, come faccio a conoscerti io?»

Lei fece per voltarsi, ma lui le afferrò il braccio. Le sfrigolò la pelle quando le sue dita si chiusero sulla sua carne nuda. Sollevò lentamente lo sguardo verso di lui e lo trovò concentrato molto intensamente sulla sua bocca, nonostante la piega avversa che aveva preso la loro conversazione. Si leccò le labbra e lo sentì rabbrividire per reazione.

C'era qualcosa di potente in tutto questo, nel fatto di poterlo scuotere dal punto di vista fisico, anche se il modo in cui le dava la caccia era ancora terrificante.

«Pe... perché pensi che io ti conosca?» chiese, cercando di mantenere un tono leggero.

«Non mentire» sussurrò. «Quando mi hai visto senza maschera, la tua reazione è stata immediata e potente. Viscerale. Sei scappata via senza nemmeno voltarti indietro. So che sai chi sono.»

«Non...» cominciò, ma non riuscì a dire altro.

Lui le si avvicinò ancora di più. Sentiva il suo respiro sulla pelle e voleva disperatamente abbandonarcisi, abbandonarsi a *lui,* ancora una volta. Le frullavano mille pensieri in testa e il suo corpo la invitava a sciogliersi contro di lui. Ad arrendersi in ogni modo immaginabile.

«Dillo» ordinò.

«Per favore non...»

«Dillo. Di' chi sono» ripeté, i suoi occhi grigi più intensi che mai.

«Tyndale» si sentì ammettere. «Il Duca di Tyndale. *Matthew.*»

Lo vide agitarsi quando pronunciò il suo nome di battesimo, e sentì il suo sguardo fluttuare ancora una volta sul suo corpo. Come se sentirlo risvegliasse un suo lato oscuro.

«Esatto» disse lui con voce improvvisamente più roca, più bassa. «Allora mi conosci. Ma se sei scappata, dev'essere perché pensavi che io potessi conoscere te. Sei...» Si interruppe e sembrò ricomporsi. «Sei la moglie di un mio amico?»

Isabel si liberò dalla sua stretta al braccio con uno strattone, l'incantesimo tra di loro non era del tutto rotto, ma era sensibilmente attenuato considerato quanto stava insinuando. «Di cosa mi stai accusando?»

«Molte gentildonne infelici vengono in questo posto a cercare piacere nell'anonimato, come hai fatto tu» disse. «Ma se tuo marito è un mio amico, questo cambierebbe quella notte tra noi. La trasformerebbe in...»

«No!» lo interruppe lei. «L'ultima volta che siamo stati insieme ti ho detto che sono vedova. E non sono stata sposata con nessuno di tua conoscenza. Almeno non con qualcuno che riconosceresti anche se lo avessi visto una dozzina di volte.»

Matthew inclinò la testa. «Da come lo dici, mi fa pensare... era un domestico? O qualcuno che ho incontrato per lavoro?»

Lei si irrigidì. Era così sicuro che le ragioni della sua fuga avessero a che fare con il suo defunto marito. Non c'era ragione di dissuaderlo. Tanto valeva lasciargli credere che fosse Gregory il motivo che l'aveva fatta fuggire, così non sarebbe andato a cercare collegamenti con suo zio.

«Sì» mentì. «Sì, lo conoscevi. Ti avevo già visto, anche se solo di sfuggita. I nostri mondi non erano destinati a incrociarsi come quella notte, Vostra Grazia.»

«Matthew» la corresse lui dolcemente.

«Prego?»

«Se devo seppellire la lingua tra le tue cosce, penso che possiamo abbandonare le formalità.»

Lei sostenne il suo sguardo per un momento, rabbrividendo per il modo diretto in cui aveva descritto il loro rapporto. Per il calore che aveva caratterizzato il suo tono e la sua espressione anche adesso.

«Lo farai di nuovo?» si ritrovò a chiedere. Audace, troppo audace.

«Sei già scappata» disse lui, sollevando le dita per sfiorarle la pelle della guancia, tracciandole il profilo della maschera. Giocando col fuoco. «Perché sei voluta tornare?»

Isabel deglutì, e questa volta non dovette mentirgli. «Sono rimasta... *scioccata* quando ti ho visto senza la maschera e ti ho riconosciuto. Ero terrorizzata all'idea di quello che sarebbe successo dopo. Così sono scappata. Ma non riuscivo a smettere di... di pensare a quello che era successo tra noi quella notte, Vostra Grazia.» Lui la fulminò con lo sguardo. «Matthew» si corresse, gustandosi la sensazione del suo nome sulla lingua. «*È* per *questo* che sono tornata. Ma non voglio che tu sappia chi sono.»

Lasciò cadere la mano. «Vuoi mantenere il tuo anonimato quando sai chi sono io.»

Isabel esitò un istante. «Se tu sapessi perché, capiresti perché devo farlo. Non è giusto, suppongo, e se vuoi andartene, trovare una relazione meno complicata, lo capisco.»

Trattenne il respiro mentre aspettava la sua risposta. Si disse che ci teneva per l'indagine sulla morte di sua cugina. Ma non era così. Voleva che lui accettasse di continuare la loro relazione per molto più di questo. Era la passione a guidarla tanto quanto il desiderio di verità. Il bisogno tanto quanto la ricerca di giustizia.

Ed era stato lui a instillarle questa bramosia.

«Non pensavo che saresti tornata» disse piano, e le si avvicinò tanto che Isabel poté alzare la mano e premerla contro quel petto forte. Quando lo fece, lui emise un sibilo di piacere. «*Volevo che tornassi.*»

Cominciò a protendersi in avanti, a muovere la bocca verso la sua. «Davvero?» riuscì a squittire Isabel. «Perché?»

Matthew non rispose a parole, ma le sfiorò la bocca con la sua. Ogni pensiero, ogni domanda, ogni paura svanì con quel tocco. Gli strinse la mano contro il petto quando la prese tra le braccia, la attirò a sé e intensificò il bacio. Si sentì persa. Trovata.

E in quel momento non le importava nulla di indagare su qualsiasi cosa che non fosse questa scintilla tra loro. Il resto poteva aspettare.

Matthew entrò nella camera che era stata assegnata a lui e alla sua dama misteriosa, e si lasciò sfuggire un sospiro. Il desiderio lo faceva sentire su di giri. Pazzo di desiderio, e non era qualcosa che avesse veramente mai provato prima. Era una sensazione forte e potente che gli cresceva dentro. Prendeva il sopravvento sul senso di colpa che sentiva. Fagocitava tutte le sue esitazioni. Gli parlava in una lingua ferale antica come il mondo.

E gli diceva di prendere questa donna. Di reclamarla. Di marcarla come sua.

Rabbrividì e scacciò quel pensiero, insieme a tutti gli altri.

«Vieni qui» sussurrò andando verso il letto.

Lei seguì le sue direttive in silenzio, ma le tremava la mano quando allungò il braccio. Matthew sorrise. Allora le faceva lo stesso effetto che lei faceva a lui. A dispetto di qualsiasi cosa la costringesse a restare sotto quella maschera, il suo desiderio era reale.

Voleva immergersi in quel desiderio. Lasciare che lo purgasse e lo liberasse come aveva fatto l'ultima volta che l'aveva toccata. Lei alzò lo sguardo e gli mancò il fiato mentre la ammirava. Era davvero stupenda. I suoi lineamenti erano delicati, almeno quelli che poteva vedere. I suoi occhi scuri scintillavano mentre li lasciava scorrere nervosamente su di lui. Si intonavano alla perfezione con i suoi capelli di seta e lui sollevò una mano per stenderli delicatamente sullo chignon sciolto. Piccole ciocche ricciolute caddero dall'acconciatura, creando scie scure sulla clavicola esposta e sulla gola.

Si chinò per tracciare una di quelle scie con le labbra. Lei emise un gemito sommesso e alzò le mani per intrecciarle tra i suoi capelli. La maschera di Matthew le urtò il collo e lui sollevò la testa accigliato.

«Visto che sai chi sono» disse, sollevando la mano per slacciare la maschera. «credo di poterla togliere.»

Lei ansimò quando lo fece e seguì i suoi movimenti mentre riponeva la maschera sul comodino. Quando riportò le labbra sul suo elegante collo, lei sospirò di nuovo e lui si dedicò a mordicchiarla e a succhiarle la pelle. Sapeva di... miele, di vino speziato. Dolce e inebriante. Un sapore in cui voleva perdersi.

E l'avrebbe fatto. Per un po'. Allungò le mani mettendogliele dietro la schiena e mentre continuava a baciarla, trovò la fila di bottoni del suo abito. Li slacciò lentamente, lasciando che le sue dita accarezzassero la pelle scandalosamente nuda che c'era sotto.

«Perché nessun indumento intimo?» mormorò contro la sua gola.

Lei si agitò. «Mi... mi sembrava più oltraggioso» balbettò con voce tesa mentre lui le succhiava delicatamente il collo. «Oh...»

Lui alzò la testa e incontrò il suo sguardo velato. «Ti piaceva il pericolo venendo qui» disse piano. «L'incertezza.»

Lei annuì lentamente. «La mia vita è sempre stata... pianificata. Anche il mio futuro lo sarà presto. Venire qui è stata una ribellione. Una rivendicazione di ciò che voglio, anche se solo per un po'.»

Matthew la fissò. Questo doveva essere un momento rubato nel tempo, avvolto nell'anonimato. Solo che ora lei conosceva la sua identità. E gli stava confessando dei segreti formidabili.

Segreti che lo ispiravano a scatenarsi, a dimenticare che era un uomo razionale e controllato. Con lei voleva essere di più.

«Cosa vuoi, signorina *Swan*?» chiese, usando quel nome segreto che Robert aveva scoperto indagando sulla sua identità.

La sua gola si agitò a quella domanda e lo fissò, le labbra tremanti, il respiro corto che le sollevava i seni assolutamente deliziosi ogni volta che inspirava.

«Voglio te» sussurrò lei, arrossendo violentemente ad ogni parola. «Quello che è successo tra noi... non è mai stato così con mio marito. Non è mai stato così con solo... solo la mia... la mia mano.»

Matthew si agitò considerando l'immagine di questa donna distesa davanti a lui, che si toccava per il suo piacere oltre che per il proprio. Si scrollò di dosso i pensieri.

«Come mi vuoi?» sussurrò infilando le dita nella scollatura del suo abito e tirandolo delicatamente in avanti, mettendola a nudo dalla vita in su.

Lei deglutì. «Duro» ansimò. «Veloce. Con la bocca, con le dita, col tuo sesso. Non m'interessa. Voglio te. Non so abbastanza per chiedere di più.»

«Allora lascia che te lo mostri» ringhiò Matthew, scioccato dalle sue stesse parole. Sembrava Robert al suo meglio, spavaldo, intrigante e seducente... o peggio. Ma quello non era mai stato Matthew. Eppure eccolo qui, impaziente di strappare il vestito di questa sconosciuta. Impaziente di spingere il suo corpo nudo contro il proprio mentre le infilava la lingua in bocca fino in fondo e le mostrava che la voleva.

Intanto immaginava tutte le cose folli e sfrenate che la sua mente aveva mai evocato e pianificava come soddisfare quelle fantasie fino a che lei non si dimenasse sotto di lui in preda all'orgasmo.

Le afferrò i fianchi e la sollevò, prendendola per le natiche mentre la sfregava contro la sua erezione dolorante. Lei buttò la testa all'indietro ansimando e gli mise le gambe intorno ai fianchi per reggersi. Matthew sorrise mentre si spostava dall'altra parte della stanza con lei aggrappata a quel modo e la sbatteva con forza contro il muro. Lei si sollevò contro di lui, emettendo lievi gemiti che si persero sulla sua lingua mentre lui armeggiava con la patta dei pantaloni. Finalmente riuscì ad allentare i bottoni liberando il pene che le sfiorò il sedere. Sibilò di piacere alla sensazione di calore su calore, durezza contro morbidezza.

La voleva. Voleva essere dentro di lei. E la sua mente continuava a gridare *adesso. Adesso. Adesso!* Tutto il resto era perduto. Tutto il suo abituale controllo era sparito. Mise la mano tra di loro per premere le dita contro il suo sesso. Era bagnata, calda al tatto. Rabbrividì quando si mise in posizione e affondò con forza nel suo corpo trepidante.

Lei gridò a quell'invasione e si sfregò contro di lui, probabilmente per puro istinto. Ma il grido interruppe il bacio distanziando le bocche, e mentre lei lo guardava, i loro visi così vicini, l'intensità di quella connessione non fece che aumentare la forza dell'altra. Matthew sostenne il suo sguardo mentre la spingeva contro il muro, roteando bene i fianchi, sfilandosi il più possibile senza uscire del tutto prima di prenderla ancora, e ancora.

La vide adeguarsi al suo ritmo. Osservò la meraviglia nella sua espressione trasformarsi in desiderio voluttuoso e intensificarsi fino al limite dell'estasi. E poi la guardò precipitare giù da quel limite. Lo spremeva col corpo mentre gli affondava le unghie nella camicia e lo cavalcava massimizzando il piacere. Solo quando gli si afflosciò tra le braccia, la riportò sul letto e separò i loro corpi per stenderla sui cuscini.

Lei lo fissò con occhi scuri e lucenti che gli fece scorrere lungo il corpo e posò sul suo sesso ancora duro e molto bagnato. «Non sei...»

Matthew scosse la testa. «Non ancora. Sto assaporando questo momento. Non oserai negarmelo, vero?»

Lei si tirò su a sedere, lo prese per la cravatta e lo tirò vicino con uno strattone. «Penso che sia evidente che non oserei negarti nulla.»

Poi lo baciò. Lentamente. E lui la lasciò tracciargli le labbra con la lingua. La lasciò entrare ed esplorarlo con cura e delicatezza come l'aveva esplorata lui. Appiattì la mano sul suo petto e lo spinse indietro fino a che si ritrovò disteso sul letto con lei appoggiata sopra. Solo allora la sua amante sconosciuta separò le loro bocche e cominciò a slacciargli la cravatta, a sbottonargli la camicia. Matthew mise le braccia sotto la testa e le sorrise.

«La seduzione vi dona, signorina Swan.»

Lei arrossì. «Sembra così sciocco che mi chiami così.»

Gli aprì la camicia e deglutì a fatica. Matthew si gonfiò di uno strano senso di orgoglio. Non era uno che si pavoneggiava ma qui gli venne di farlo quando lei sollevò una mano tremante e gliela posò sulla pelle.

«Ti va di dirmi il tuo vero nome?» le chiese, cercando di concentrarsi sulla conversazione piuttosto che sul tocco di quella mano morbida e delicata che gli passava sul ventre, fino alla vita dei pantaloni aperti, sempre più vicino al membro che ancora pulsava e richiedeva attenzione.

Se non fosse stato attento, sarebbe venuto non appena lo avesse toccato. E non era quello che aveva in mente per il resto della serata.

«No» rispose lei, distogliendo lo sguardo dal suo viso e posandolo sullo stesso organo che aveva avuto in mente lui stesso. «Sarebbe una pessima idea.»

Matthew si acciglió, ma non insistette. L'anonimato era destinato a regnare a quanto pareva, almeno per lei. E poi lei lo toccò lì e lui non si preoccupò più né di questo né di altro.

Gli prese l'asta in mano e ci passò sopra le dita dalla punta alla base. Lui si sollevò contro la sua mano con un grugnito, e lei sorrise. Un sorrisino malizioso su un viso altrimenti molto dolce e femminile. Almeno la parte che lui poteva vedere.

«Ho osservato gli altri avventori del club.» disse. «Con molto interesse.»

Lui inarcò un sopracciglio mentre lei lo accarezzava di nuovo e una scarica elettrica gli percorse tutto il corpo. «Ma davvero?»

«Ho visto più di quanto avessi mai immaginato, ma sono sempre stata interessata a un atto in particolare.»

Matthew si tirò su a sedere reggendosi sui gomiti e la vide abbassarsi piano piano. «Di che atto si tratta?»

Lei si posizionò in modo che quelle labbra carnose e sensuali fossero vicino al suo uccello. Gli cominciò a battere forte il cuore. «Questo» sussurrò lei, poi tirò fuori la lingua e gliela fece roteare intorno alla punta. La giovane alzò lo sguardo e incontrò i suoi occhi. I suoi erano spalancati. «Sento il mio sapore su di te.»

Lui grugnì. «Finirai per uccidermi.»

Lei sorrise di nuovo e poi abbassò la bocca su di lui una seconda volta. Questa volta, però, non stava scherzando. Qualunque cosa avesse visto, qualunque cosa sapesse o non sapesse ma avesse osservato... imparava alla svelta le arti della seduzione. Lo prese in bocca il più a fondo possibile e lo accarezzò simultaneamente con la mano.

Una scarica di piacere lo scosse ad ogni movimento, fino a che buttò la testa all'indietro con un lungo gemito. Erano secoli che non faceva questa esperienza, e aveva dimenticato quanto fosse bella la sensazione della lingua di una donna che gli roteava intorno al glande, quale desiderio poteva creare quel tipo di pressione. Come faceva venir voglia di cedere ogni oncia di potere per adorare qualsiasi donna che gli desse un piacere così disinteressato.

Lei lo stuzzicò implacabile come se fosse una gara, e lui non aveva più abbastanza controllo da resisterle. La sua mente si stava svuotando, i suoi fianchi si sollevavano, continuava a ringhiare suoni incoerenti di bisogno mentre gli si tendevano i testicoli e il piacere si avvicinava al suo picco.

Quando lo raggiunse, Matthew grugnì e si sfilò proprio mentre veniva. Lei non indietreggiò, ma continuò a pomparlo con la mano fino a quando lui ansimò arrendendosi e crollò in un ammasso sfibrato e formicolante.

Solo allora lei si accoccolò al suo fianco e gli avvolse il braccio intorno mentre giacevano insieme in un silenzio soddisfatto. E solo per un momento fu perfetto.

CAPITOLO OTTO

Isabel non sapeva per quanto tempo fossero rimasti insieme in silenzio a godersi il tepore della stanza. Sembrava una beata eternità, durante la quale le mani di Matthew le avevano carezzato il fianco nudo e le sue gli avevano tracciato scie lungo il petto e il ventre. Alla fine alzò lo sguardo sul suo viso. Aveva gli occhi chiusi e lei ne approfittò per ammirarlo.

Era rilassato e questo dava alla sua espressione un aspetto più caldo, piuttosto che quello teso che aveva normalmente. La sua barba tagliata corta metteva in ombra una mascella ben definita e faceva risaltare zigomi altrettanto cesellati. Era veramente un uomo bellissimo. Come se fosse uscito da un quadro.

Non c'erano dubbi sul perché Angelica se ne fosse innamorata.

Quel pensiero squarciò la calda nebbia in cui Isabel si era lasciata andare, e si irrigidì un po' mentre tornava alla realtà. Il piacere era meraviglioso, ma aveva anche un dovere da compiere.

«Posso farti una domanda?» Le si incrinò la voce e deglutì a fatica.

Matthew non aprì gli occhi, ma le sue labbra piene si incurvarono leggermente. «Il momento perfetto per interrogare un uomo è dopo un'esperienza del genere. Ti darei le chiavi del regno se le avessi.»

«Perché il tuo amico ha detto che sei resuscitato dai morti?»

Lo sentì irrigidirsi, e piano piano i suoi occhi grigi si aprirono. La tensione tornò immediatamente sul suo viso, e lei notò come questo metteva una distanza tra loro. Una distanza che con sua grande sorpresa non le piaceva, nonostante le ragioni per cui era qui.

Preferiva l'uomo sensuale e spensierato a quello che improvvisamente sembrava... distrutto.

«Che ne è stato di una notte rubata?» le chiese, il suo tono improvvisamente neutro, volutamente indecifrabile. «Dell'anonimato?»

«Ma voi non siete anonimo Vostra Grazia.»

Il duca si tirò su a sedere e scese dal letto allontanandosi dalle sue braccia. Si mise la camicia e cominciò ad abbottonarla prima di infilarla nei pantaloni e allacciare anche questi.

«No, suppongo di no» disse alla fine mentre si voltava dall'altra parte. Lei osservò ogni suo movimento e fece del suo meglio per non reagire. «E viste le circostanze, mi sorprende che tu mi faccia questa domanda.»

«Perché?»

Si girò e la guardò in faccia, il sopracciglio inarcato e le labbra strette per il disappunto. «Tutti conoscono la mia storia, no? Non si parla d'altro. *Il Duca di Tyndale e la sua tragedia.* Ormai fa parte del folklore locale.»

Isabel tirò su il fiato tra i denti al suo tono secco. Ma era sofferente o arrabbiato? Non riusciva a dirlo. Lo nascondeva troppo bene.

«Ammetto che so... qualcosa di quello che è successo» disse con cautela mentre pensava alla cugina che aveva conosciuto e con cui aveva giocato tanti anni prima. Cercò di immaginarsi Angelica con quell'uomo e sentì una fitta di forte gelosia che scacciò.

Matthew scosse la testa. «Ne sono sicuro. Ed è per questo che sono confuso sul perché tu mi abbia chiesto del commento di Roseford. Se sono stato resuscitato dai morti, è perché una parte di me è stata sepolta con la mia fidanzata.» Si voltò distogliendo il viso. «O così si dice.»

«Così si dice» ripeté lei, e si alzò. Si avvolse nel lenzuolo e gli andò incontro. «Vuol dire che non è vero?»

Lui continuò a guardare fuori dalla finestra della camera, la sua espressione vuota. «A volte mi sembra che ben più di una parte di me sia morta con lei. Eppure sono ancora qui. E devo sopportare le conseguenze di quello che ho fatto.»

Isabel strinse il lenzuolo. Quello che aveva fatto? Sembrava una confessione. Un'affermazione che avrebbe potuto dimostrare che suo zio aveva ragione in tutte le sue accuse quando inveiva contro quell'uomo con tutta la forza del suo odio e della sua rabbia. Le si rivoltò lo stomaco all'idea che Tyndale... Matthew... potesse essere davvero un assassino.

«Che cos'hai fatto?» sussurrò lei.

Lui si raddrizzò e tornò a voltarsi lentamente verso di lei. «Non è un argomento che desidero discutere con un'estranea» disse piano. «Ma è quello a cui si riferiva Robert quando ha detto quello che ha detto. Suppongo che venendo qui, stando con te... sto migliorando ai suoi occhi.»

«E ai tuoi?» chiese lei, guardandolo dritto in quegli occhi. Cercando disperatamente di trovarvi un indizio per capire se Matthew era vittima o malfattore. Incapace di determinare altro se non che glieli stava facendo scorrere addosso e che erano dilatati da un rinnovato desiderio. Incapace di controllare la propria reazione a quel desiderio, nonostante le risposte insoddisfacenti alle sue domande.

«Mi sento di nuovo vivo quando mi tocchi» sussurrò. «E voglio continuare a sentirmi così. Proprio come voglio te.»

Prese la mano con cui reggeva il lenzuolo e la tirò via in modo che il tessuto cadesse e restasse nuda. «Suppongo che dobbiamo verificare per quanto tempo ci permettono di tenere occupata questa stanza.»

Isabel sorrise e accantonò le sue domande. Aveva solo bisogno di avvicinarsi per ottenere più informazioni. E in questo momento stargli più vicino era esattamente quello che voleva.

«Ho una richiesta però» sbottò mentre lui le premeva le labbra sulla curva della clavicola.

«Sarebbe?» chiese Matthew con voce soffocata mentre le baciava la pelle.

«Questa volta ti voglio nudo» rispose, scioccata da quanto fossero volgari le sue parole. Il suo tono.

«Non potrei mai dire di no a una signora» disse lui mentre la tirava a sé riportandola a letto. «Né ora né mai.»

A Isabel tremavano le mani mentre percorreva le ultime miglia che mancavano per arrivare a casa di suo zio. Era tardi, ben oltre le tre, e il suo corpo era indolenzito dopo tutti i piaceri che aveva esplorato con Matthew quella notte. Come amante era gentile ma appassionato, esigente ma generoso. Si era occupato del suo piacere più e più volte, e quando prendeva il suo?

Be', quando perdeva il controllo era uno spettacolo da vedere. Il solo pensiero le faceva pulsare il sesso ancora una volta dal desiderio.

Quanto avrebbe voluto concentrarsi solo su quei ricordi sensuali. Proprio quelli che aveva voluto creare quando aveva iniziato ad andare al Donville Masquerade. Quelli che avrebbero dovuto garantirle calore e soddisfazione quando sarebbe stata costretta a condividere un letto freddo e ordinario con un mercante o gentiluomo di basso rango con cui suo zio l'avrebbe fatta accasare.

Solo l'altro argomento della loro notte insieme continuava a interrompere i suoi piacevoli ricordi. E quell'argomento era Angelica.

Il ricordo che sua cugina un tempo aveva posseduto il cuore di quest'uomo la turbava. Di certo doveva essersi goduta anche il suo corpo. Come si poteva averlo e non volerlo toccare?

Eppure Angelica era morta e le risposte di Matthew non avevano soddisfatto del tutto le domande di Isabel in proposito. Quando parlava di lei, era tagliente. Ma era perché risentiva l'ingiustizia di averla persa così giovane? O era per la frustrazione che la sua morte era sempre legata a lui, per cui non poteva mai lasciarsi alle spalle quei ricordi che lo tormentavano?

O era quello che sospettava suo zio? Che un accenno ad Angelica lo facesse scattare perché aveva la coscienza sporca? L'odio di un assassino?

In cuor suo non poteva crederci. Non sembrava nemmeno lontanamente la verità.

Si passò una mano sul viso. «Che fesserie» mormorò piano, dato che nessuno poteva sentirla imprecare.

Angelica. Quanto era stata meravigliosa con quei capelli color miele e quegli enormi occhi azzurri. Era stata una bellezza rara, e Isabel si era sempre sentita un po' insignificante accanto a lei. Angelica aveva le fattezze perfette per tutti i suoi abiti eleganti, e li indossava con una sicurezza invidiabile.

Da ragazze, erano state unite. Ma man mano che Angelica aveva preso il suo posto in società, man mano che si era attirata l'attenzione di duchi, conti e visconti, Isabel era stata sempre meno coinvolta. Le visite erano diminuite, le lettere erano passate da una volta alla settimana a una volta al mese... a una volta ogni morte di papa. Angelica aveva trovato il suo posto e non includeva Isabel, che era ormai sposata con Gregory e si stava abituando alla vita di sposa di un avvocato.

Una vita molto vuota, mentre Angelica aveva catturato l'attenzione di... *Tyndale*. Matthew. A quel pensiero Isabel si sentì battere forte il cuore e si maledisse per questo. Per quello che sapeva di provare, quello che aveva provato più e più volte.

Gelosia. Nuda e cruda.

La carrozza si fermò sul retro della casa di suo zio. Pagò il cocchiere prima di fare un respiro profondo e osservare la casa. Questa non era casa sua. Non ricordava l'ultimo posto che aveva veramente sentito essere casa sua. Con i suoi genitori, forse, anni prima. Un'eternità.

Sospirò e risalì di nascosto il sentiero sul retro fino all'ingresso della servitù. Pagava un valletto per lasciarlo aperto quando usciva per queste piccole avventure. Entrò in cucina di soppiatto e si chiuse la porta alle spalle, scrollandosi di dosso la serata e i pensieri e i ricordi inquietanti che si portava dietro. Era di nuovo a casa, e doveva tornare a conformarsi alla sua vita normale senza mostrare di essere stata cambiata dal tocco di Matthew. Dalle domande che ora la tormentavano.

Dalle sue stesse reazioni a entrambe le cose.

Arrivò nell'atrio e si diresse verso la scala posteriore che l'avrebbe riportata nella sua camera da letto, ma non vi aveva ancora svoltato quando sentì qualcuno che si schiariva la gola alle sue spalle. Si bloccò, si voltò lentamente e trovò suo zio in piedi all'ingresso del suo studio, con le braccia conserte mentre la guardava in silenzio con uno sguardo accusatorio.

«Zio Fenton» boccheggiò, con il cuore in gola e quasi incapace di formare correttamente qualsiasi parola. «Io ero... cioè, avevo bisogno... voglio dire...»

«Non soffocare con le tue bugie, ragazza» si fece da parte e le indicò di entrare nel suo studio.

Lei chinò la testa e gli si avvicinò trascinandosi a fatica. L'aveva beccata, non c'era altro da fare. Proprio quella notte, di tutte le notti.

«Siediti» le ordinò mentre chiudeva la porta dietro di loro.

Lei andò al divano e vi si sedette in bilico sul bordo, osservando suo zio dirigersi verso la credenza dove si versò un bicchiere di scotch. Con sua grande sorpresa, versò anche un secondo bicchiere, ma di sherry. Glielo porse e si sedette di fronte a lei.

Sorseggiò il suo liquore prima di chiederle: «Dove sei stata?»

Isabel deglutì a fatica. Non era mai stata brava a mentire. Non era nella sua natura, nonostante le uscite furtive e i comportamenti scandalosi che si era concessa negli ultimi tempi. Quelle attività erano figlie della disperazione, non facevano parte del suo carattere. Si sforzò di trovare le parole che l'avrebbero salvata.

Perché la verità non l'avrebbe di certo resa libera in questo caso.

«Suppongo che se dicessi che ero solo in cucina a mangiare un boccone non verrebbe accettato?»

Suo zio scosse la testa. «No. Sei stata fuori. Ti ho vista tornare in una carrozza a noleggio, tra l'altro. Dove sei stata?»

Isabel incrociò le braccia. «Sono stata... a trovare Sarah» mentì. «Sua madre non sta bene e a volte esco di notte per aiutarla.»

Zio Fenton inarcò un sopracciglio come se non ci credesse del tutto. «E tu prendi una carrozza a noleggio per una cosa del genere, invece di chiedere semplicemente una delle mie carrozze?»

Isabel si mordicchiò il labbro. «Non volevo approfittare della vostra ospitalità più di quanto non abbia già fatto» disse. «O disturbare voi e la vostra servitù.»

Lui la fissò a lungo, con quegli occhi così simili a quelli di sua cugina che la trapassavano. Si agitò sotto il peso di quello sguardo e delle bugie che lo avevano provocato.

«Forse non vuoi solo che io sappia dove stai andando» disse piano. «O cosa fai per davvero.»

Aveva la bocca così secca che sembrava quasi incollata. Bevve un gran sorso del suo sherry prima di sussurrare: «Vi assicuro di no, zio.»

Lui scrollò le spalle. «Continua a mentire se vuoi, ma non ha senso. Da quanto tempo vivi qui?»

Lei strinse le labbra. «Da poco più di un anno» disse. «Un'ospitalità sconfinata di cui vi sono molto grata, ve lo assicuro.»

«Proprio così.» La voce di suo zio all'improvviso assunse un tono lontano. «Ti sei trasferita a casa mia tredici giorni dopo il secondo anniversario della sua morte.»

Isabel trasalì. Ecco di nuovo Angelica, sempre l'altra presenza in ogni stanza in cui entrava. Il marcatore del prima e dopo. «Sì» sussurrò.

«E non sei più in lutto per quel marito che tuo padre ti aveva trovato, giusto?» continuò lo zio Fenton. «Il tempo è ufficialmente passato?»

«Ehm, sì» confermò Isabel. «Sono passati circa diciotto mesi dalla sua scomparsa.»

«Bene.» L'anziano alzò e andò verso la finestra. «Molto bene. Credo che sia ora di rimetterti in cerca di marito, Isabel.»

Lei ansimò. Era una cosa intorno a cui suo zio girava da tempo, naturalmente. L'idea di accasarla di nuovo era stata la ragione principale per cui era andata al Donville Masquerade all'inizio. Ma stasera suo zio sembrava più... determinato. Come se avesse un piano, non solo un'idea passeggera.

«Oh, zio Fenton. È molto gentile da parte vostra, naturalmente, pensare al mio futuro. Ma non so se sono pronta a...»

«Pronta?» ripeté, come se fosse confuso. «Cosa c'entra essere pronta? Non puoi restare qui per sempre, la mia malinconia non può farti bene. È il momento di trovarti una nuova sistemazione. Migliore dell'ultima, ovvio. Tuo padre sarebbe dovuto venire da me all'epoca. Avresti potuto avere un cavaliere o anche un baronetto da sposare. Ma insisteva che il mio denaro e il mio nome non avessero influenza. Bene, adesso non c'è più. Ti troveremo un vero gentiluomo.»

«Vorreste... vorreste portarmi *in società?*»

Il vecchio sbatté le palpebre. «Certo, dove altro potrei trovarti marito? So poco di mercanti e simili. È tempo che tu trovi qualcuno con cui accasarti ed è quello che faremo. Ti assegnerò una piccola dote e prima che questa stagione volga al termine sarai lontana da qualsiasi guaio tu stia cercando.»

Il suo cuore ebbe un sussulto. La sola idea di essere presentata in società, di essere ributtata nella costrizione e nella solitudine di un matrimonio... oh, pativa le pene dell'inferno al solo pensiero.

«Vi prego» sussurrò. «Non potrei restare vedova? Possiedo

molto poco, lo so, ma non sarei costretta a rimanere qui. Potrei trovare un'altra sistemazione, forse anche farmi assumere come governante o...»

Zio Fenton storse il naso. «Governante? Non voglio che si dica che ho mandato mia nipote a *lavorare*. Dovresti essere felice, Isabel. Presto avrai un marito, forse anche uno con un piccolo titolo. La maggior parte delle giovani donne farebbe di tutto per avere quel futuro. Ora, vai a letto. Basta con queste sciocchezze.»

Le fece cenno di accomodarsi alla porta prima di riprendere posto alla sua scrivania. Chinò la testa, prese in mano una penna d'oca e cominciò a scrivere, indicando senza mezzi termini che la conversazione era finita.

Isabel rabbrividì quando si alzò in piedi e uscì dalla stanza. Questa notte era iniziata e finita nell'incertezza. Perfino l'interludio di intensa passione e piacere non poteva cambiare questo fatto.

Né il fatto che le era appena stato strappato dalle mani il controllo della sua vita. E ora era alla mercé di un uomo immerso nel dolore e nei pensieri di vendetta. Un uomo che sarebbe esploso se avesse scoperto dov'era andata veramente.

E con chi aveva passato le sue notti.

CAPITOLO NOVE

Matthew se ne stava seduto nel salotto di suo cugino Ewan. Era tranquillo mentre suo cugino, muto dalla nascita, parlava a gesti e sua moglie Charlotte traduceva il loro linguaggio segreto. Accanto a loro c'era il più caro amico d'infanzia di Matthew, Baldwin, e sua moglie da appena un anno, Helena. Normalmente Matthew si godeva questi momenti con loro, con tutti i duchi del loro club. E vedere questi duchi in particolare così felici era ancora meglio.

Ma la sua mente continuava a tornare incessantemente alla sua sconosciuta al Donville Masquerade. Il suo cigno. Erano passati due giorni da quando l'aveva vista, toccata, e le sue notti erano state agitate da sogni su di lei. Le sue giornate altrettanto distratte da pensieri sulla sua bella.

«Non credi, Matthew?» chiese Charlotte.

Sobbalzò sentendo il suo nome e quando alzò lo sguardo vide il quartetto di amici che lo guardava in attesa di una sua risposta. Naturalmente non aveva idea a cosa si riferisse la domanda.

«Ehm, mi... mi spiace, Charlotte. Ammetto che ero a varie leghe da qui» inclinò il capo in segno di scuse. «Perdonami.»

Charlotte era sempre stata gentile e la sua espressione garbata a quel punto si fece preoccupata, così come i volti degli altri. Arrivarono a scambiarsi degli sguardi, e gli si strinse lo stomaco. Dalla morte di Angelica, c'erano stati molti sguardi di questo tipo tra i suoi amici. Dio, quanto odiava la loro pietà.

«Charlotte, mi stavi dicendo della cameretta dei bambini» disse Helena sorridendo a Baldwin. «Mi piacerebbe vedere cos'hai fatto.»

Charlotte sorrise, ma vista la gravidanza avanzata, fece fatica ad alzarsi. Ewan le andò incontro, aiutandola a mettersi in piedi prima di posarle una mano sul ventre con delicatezza. Sorrise, ma c'era tensione sul suo volto quando sua moglie si protese verso di lui per dargli un bacio sulla guancia.

«Certo, voi signori ci scuserete, vero?» chiese Charlotte.

A quel punto erano tutti in piedi, e Matthew inclinò la testa quando le due signore si allontanarono, lasciandolo solo con i suoi due migliori amici. Avrebbe dovuto sentirsi a suo agio. Ewan era stato cresciuto dal padre e dalla madre di Matthew. Per via del suo mutismo, la sua stessa famiglia era stata abominevole nei suoi confronti, e il defunto padre di Matthew non lo aveva sopportato. Alla fine, erano stati cresciuti come fratelli, non solo come cugini o amici.

E Baldwin gli era quasi altrettanto caro. Suo padre era stato un buon amico del padre di Matthew. Le famiglie erano sempre state legate. Baldwin e sua sorella Charlotte erano stati una parte costante delle loro vite. Ewan si era persino innamorato di Charlotte quando erano solo bambini.

Erano un gruppo unito all'interno del gruppo più grande dei loro amici. Eppure non era facile stare da soli con loro, perché non sapevano nulla dei recenti problemi di Matthew.

Baldwin andò alla porta del salotto e la chiuse sospirando. Quando li guardò, scosse la testa. «Non so da chi di voi due cominciare. Sembrate entrambi dei fantasmi. Sta succedendo qualcosa di orribile di cui non so nulla?»

«Inizia con lui» disse Matthew, indicando Ewan.

Ewan lo guardò male ma tirò fuori il quadernino d'argento che usava per comunicare. L'oggetto inciso, regalatogli dalla moglie, rifletté la luce del fuoco mentre scarabocchiava un messaggio con mano incerta. «*È il bambino.*»

Matthew lesse il biglietto ad alta voce e gli si gelò il sangue. Alzò il viso di scatto e guardò Ewan. «C'è qualcosa che non va?»

Ewan deglutì e scrisse: «*Charlotte sta bene e il bambino si muove e scalcia. Dovrei essere felice. Sono felice. Ma...*»

Smise di scrivere a metà frase, posò il quaderno e si allontanò. Sia Matthew che Baldwin lessero il messaggio, e Matthew scambiò uno sguardo con il loro amico.

«Ewan» disse dolcemente, accantonando i suoi problemi per concentrarsi su Ewan. «Sei ancora preoccupato che questo bambino erediti il tuo... disturbo?»

Ewan non ebbe bisogno di rispondere per iscritto. Il modo in cui gli si irrigidì il collo e gli si sbiancarono le nocche quando strinse le mani a pugno, fu sufficiente.

«È il motivo per cui hai tenuto a distanza mia sorella per così tanto tempo» disse Baldwin, il suo tono gentile come lo era stato quello di Matthew. «Il motivo per cui stavi per non sposarla nonostante i sentimenti che provate l'uno per l'altra.»

Ewan fece di sì muovendo a scatto la testa, e Matthew rimase scioccato nel vedere le lacrime scintillare negli occhi del cugino. Andò da lui, afferrandogli il braccio con entrambe le mani. «Sai che tutti noi ameremo, proteggeremo e vizieremo questo bambino, qualunque cosa accada. Lui o lei non saprà cosa voglia dire non essere accettati. Non avere una famiglia.»

Ewan deglutì a fatica e ringraziò Matthew con un gesto prima di tornare al quaderno. «*Lo so. Comunque sono preoccupato. Charlotte lo vede. Anche lei mi conforta. A volte, però, non posso fare a meno di temere per il futuro.*»

«Non sei pentito della tua decisione di passare la vita con mia sorella, vero?» chiese Baldwin con un tono improvvisamente più tagliente.

Ewan trasalì e scrisse a lettere maiuscole: «*MAI!*» Fece dei bei respiri per calmarsi e poi scrisse. «*Il bambino arriverà tra qualche setti-mana. Diana aiuterà Charlotte con il parto. E poi vedremo.*»

Matthew annuì. Diana era la moglie del loro amico Lucas e una guaritrice di talento. «Sì, vedremo. Alla fine, siamo tutti nelle stesse condizioni, sai. La tragedia può colpire chiunque di noi da un momento all'altro. Non andarla a cercare se puoi evitarlo.»

«*Tua madre mi disse la stessa cosa quando ero ancora incerto riguardo a un futuro con Charlotte.*» scrisse Ewan sorridendo.

Matthew ricambiò il sorriso. «Be', come sai, ha sempre ragione.»

«*È per questo che sei così turbato? Angelica?*»

Baldwin inarcò un sopracciglio. «Ho una mia idea in proposito.»

«Idea» ripeté Matthew. «Davvero?»

Baldwin lanciò un'occhiata a Ewan. «Ho sentito che ha passato del tempo al Donville Masquerade insieme a Robert.»

Matthew spalancò gli occhi. «Chi te l'ha detto?»

«Hugh mi ha raccontato che ci siete andati quando voi tre siete sgattaiolati via dal ricevimento di James ed Emma. Ma che *tu* hai continuato a tornarci.» Baldwin incrociò le braccia. «Lo neghi?»

«No» disse Matthew. «Perché dovrei?»

Con sua grande sorpresa, Ewan gli diede una forte pacca sul braccio. «Bene. È ora di tornare a vivere, Matthew. Tutti noi speravamo che lo facessi.»

«Allora è il *senso di colpa* che ti dà quest'espressione così abbattu-ta?» chiese Baldwin.

Matthew sospirò. In verità, non era contrario a parlare con loro due dei suoi problemi. Anche se entrambi sarebbero rimasti scioc-cati, si preoccupavano per lui e non lo avrebbero giudicato. E aveva bisogno di un'opinione che non provenisse da Robert e dalla sua visione distorta della vita e della passione.

«C'è una... dama» disse.

Entrambi gli uomini si ritrassero, evidentemente scioccati. «Una dama?» ripeté Baldwin.

«Una donna» corresse Matthew. «A volte sembra una gentil-donna, anche se ha lasciato intendere che potrebbe essere una domestica o una borghese. L'ho incontrata la prima sera che sono andato al club con Hugh e Robert. Ci sono tornato per lei.»

Ewan fece un lungo sospiro e cominciò a scrivere. «Non che io abbia molta esperienza con queste cose, ma anch'io ho sentito parlare del Donville Masquerade. È un luogo peccaminoso come viene descritto?»

Matthew serrò le labbra mentre immagini di corpi nudi, mani impazienti, schiene inarcate gli riempivano la mente. Immagini del suo cigno, che si contorceva sopra di lui gridando di piacere. Il solo pensiero lo eccitava. «Sì.» bofonchiò

«Vuol dire che è la tua amante?»

Matthew si agitò davanti alla domanda diretta che gli era stata posta. Non era mai stato abituato a vantarsi delle sue conquiste, non che ne avesse avute da quella che sembrava un'eternità.

«Sì.»

«Santo Dio» sbottò Baldwin. «Non è quello che mi aspettavo. Pensavo che te ne stessi attaccato alla parete, maledicendo Robert per la sua ingerenza.»

«È cominciata così» disse Matthew, passandosi una mano tra i capelli per espellere un po' dell'inquietudine che questo argomento gli generava nel basso ventre. «Mi ci ha trascinato lui, e sapete quanto sia difficile resistergli. Ma non mi aspettavo *questo*.»

«Come è iniziato?» scrisse Ewan.

Matthew chiuse gli occhi. Riusciva a ricordare perfettamente quella prima notte. «La stavano importunando» disse. «Non potevo permetterlo. Sono intervenuto, abbiamo parlato e sono rimasto scioccato da questa sintonia istantanea.»

Baldwin sorrise dolcemente. «Ne so qualcosa.»

Matthew scosse la testa, perché non pensava di dover paragonare il legame che sentiva con la sua amante al profondo e imperituro amore di Baldwin per Helena.

«Siamo finiti in terrazza» continuò.

«Anche questo non mi torna nuovo» si intromise Baldwin, ridendo questa volta.

«Be', da lì la cosa è sfuggita di mano» proseguì Matthew. «Ci siamo baciati. E la volta successiva che l'ho vista, è stato più di un bacio. Siamo amanti, nonostante tutte le mie riserve e domande. Non riesco a smettere di pensare a lei, di sognarla.»

«È una cosa positiva, no?» chiese Baldwin. «È una cosa naturale per un uomo desiderare una donna. Perché esiti?»

«Per prima cosa, indossa una maschera» spiegò Matthew. «Non conosco la sua identità.»

Ewan spalancò gli occhi ma non scrisse nulla, si limitò a fissarlo. Baldwin sembrava addirittura scioccato. «Be', è senz'altro un aspetto particolare» disse piano. «È un posto dove si va mascherati, però. Tu devi fare altrettanto.»

«L'ho fatto» disse Matthew. «Ma lei conosce la mia identità. È una lunga storia. Non sono a mio agio con lei che sa chi sono, mentre io non so nulla di lei.»

«È giusto» scrisse Ewan. «Non è nemmeno la tua unica perplessità.»

Matthew storse le labbra. «Mi conosci troppo bene. A volte me ne dimentico finché non me lo ricordi così brutalmente. No, non è tutto.» Si mise a fare su e giù per la stanza. «Stare con questa donna, nonostante le identità nascoste e l'inizio inquietante... è come tornare in vita. Ma mi sembra anche un tradimento.»

Baldwin trasalì. «Angelica se n'è andata da molto tempo, Tyndale» disse piano.

«Pensi che dovrei mettere da parte i sentimento che provo per lei e andare avanti?» sbottò Matthew.

Baldwin scosse la testa. «Certo che no. Nessuno si aspetta che il dolore per la sua perdita sparisca completamente. Non posso immaginare il dolore per quello che ti è successo, lo capisco ancora di più da quando Helena è entrata nella mia vita. Ma non riesco nemmeno a pensare che Angelica avrebbe voluto che tu continuassi a soffrire aggrappandoti al suo ricordo per il resto dei tuoi giorni.»

Matthew andò alla credenza. Armeggiò con le bottiglie senza versarsi da bere. Non voleva del liquore, semplicemente non voleva guardare i due uomini che lo conoscevano meglio di tutti. Non quando potevano capire ciò che lui stesso non voleva esplorare troppo a fondo.

«So che hai ragione» disse piano.

Non riuscì a dire altro. Non insistettero per costringerlo a dire di più, lasciarono solo che il silenzio rimanesse sospeso tra loro per un momento. Poi Baldwin gli si mise accanto e gli mise un braccio sulle spalle.

«Hai ricevuto l'invito al ballo di Lord e Lady Callis sabato sera?»

Matthew corrugò la fronte. «Sì, penso di sì. Me ne ha parlato anche mia madre quando sono andato a trovarla qualche giorno fa. Perché?»

«Be', noi ci andiamo tutti. Sapete che ha sposato la sua amante l'anno scorso e le duchesse sembrano decise a darle una mano per facilitare il suo ingresso in società.»

Matthew piegò la testa pensando alla gentilezza dei suoi amici e delle loro belle mogli. «Tipico delle duchesse.»

«Perché non vieni? Esci in società, scaccia la malinconia e la confusione con i tuoi amici. Rendi felice tua madre.»

Matthew lanciò un'occhiata a Ewan e lo vide fare un cenno di assenso. Sospirò. «Molto bene. Ho passato troppo tempo a dannarmi col mio rimuginare. Una serata con i miei amici probabilmente mi farebbe bene.»

Baldwin sorrise. «Penso che sia quello che ti ci vuole. Passa una serata lontano da questa donna e schiarisciti le idee. Forse ti aiuterà a vedere le cose con maggiore lucidità.»

Matthew annuì, e in quel momento Helena e Charlotte tornarono insieme nella stanza. Osservò i suoi amici salutare le loro mogli. Era evidente come si illuminarono entrambi al loro arrivo.

Avevano ragione, naturalmente, che una notte lontano dal club, lontano dalla ricerca della sua sconosciuta, gli avrebbe probabilmente fatto bene. Ma l'idea che potesse schiarirgli le idee sembrava davvero sciocca. Perché aveva la mente ingarbugliata e non sembrava esserci un modo per sbrogliarla. Non ancora. Forse mai.

CAPITOLO DIECI

Isabel spostò il peso da un piede all'altro e si passò nervosamente le mani sulla gonna. Il ballo intorno a lei era in pieno svolgimento, un familiare miscuglio vertiginoso di musica ad alto volume, chiacchiericcio e abiti svolazzanti. In teoria, era molto simile a una dozzina di altri balli a cui aveva partecipato nel corso degli anni.

In verità, sembrava diverso, perché questo era un ballo organizzato da un visconte e da sua moglie. La sala era piena di conti e duchi, di secondogeniti e di coloro che avevano ereditato tutto quello che avevano e anche di più.

Si sentiva molto fuori posto.

«Cosa ne pensi di Callis?» chiese suo zio mentre le porgeva una bevanda.

Bevve un sorso con cautela prima di dire: «Il visconte e sua moglie sono stati molto amichevoli.»

Questo almeno era vero. Il visconte era un bell'uomo e sua moglie era bella e dolce. Erano chiaramente innamorati, cosa che aveva sorpreso Isabel, perché sapeva che molti matrimoni della società erano combinati e senza amore.

Non che potesse parlare lei.

Lo zio Fenton bofonchiò. «Una volta non era così arrogante e presuntuosa» disse.

Isabel volse di nuovo lo sguardo sulla viscontessa. «No?»

«È sconveniente parlarne» disse suo zio scuotendo la testa. «Non avrei dovuto farlo. Ma visto che i due sono in odore di scandalo, ho pensato che non sarebbe stato un cattivo inizio in società per te.»

Isabel strinse forte le labbra a quel velato insulto. «Grazie, zio.»

Lui scrollò le spalle. «Non perché ci sia qualche scandalo associato a te» spiegò. «A meno che non ci sia qualcosa di più di quanto io non sappia nelle tue sortite notturne. Ma poiché tutti stanno giudicando lei, forse tu saresti meno esposta al loro giudizio.»

Isabel sospirò. Supponeva che, a modo suo, fosse gentile. Che stesse cercando di renderle le cose più facili. Ma non lo erano.

Rimasero insieme in silenzio per un attimo mentre lei fissava la folla. Si sentiva così estranea rispetto a questo mondo. Come se lo guardasse con il viso schiacciato contro il vetro ma fosse incapace di entrarci per davvero. Aveva sperato che Sarah potesse venire, ma la malattia di sua madre glielo aveva impedito.

Così Isabel era sola perfino in quella stanza affollata.

«Isabel!»

Si voltò quando lo zio Fenton la chiamò e scoprì che non era più solo. C'era un gentiluomo accanto a lui. Era alto, con le spalle larghe, non brutto. Ma con ogni probabilità era un coetaneo di suo zio, più vecchio di Isabel di almeno venticinque anni.

Le si gelò il sangue.

«Vi presento la signora Isabel Hayes» disse suo zio. «Isabel, questo è Sir Daniel Goodacre.»

«Sir Daniel» disse lei, allungando la mano.

Lui la prese e la portò alle labbra con cui le sfiorò le nocche guantate, mentre lei cercava di mantenere il sorriso in volto. Le stava fissando il seno. C'era da aspettarselo.

«Signora Hayes» salutò con voce strascicata. «Siete una visione.»

Zio Fenton sorrise. «Sir Daniel è un vecchio amico.»

«È un piacere fare la vostra conoscenza» disse Isabel sfilando la mano dalla sua presa.

Resistette all'impulso di scuoterla. Di scrollarsi di dosso il suo tocco. Santo cielo, si ritrovava sulla stessa strada su cui l'aveva messa suo padre. Suo zio poteva anche accasarla con un gentiluomo di più alto rango, ma era praticamente con lo stesso uomo.

«Mi chiedevo se il vostro carnet di ballo fosse già pieno questa sera, signora Hayes» domandò Sir Daniel guardando suo zio con la coda dell'occhio.

Isabel deglutì. «No a dire il vero, siamo appena arrivati.»

«Allora potrei essere tanto audace da chiedervi di ballare la prossima danza con me?» e indicò la pista da ballo dove le coppie si stavano separando dopo la fine della canzone precedente.

Isabel inclinò la testa. Era la parte peggiore di questi eventi. A una donna veniva sì chiesto di ballare, ma solo in teoria la risposta poteva essere un no. In verità, sentiva di avere più potere al Donville Masquerade che qui in un consesso pubblico e presentabile.

«Certo» rispose a denti stretti. «Sarebbe un onore.»

Lui le porse il braccio e lei lo prese. Quando si voltò, vide un sorriso soddisfatto sul volto dello zio. Sembrava quasi che tutto fosse stato deciso. Il suo futuro era stato sistemato così che lui potesse tornare a compiangere incessantemente il proprio passato.

E le venne un nodo in gola quando iniziarono i toni di una giga campestre e fu costretta a ballare con leggerezza mentre tutto il suo essere era così disperatamente pesante.

Matthew se ne stava lungo la parete mentre il ballo procedeva intorno a lui, ma non vi prestava attenzione. La sua mente andava a un'altra sala, un'altra pista da ballo che avrebbe scioccato le persone in questa stanza se l'avessero vista.

Pensava alla sua sconosciuta. La signorina Swan. Il suo cigno.

«Matthew!»

Si voltò e scacciò quei pensieri indecenti quando vide sua madre venirgli incontro. La duchessa era bella nei suoi abiti eleganti, ma vide la preoccupazione balenare sul suo volto prima che si protendesse in avanti per dargli un bacio sulla guancia.

«Mamma» le prese la mano e se la mise nell'incavo del braccio. «Sono felice di vederti. Vuoi fare un giro sulla pista da ballo?»

La duchessa rise come se l'idea fosse assurda. «Credo che ti lascerò a tutte le damigelle da marito. Sai che non ballo.»

«Dovresti» disse lui, guardandola con la coda dell'occhio. «Sei sempre stata molto brava.»

«Con tuo padre come partner» disse con un sorriso triste. «Dubito che sarei molto brava con qualcun altro.»

«Disse la donna che è determinata a trovarmi una nuova compagna di ballo» ribatté Matthew osservando insieme la folla.

Lei gli strinse delicatamente il braccio. «Insisto troppo, vero?»

Si volse a guardarle quel viso gentile che adorava tanto. La donna che lo aveva sostenuto attraverso un tale dolore. Che voleva per lui un futuro che lui temeva di non poter garantire.

«Niente affatto» disse dolcemente. «Hai a cuore il mio interesse. Come potrei lamentarmene?»

«Non puoi» disse lei. «Ma puoi senz'altro lamentarti dei miei metodi.»

«Non oserei mai farlo» scherzò. «E rischiare la tua ira?»

Sua madre alzò gli occhi al cielo. «La mia ira leggendaria?»

Lui ridacchiò e sentì un'ondata di conforto. Si sentiva più se stesso quando era con la famiglia e gli amici. Il se stesso su cui si era adagiato dalla morte di Angelica. Era una condizione di calma che aveva perso nel momento in cui era entrato al Donville Masquerade e si era trovato a fronteggiare il desiderio ardente che si era acceso in lui quando aveva visto la sua sconosciuta.

«Sei molto lontano stasera» disse la duchessa. «Ti stai annoiando al ballo?»

Scrollò le spalle. «È un ballo. Suppongo che sia un modo come un altro per passare il tempo.»

«Che entusiasmo» commentò sua madre. «Quindi non c'è nessuno qui che cattura il tuo interesse?»

Matthew sospirò mentre lasciava scorrere lo sguardo per la sala. Trovò amici in abbondanza, perché la maggior parte dei duchi era venuta alla festa ed era riunita in gruppi. Parlavano con gli altri ospiti, o volteggiavano sulla pista da ballo con le loro spose. C'erano anche altri amici. Amici al di fuori del suo gruppo ristretto, compreso il loro ospite.

Ma non era quello che sua madre intendeva per interesse. Intendeva gentildonne. Damigelle non impegnate, maritabili. Donne che lo avrebbero aiutato a portare avanti l'eredità di suo padre sposandolo e dando alla luce i suoi figli.

«Io non...» cominciò, e poi si fermò. La folla si era leggermente divisa rivelando non una dama che aveva attirato la sua attenzione, ma qualcun altro. Qualcuno di molto peggio.

«Cosa c'è?» chiese la duchessa sollevandosi in punta di piedi per guardare anch'ella oltre la folla.

«Fenton Winter» rispose d'un fiato.

Il nome provocò una reazione viscerale in sua madre. Trattenne il fiato e gli afferrò il braccio con entrambe le mani. «Matthew» sussurrò.

C'era una ragione dietro a una reazione così forte. Winter era il padre di Angelica. Per anni le loro famiglie erano andate d'accordo. Il vecchio aveva approvato la loro unione. Ma quando Angelica era morta, Winter era stato veramente devastato. La sua rabbia e il suo dolore, oltre che le sue accuse, si erano abbattute su Matthew.

Normalmente non partecipavano agli stessi eventi. Se ne assicurava Matthew. Ma quella sera eccolo lì. Nel corso degli anni, era diventato più magro. Addirittura allampanato. Stringeva la mascella mentre guardava la pista da ballo, un segno di disappunto che Matthew aveva imparato a conoscere molto bene.

Ma chiaramente non aveva ancora visto Matthew, perché non aveva dubbi che diversamente Winter avrebbe già attraversato la sala da ballo in cerca di un pubblico scontro.

«Forse è meglio che vada» mormorò.

Sua madre disse qualcosa in risposta, ma lui non la sentì. In quel momento, una donna lasciò la pista da ballo e si fermò di fronte a Winter. Gli dava le spalle, non poteva vederla in faccia, ma Matthew non ne aveva bisogno.

Il modo in cui si muoveva gli era familiare. Come gli erano familiari il modo in cui l'abito le cadeva dalle esili spalle e la massa scura e setosa dei capelli perfettamente acconciati.

Era... sembrava il suo cigno. La sua sconosciuta. La sua amante. E stava parlando con Fenton Winter nella sala da ballo di un visconte, a meno di quindici metri da Matthew.

«Matthew!» Il tono di sua madre era acuto e perforò la nebbia del suo stordimento.

«Sì?» chiese lui, costringendosi a guardarla.

«Cosa c'è che non va?» chiese lei. «A parte il fatto che Winter è qui, voglio dire. Ti ho chiamato tre volte.»

Scosse la testa. «Scusa, scusa, mamma. Non lo so.» Rivolse uno sguardo a Winter e alla sua compagna. Non si era ancora voltata verso di lui e gli cominciò a girare la testa. «Mi dispiace. Scusami.»

Si allontanò da sua madre, vagamente consapevole del fatto che lo stava chiamando di nuovo. La ignorò, troppo preso dal vorticoso orrore rappresentato dalla situazione che si stava dipanando davanti a lui. Una situazione che non capiva completamente, ma che temeva non sarebbe finita bene. Come altro poteva finire?

Arrivò barcollando da James ed Emma, che se ne stavano ai margini della pista da ballo, con le teste vicine, sussurrando e ridacchiando tra loro. Quando li interruppe, l'espressione di James cambiò immediatamente.

«Cosa c'è?» gli chiese, afferrandolo per il braccio.

Matthew fu grato per il gesto. La presa lo riportò parzialmente alla realtà. «Io...Winter» mormorò.

James si voltò di scatto nella direzione in cui guardava Matthew e spalancò gli occhi. «Cristo, mi dispiace. Non avevo idea che sarebbe venuto.»

«Nemmeno io» sussurrò Matthew. «Chi è quella donna con lui?»

James guardò di nuovo, e Matthew fece altrettanto. In quel momento, la donna finalmente si girò per mettersi accanto a Winter, e Matthew poté guardarla per la prima volta in faccia. E non c'era più alcun dubbio o speranza che non fosse la sua sconosciuta. Poteva dirlo dalla forma delle labbra, dalla curva della mascella, dal colore degli occhi.

Era lei.

James cominciò a scuotere la testa quando Emma fece un lungo respiro. «Quella è Isabel Hayes» disse piano. «È... è la cugina di Angelica, la nipote di Winter. Vive con lui da circa un anno. È stata in lutto per la maggior parte del tempo, per il suo defunto marito.»

A Matthew cominciarono a fischiare le orecchie mentre fissava la dama, il cigno... *Isabel*, ancora una volta. Era ancora più bella quando non aveva il viso mezzo coperto da una maschera.

«No.» disse quasi soffocando. «No.»

«Matthew» disse James. «Matthew, cosa c'è?»

Matthew non riuscì a rispondere. Restò a fissare, senza battere ciglio, mentre Winter diceva qualcosa a Isabel e poi si allontanava da lei tra la folla. La vide agitarsi, un'espressione di disagio le attraversò il viso. Quel viso bugiardo, ingannevole e assolutamente splendido.

Non disse nulla per spiegarsi, ma si diresse dall'altra parte della stanza dritto verso di lei. La stanza era affollata, ma non aveva importanza. Non vedeva altro che lei. Non riusciva a pensare ad altro che a lei. A lei e alle sue bugie e a qualsiasi orribile piano avesse architettato.

Mentre si faceva strada tra i gruppi di festaioli, lei si voltò e il suo sguardo si posò su di lui. La vide preda dell'emozione. Spalancò gli occhi a dismisura, impallidì, e il suo sguardo si velò di evidente puro terrore.

Tutto questo non faceva che provare quello che lui sapeva già da tempo. Era la sua bella. E lei aveva saputo esattamente chi e cosa fosse lui.

Fece gli ultimi passi che li separavano e lei si girò di scatto come se volesse scappare. Non glielo permise. La prese per il gomito e la tirò indietro, cercando disperatamente di ignorare il lampo di calore e desiderio che lo attraversò quando la sua pelle incontrò quella di lei.

«Venite con me» ringhiò sottovoce. «*Signora Hayes.*»

Isabel non riusciva a respirare mentre la trascinava attraverso i corridoi tortuosi dell'enorme casa di Lord Callis. Aveva la vista offuscata e non riusciva a sentire niente da quanto forte le batteva il cuore. Inciampò, ma Matthew non rallentò il passo, si limitò a sorreggerla e a spingerla in un salotto. Quando la liberò, lei barcollò in avanti, trasalendo quando lui sbatté la porta dietro di loro.

Non voleva guardarlo e così rimase in piedi dandogli le spalle, con gli occhi chiusi e le mani strette ai fianchi. Quel momento si allungò quasi all'infinito finché Matthew sbraitò: «Girati.»

Tremava dalla testa ai piedi e le lacrime le pungevano gli occhi mentre faceva lentamente quello che le aveva ordinato. Lui era ancora in piedi davanti alla porta e la fissava con le braccia incrociate sul suo ampio petto.

Non c'era più l'amante che si era preso cura dei suoi bisogni più e più volte. Non c'era più l'uomo che le aveva confessato di essere confuso quanto lei dalla connessione fisica che si era sviluppata tra loro. Non c'era più la morbidezza e la dolcezza che le aveva fatto credere che lui non fosse capace di fare del male a sua cugina.

Era rimasta la rabbia che ribolliva appena sotto la superficie. E il disprezzo che trasformava i suoi splendidi occhi grigi in mari in tempesta.

«Era tutta una trappola?» sbottò, la sua voce tesa. «Un complotto?»

Le mancò il fiato davanti a quell'accusa. Davanti alla forte emozione che si percepiva dietro di essa. Per un folle istante pensò di mentire, di negare di sapere alcunché di quello che le aveva chiesto. Di fingere di non essere mai stata la sua sconosciuta, il suo cigno.

Solo che non poteva. Matthew inarcò un sopracciglio e fu chiaro che quella bugia non l'avrebbe salvata più di quanto avessero fatto tutte le altre. Era arrivato il momento della verità, e di rinunciare alla breve pazzia che l'aveva portata tra le sue braccia.

«No» ansimò, e la sua voce le sembrò roca e aliena. «Non lo sapevo, non all'inizio. Te lo giuro.»

Matthew rise, ma era un suono sgradevole. «Lo giuri, *Isabel*? *Signora Hayes*. Dovrebbe significare qualcosa per me?»

Lei chinò la testa. Meritava il suo biasimo, lo sapeva. La feriva molto più di quanto avrebbe dovuto, considerando il fatto che lo conosceva appena. Che non poteva averlo. Che tutto tra loro fosse ormai finito.

«Non lo sapevo quando ti ho incontrato la prima volta» ripeté.

«Ma dopo sì» ringhiò lui, e le passò davanti andando in un punto più lontano della stanza. «Quando? È stato prima che mi togliessi la maschera? È stato prima che mi portassi a letto?»

La severità dell'accusa la colpì, e si sforzò di mantenere la calma mentre lo guardava andare verso il camino acceso. Matthew si voltò di scatto e la guardò in faccia in preda a cupa rabbia. Eppure ancora assolutamente irresistibile.

«No» rispose. «Non prima. È stato davvero quando ti stavi vestendo dopo... dopo la prima volta che siamo stati insieme e ti è caduta la maschera che ho capito. Ti ricordi la mia reazione, come sono scappata via. Se lo avessi già saputo, perché avrei dovuto fare una cosa del genere?»

Per una frazione di secondo, la rabbia sul suo volto svanì. Annuì lentamente. «Suppongo che sia una giusta osservazione.»

Lei si avvicinò di un passo, arrossendo quando lo vide trasalire. «Sì. Ero inorridita quando ti ho visto in faccia. Di tutti gli uomini del mondo che avrei potuto semplicemente... semplicemente...»

«Scopare» completò Matthew.

Isabel si ritrasse di fronte a quella parola cruda, una parola che una gentildonna non doveva sentire. Forse era per questo che l'aveva impiegata, per dirle che non la considerava più una gentildonna. E perché avrebbe dovuto?

«S... sì» disse lei, con voce tremolante. «Tu eri il...»

Si fermò, perché non poteva dirlo. Era un'ammissione troppo potente.

Lui non sembrava avere le stesse riserve. «Il fidanzato di tua cugina?» chiese, sogghignando. «Il suo assassino.»

A quelle parole Isabel ansimò. «Cosa?»

A quel punto Matthew le andò incontro e lei strinse i pugni per rimanere al suo posto. «Questo è quello che pensa tuo zio, vero? Quello che ti ha fatto credere nel corso degli anni? Non pensare che io sia così stupido da non immaginare che sia *questa* la ragione per cui sei tornata, per cui mi hai cercato dopo aver saputo come mi chiamavo.»

Isabel chinò la testa. «Non posso negarlo. Sono tornata, ti ho cercato di nuovo, in parte per... per...»

«Dillo, Isabel» ringhiò lui. «Non fermarti adesso.»

«Per indagare su di te» finì con un singhiozzo.

Matthew fece una smorfia disgustato da quella parola. «Ti sei prostituita per scoprire se ho ucciso Angelica. Su ordine di tuo zio?»

«No! Lui non lo sa. Non potrebbe mai e *poi mai* sapere quello che ho fatto.»

Lui strinse gli occhi, ancora incredulo. Se l'era meritato, naturalmente. Si era meritata tutto il suo disprezzo. Il suo odio. Ma non era ciò che voleva. Ora che gli era così vicino, non era quello che voleva dall'uomo che aveva risvegliato i suoi desideri nascosti. L'uomo che le aveva dato tanto piacere.

«Quindi lo hai fatto per soddisfare la tua curiosità» concluse

Matthew lentamente. «E sei arrivata a una decisione sulla mia colpevolezza o innocenza?»

«Non ci siamo visti molte volte.» Le si incrinò la voce e non riuscì a controllarla. «Ma non potevo credere che un uomo che...»

«Ti ha dato piacere» disse lui con voce ancora dura anche se la accarezzava con lo sguardo.

Lei annuì, arrossendo violentemente ancora una volta davanti alla sua schiettezza. «Sì. Ma che lo ha fatto in modo così... dolce. Con tanta attenzione e premura quando non mi doveva né l'una né l'altra... Non potevo credere che un uomo il cui primo atto era stato di proteggermi potesse aver fatto del male ad Angelica.»

Matthew strinse forte la mascella. Isabel desiderava poter toccare quella guancia dura, tracciarla con le dita come aveva fatto una volta, come non avrebbe mai più fatto.

«Hai detto che l'indagine era uno dei motivi per cui sei tornata, per cui mi hai cercato al club» disse alla fine. «Qual era l'altro?»

Isabel schiuse le labbra a quella domanda. Non si aspettava che glielo chiedesse. Non si era nemmeno resa del tutto conto di averlo detto. Ma ora che l'aveva fatto e lui era...

«Perché non volevo rinunciare a ciò che avevamo condiviso quelle due notti» sussurrò, con voce appena udibile nella stanza silenziosa. «Non potevo, anche se sapevo che quello che stavo facendo era sbagliato.»

Lui non rispose, si limitò a fissarla. La sua espressione era indecifrabile in quel momento. Non arrabbiata, non sprezzante, solo... vuota. Fredda.

«Mio zio ha intenzione di combinarmi un nuovo matrimonio» spiegò lei, in qualche modo incapace di trattenere le parole. «Sono certa che sarà come il precedente.»

«Com'è stato il precedente?» chiese lui con tono secco.

Le si arrossarono le guance. «Con un uomo più vecchio, un'unione pensata per la posizione, non per la passione. È stata proprio la mancanza di passione che mi ha portato al Donville Masquerade. Solo per... osservare quella passione. Solo un po'. E poi mi hai toccato, e all'improvviso sono stata travolta dal desiderio. Un'onda che mi ha spazzato via.»

«E così mi hai tolto la possibilità di scegliere che cosa fare per soddisfare i tuoi desideri» concluse Matthew.

Messa in quel modo, Isabel lo vide per l'abuso che era. E si detestò per quello che aveva fatto. «Sì. È vero. Ed è stato molto sbagliato da parte mia. Vorrei non averlo fatto.»

«Davvero?» disse lui, e fece un lungo passo avanti con cui azzerò la distanza che li separava.

La toccava quasi ora, invadeva il suo spazio, il suo calore l'avvolgeva come quando l'aveva portata a letto. Sentiva il suo fiato addosso. I suoi occhi che la fissavano.

Fissò a sua volta quegli occhi, ricordando com'erano stati quando la voleva. Vedendo un'ombra di quella stessa espressione perfino in quel momento acceso e carico di emozione. E le parole le uscirono dalle labbra senza volere: «Cosa avresti scelto se avessi saputo?»

La guancia di Matthew si contrasse di nuovo, ma questa volta la sua espressione non era di rabbia. Era qualcos'altro. Qualcosa che Isabel aveva già visto, appena un attimo prima che la toccasse, prima che la prendesse in quella stanza nascosta in un club proibito.

Vedendo quell'espressione sapeva cosa avrebbe fatto ancor prima che premesse le labbra sulle sue. Non c'era nulla di gentile in quel bacio. Sentiva ancora la sua rabbia nel modo in cui la reclamava con la lingua e la afferrava per gli avambracci attirandola ancora più vicino.

Ma sentiva anche il suo desiderio. Glielo sentiva sulla lingua mentre gliela spingeva con forza in bocca. Non poteva resistere a quella passione che era arrivata a bramare. Non poteva resistere all'uomo che le ispirava desideri così profondi. Emise un sommesso suono gutturale e si sollevò sulla punta dei piedi per avvicinarsi. Intrecciò la lingua con la sua e il bacio si intensificò, si ampliò, si infranse come le onde sulla riva. Distruttivo e bello allo stesso tempo. Isabel voleva essere spazzata via.

Matthew imprecò e si staccò, allontanandola mentre si portava la mano alla bocca come se si fosse ustionato. La fissò per un istante, due, finché non sembrò un'eternità. Poi girò sui tacchi e si allontanò, lasciandola sola nella stanza.

Sola, senza fiato e confusa.

CAPITOLO UNDICI

Matthew entrò nel suo studio e si chiuse la porta alle spalle. Non sapeva come fosse arrivato a casa. Era tutto un'unica visione confusa da quando si era allontanato dalla tentazione del bacio di Isabel a quel momento.

Aveva lasciato la casa dei Callis, aveva trovato la sua carrozza, era tornato a casa... ma i dettagli di queste azioni? Indistinti nella migliore delle ipotesi.

I dettagli del bacio? Gli echeggiavano ripetutamente nella mente stordita freschi e nitidi su un sottofondo di senso di colpa e vergogna che gli martellava in testa come un tamburo.

Era sempre stato capace di dosare le sue emozioni. In questo aveva avuto dei buoni modelli nei suoi amati genitori. Non lasciava lievitare le passioni, le teneva sotto controllo. Anche quando Angelica era morta, si era ripiegato in se stesso, tenendo i suoi sentimenti per sé perché il mondo era destinato ad andare avanti senza di lui. Senza di lei.

Ma ora tutta quella capacità di controllarsi sembrava persa. Tutti i sentimenti, i desideri, i tradimenti risalivano in superficie. Imprecò e spazzò via dalla scrivania carte, penne e boccette d'inchiostro che finirono sparpagliate sul pavimento intorno a lui. Non era abbastanza.

Pensò a Isabel, che lo guardava negli occhi. Con una maschera, poi senza maschera, con suo zio, poi solo con lui. Pensò a come avrebbe voluto scappare da lei il più lontano e il più velocemente possibile, ma anche a come avrebbe voluto inchiodarla contro un muro e prenderla come un animale selvaggio. Gli pulsava la testa con tutti quei desideri opprimenti e discordanti, così si diresse verso la credenza. Si versò da bere e sollevò il bicchiere alle labbra tremanti.

Mandò giù il liquore tutto d'un fiato ansimando, poi si girò di scatto e lanciò il bicchiere contro il muro. Lo schianto con cui si frantumò gli diede non poca soddisfazione, il fragore sembrò quasi attenuare il tumulto emotivo che sentiva in petto. Ne lanciò un altro, un altro e stava per lanciarne un quarto quando la porta del suo studio si aprì e apparve il suo maggiordomo, Portman, e dietro di lui, Baldwin.

Matthew abbassò lentamente il bicchiere e si guardò intorno mentre i due uomini facevano altrettanto. La devastazione era evidente e lui era certo che lo fossero anche le sue emozioni.

Baldwin entrò, ma alzò una mano per indicare a Portman di non annunciarlo. «È tutto per stasera.»

Portman guardò dietro di lui con il viso segnato da evidente preoccupazione. Matthew si voltò per non dover affrontarla, per non dover esaminare i problemi che aveva creato sia in quella stanza che nella sua vita. Sentì il maggiordomo mormorare qualcosa a Baldwin e poi la porta si chiuse.

«Te ne sei andato dal ricevimento» disse Baldwin con tono molto prudente. «Era chiaro che fossi molto turbato. E sono stato mandato per assicurarmi che stessi bene.»

Matthew rise, anche se non provava alcun piacere. «Non si vede? Sono sano come un pesce.»

Baldwin fece un bel respiro. «Un tempo mi sarei aspettato questo tipo di comportamento retrivo da parte di... Graham, o forse

Lucas? Forse me lo aspetterei da Hugh, considerato il suo umore negli ultimi tempi. Ma dal mio amico Matthew? Mai. Quindi dev'essere successo qualcosa di molto brutto a quella festa, ed esigo che tu mi dica cosa seduta stante.»

Matthew si voltò a guardarlo in faccia a quel punto. Il viso di Baldwin era teso per la preoccupazione. Un'espressione che non aveva più visto sul volto del suo amico da quando aveva sposato Helena l'anno prima.

«Non avrai abbandonato la tua sposa per venire a cercarmi, vero?»

Baldwin inarcò un sopracciglio. «Non provare a distrarmi, non funzionerà. Helena era preoccupata per te esattamente come gli altri. È rimasta alla festa e verrà accompagnata a casa da James ed Emma. Non si aspetta che io torni prima di domattina, quindi hai tutto il tempo per smetterla di girarci intorno e dirmi che diavolo ti è successo.»

Matthew incurvò le spalle e si appoggiò di peso alla credenza. «Mi è rimasto solo questo bicchiere. Vuoi qualcosa?»

«Certo, possiamo fare a metà. Versa da bere, siediti e parla.» Baldwin attraversò la stanza e si sedette su una poltrona davanti al fuoco. Mantenne il suo sguardo scuro concentrato su Matthew, che versò il liquore, e si sistemò di fronte al suo amico porgendogli il bicchiere.

«Non so da dove cominciare» disse piano.

Baldwin inclinò la testa. «So che hai visto Fenton Winter al ballo stasera. Ti ha parlato? Ti ha rivolto le stesse vecchie accuse che ripete da tre anni?»

«No» sussurrò Matthew. «Ho visto Winter e mi ha turbato in effetti, come sempre. Ma non si tratta di lui. È... *lei*.»

«Angelica?» chiese Baldwin.

Matthew si fece teso. *Lei* era sempre stata Angelica da quando aveva portato il suo corpo inerte su dal lago e la sua vita era andata in pezzi. Era la *lei che* portava con sé in ogni angolo della sua vita.

Aveva dato per scontato che lo sarebbe sempre stata. Ma quella sera si trattava di una *lei* molto diversa.

«No» rispose d'un fiato. «Sto parlando del mio cigno. Della mia sconosciuta.»

Baldwin spalancò gli occhi e osservò ancora una volta la devastazione nella stanza. «Una donna che conosci a malapena ha ispirato... tutto questo?»

«L'ho vista stasera» ammise Matthew inclinando la testa contro lo schienale e chiudendo gli occhi. «So chi è.»

Baldwin trattenne il fiato. «Chi?»

Dirlo ad alta voce non sarebbe stato facile. Lo costringeva a rivivere daccapo ogni maledetto momento di quella notte. «Lei è... Isabel Hayes.»

«Chi?» chiese ancora Baldwin. «Non conosco quel nome, né capisco perché dovrebbe spingerti a fare tutto questo.»

«È la cugina di Angelica. La nipote di Fenton Winter e la sua pupilla, maledizione.»

Baldwin rimase in assoluto silenzio e Matthew aspettò un momento prima di guardarlo di nuovo. Quando lo fece, Baldwin era bianco come un cencio, aveva la bocca aperta per lo sgomento e gli occhi fuori dalle orbite.

«Sì, ho reagito anch'io così» disse Matthew con voce strascicata, e allungò il braccio per strappare di mano il bicchiere a Baldwin. Ne bevve metà prima di restituirglielo. Baldwin bevve il resto, gli tremavano le mani mentre se lo portava alle labbra.

«Non... non so cosa dire, cosa pensare di questa notizia» disse infine Baldwin. «Non può essere una coincidenza, vero?»

Matthew si alzò e tornò alla credenza. Questa volta tornò con la bottiglia. Riempì il bicchiere e poi bevve un sorso direttamente dalla bottiglia prima di metterla sul pavimento accanto alla sua poltrona.

«L'ho trascinata in un salotto proprio per chiederglielo. E sono stato... crudele.»

Baldwin fece una faccia stupita. «*Tu?* Non che io non pensi che si meritasse un po' di crudeltà dopo averti ingannato, ma faccio fatica a immaginarlo.»

«Proprio come hai difficoltà a immaginare che io distrugga il mio studio in un impeto di rabbia e... be', altre cose?» chiese Matthew, accennando al disastro alle sue spalle. «Ovviamente non le ho fatto male dal punto di vista fisico. Anche se sono sicuro che deve essersi sentita minacciata. Sono stato... volgare. Non sono mai volgare. Ma ero fuori di me.»

«Ne sono certo» lo rassicurò Baldwin. «Dopo tutto, lei conosceva la tua identità, non è vero?»

Matthew annuì. «Anche se insiste che è stato solo dopo che mi si è tolta la maschera la prima notte che...» Rabbrividì. «Potrei dire che *abbiamo fatto l'amore*, ma non è proprio esatto, vero? Non ho fatto l'amore con una sconosciuta mascherata. L'ho presa. L'ho rivendicata. L'ho marcata a fuoco, proprio come lei ha marcato a fuoco me. E ora so che la persona con cui l'ho fatto è la cugina della mia fidanzata. Una donna che vive con un uomo che mi sparerebbe dritto al cuore se ne avesse la possibilità.»

«Sono in combutta?» chiese Baldwin.

Matthew fece un lungo respiro affannoso. «È quel che ho pensato. Winter mi disprezza, mi incolpa di quello che è successo, anche se non si è fatto sentire molto nell'ultimo anno o giù di lì.»

«Questo non significa che non stia ancora coltivando il suo odio» commentò Baldwin.

Matthew sospirò. «E quale modo migliore per arrivare a me se non attraverso Isabel? Ma lei ha detto di no.»

«Ovvio che neghi» sbuffò Baldwin. «Per proteggersi.»

Matthew si ritrovò i pugni stretti in grembo. Provava uno strano senso di protezione che non voleva gli salisse in petto. Una vampata difensiva che Isabel sicuramente non si era guadagnata.

Eppure...

«Sembrava sincera, in apparenza solo l'idea la inorridiva. Diceva che suo zio non avrebbe mai potuto sapere quello che aveva fatto. Che all'inizio era venuta da me perché voleva... non importa cosa volesse. Dopo aver scoperto la mia identità, è venuta una seconda volta per indagare su di me. Di sua spontanea volontà.»

Baldwin storse le labbra. «E tu le credi?»

Matthew chiuse gli occhi. Vedeva Isabel molto chiaramente ora, quei grandi occhi scuri che sostenevano il suo sguardo. Quelle labbra piene che tremavano mentre lo implorava di crederle nonostante il fatto che gli avesse mentito. E poi la sensazione di quelle labbra carnose quando le aveva reclamate ancora una volta. Nonostante quello che gli aveva fatto. Nonostante cosa e chi fosse.

Scacciò quei pensieri e si alzò in piedi.

«Non so cosa credo» ammise.

Baldwin annuì lentamente. «Mi sembra giusto. Non sapere, intendo. Dopo tutto, è una situazione complicata. Forse non è necessario sapere cosa credere tutto in una volta, quando si è travolti da tutti gli aspetti di questo sviluppo inaspettato. Penso che una domanda migliore potrebbe essere: cosa pensi di fare?»

Matthew si avvicinò al fuoco e fissò le fiamme. Tutto era successo in così poco tempo. Il suo mondo era stato messo sottosopra, sia dalla scoperta di cosa e chi fosse Isabel, sia dal fatto che non cambiava l'intenso desiderio che in qualche modo provava per lei.

E si detestava per questo. Profondamente.

«Non lo so nemmeno io» sussurrò. «Il mio istinto mi dice che devo stare lontano.»

Sentì quelle parole uscire dalle sue labbra, ma suonarono subito male. Stare lontano non era quello che voleva. Voleva immergersi ancora di più in questa storia. Capire meglio le motivazioni di Isabel. Cercare di scoprire perché era così attratto da lei quando non si era permesso di essere attratto da nessuna da così tanto tempo.

Baldwin si alzò in piedi, ignaro dei pensieri che frullavano in testa a Matthew. «Lo capisco» disse lentamente. «Sono persino d'accordo che sarebbe la cosa migliore.»

«Sì, la cosa migliore.» La sua voce suonava vuota e lontana.

«E non dovrebbe essere così difficile evitare questa donna. Sono anni che lo fai con suo zio. La festa di stasera è stata un incidente inaspettato, ma d'ora in poi staremo tutti più attenti agli inviti.»

Matthew si ritrovò ad annuire, ma non credeva a quello a cui stava acconsentendo. A dire il vero aveva l'impressione che evitare Isabel potesse essere più difficile di quanto il suo amico immaginasse. Soprattutto perché il desiderio assopito che gli si era risvegliato dentro lo aveva trasformato in un lupo, più simile a Robert che a qualsiasi altro suo amico.

E quel lupo gli diceva una cosa sola: di inseguirla. Non di scappare.

Isabel rientrò nella sala da ballo barcollando, con la testa che le girava all'impazzata e le labbra calde e formicolanti per il bacio duro e appassionato di Matthew. Le batteva forte il cuore quando scrutò la stanza, ma non lo trovò. Se n'era andato? Si stava nascondendo? Stava per smascherarla pubblicamente?

Non aveva ancora fatto due passi che suo zio apparve al suo fianco.

«Eccoti qui» fece lui con un tono strano, rimbombante e lontano.

Isabel si girò e scoprì che la stava fissando con un'espressione strana quanto il tono della sua voce. Arrossì violentemente, e temette che la sua forte reazione fosse evidente.

Una cosa che sperava di evitare.

«Buonasera, zio Fenton» le si incrinò la voce. «Mi stavate cercando?»

«Sei sparita» disse.

Isabel deglutì. «Non volevo farvi preoccupare. Sono andata nel privè a riprendermi. Ho un po' di mal di testa.» La bugia le cadde dalle labbra un po' troppo facilmente. Ma in fondo era quello che stava diventando: una bugiarda. Matthew ne era convinto.

Suo zio inclinò la testa. «Buffo, è dove sono venuto a cercarti.»

Le si gelò il sangue. Se Fenton avesse saputo cosa aveva fatto con un uomo che disprezzava così profondamente... oh, sarebbe stato davvero un guaio. Non doveva scoprirlo. Mai.

«Probabilmente non ci siamo incrociati per un pelo» ribatté con un filo di voce.

Lui la guardò più attentamente. «Sì. Be', se il tuo mal di testa ti dà ancora fastidio, forse dovremmo porre fine alla nostra serata con un po' di anticipo.»

Isabel per poco non crollò per il sollievo. «Oh, grazie, zio!» Gli strinse il braccio con entrambe le mani. «Tu non sai quanto lo desideri.»

Lui inarcò un sopracciglio e la guardò da capo a piedi. «Allora chiamo la carrozza. Vieni.»

La guidò verso la porta da dove era appena entrata. Non poté fare a meno di gettare un'ultima occhiata alle sue spalle mentre uscivano, ma non trovò Matthew. Tuttavia i suoi amici, tutti quei duchi e le loro mogli, erano riuniti tra loro, bisbigliavano e aggrottavano la fronte. Aveva parlato con loro? Sapevano cos'era successo?

Sentì un attacco di nausea, si voltò e si sforzò di arrivare al foyer senza rimettere. Suo zio chiese che venisse fatta arrivare la sua carrozza e lei si limitò a guardarsi le scarpine mentre aspettavano, rivivendo ogni momento passato con Matthew in quel salotto.

La sua rabbia era stata così grande da riempire tutta la stanza. Ma aveva percepito anche il suo persistente desiderio. Come fazioni in guerra che cercavano di rivendicarlo. Il desiderio aveva vinto per un attimo, ma lei temeva che la rabbia, l'odio che aveva ispirato ingannandolo... avrebbero preso il sopravvento. Se lo meritava, certo, ma la faceva comunque soffrire pensare che la conversazione che avevano appena avuto sarebbe stata probabilmente l'ultima.

«Isabel.»

Il tono di suo zio era tagliente, e quando alzò lo sguardo lo trovò che la osservava con attenzione. La sua espressione era indecifrabile ma decisamente strana. «Sì?»

«La carrozza» disse, indicandola.

Lei scosse la testa. «Mi spiace.»

Lo seguì fino al veicolo e lasciò che la aiutasse a salire. Il vecchio prese posto di fronte a lei e se ne andarono nella notte, lontano dal ballo. Lontano dai momenti che le avevano davvero cambiato la vita.

«Cosa c'è?» chiese suo zio.

Isabel si voltò di scatto verso di lui. «Prego?»

«Sei molto distratta, Isabel» disse con tono aspro. «Molto più di quanto mi aspetterei per un semplice mal di testa.»

Deglutì. Se voleva sopravvivere a questo pasticcio, avrebbe dovuto imparare a mascherare meglio le sue reazioni. Si sforzò di fare un sorriso. «È stata semplicemente una serata molto interessante, zio. Tutto qui.»

«Interessante. Sì, sono d'accordo. È stata una serata molto interessante.» Si appoggiò allo schienale del sedile, con le braccia conserte e lo sguardo ancora fisso su di lei. «Hai creato parecchio scalpore, no? Anche più di quanto immaginassi.»

Isabel si accigliò e smise di pensare a Matthew. Il contegno di suo zio era così strano che le cominciò a battere forte il cuore. «Cosa volete dire?»

«Ancora niente» disse sventolando la mano. «Devo pensare un po' prima di parlarne.»

«Pensare?» ripeté lei. «Pensare a cosa?»

«Al tuo futuro. Stasera ho capito che potresti averne uno molto più grande di quello che avevo sperato inizialmente. Di conseguenza i miei piani devono cambiare, tutto qua.»

«Cosa vuol dire un futuro più grande?»

«Forse un barone o un secondogenito non sono adeguati» spiegò scrollando le spalle.

Le venne un nodo allo stomaco e si afflosciò un po' sul sedile. Era stata così terrorizzata dal suo legame con Matthew che aveva pensato che lo zio Fenton potesse essersene accorto. Ma lui invece pensava solo a pianificare il suo matrimonio. Quel futuro che aveva cercato di ignorare si stava avvicinando a velocità sempre più sostenuta nonostante ogni momento che passava tra le braccia di Matthew.

Ora mancava poco. Doveva trovare il modo di accettarlo. E di accettare che qualsiasi fantasia avesse costruito intorno a Matthew non sarebbe mai più stata una realtà. I suoi ricordi, anche quelli terrificanti di quella sera, da questo momento in poi probabilmente sarebbero stati l'unica cosa che le avrebbe donato un minimo di calore.

CAPITOLO DODICI

Erano passati tre giorni dal ballo di Callis, ma a Matthew sembrava un'eternità. Il fatto che avesse dormito poco non faceva passare i momenti più in fretta, naturalmente. E nemmeno il fatto che tutti i suoi amici duchi in città fossero venuti a trovarlo, a fargli domande. Così aveva dovuto ripetere la storia della scoperta dell'identità di Isabel più e più volte, rivivendola ogni volta.

Ma la parte peggiore, e migliore, di come aveva passato le giornate, erano i pensieri sul suo incontro con Isabel che non cessavano di farsi strada nella sua mente. Il bacio di Isabel. Isabel che gli mentiva. E lo toccava.

«Cristo» mormorò mentre faceva arrestare il cavallo davanti alla Libreria Mattigan e smontava di sella. Legò l'animale a un palo vicino e diede una pacca sulla spalla della giumenta prima di guardare l'edificio con un sorriso.

Mattigan era uno dei suoi ritrovi preferiti. Quando leggeva, dimenticava tutto ciò che lo circondava. Tutto ciò che lo turbava. Ora più che mai gli serviva quell'evasione, ed era per questo che il messaggio di Mattigan, che alcuni dei libri che aveva richiesto erano arrivati, era arrivato come manna dal cielo. Matthew era più che pronto a dimenticare i suoi problemi.

Quando aprì la porta, suonò il campanello e si ritrovò a sorridere ancora di più. Il signor Mattigan, un uomo corpulento di mezza età, alzò lo sguardo dal suo libro mastro dietro l'alta scrivania sul lato opposto della stanza e gli si illuminò il viso. «Ah, milord, milord, benvenuto.»

Matthew gli andò incontro, con la mano tesa, e il negoziante la strinse forte nel suo entusiasmo. «Signor Mattigan, sono stato molto felice di ricevere il vostro biglietto. I miei libri sono arrivati?»

«Finalmente sì, e mi scuso per il ritardo» disse il signor Mattigan inclinando la testa in segno di contrizione. «I Francesi sono ancora più tremendi quando ci separano dai nostri svaghi.»

Matthew si mise a ridere. «Credo che sia un'affermazione un po' esagerata. Penso che mi guarderò un po' intorno prima di saldare il conto e ritirare il mio pacco.»

«Certo» Mattigan si rimise a sedere, dandogli una piccola pacca sul braccio. «Fate con comodo.»

Matthew inspirò una boccata d'aria quando Mattigan tornò al suo posto alla scrivania e riprese in mano la penna. L'odore di carta e inchiostro gli riempì i polmoni e, per la prima volta da giorni, si sentì in pace. Si diresse verso gli scaffali e udì i bassi mormorii di altri clienti dalle altre corsie. Amanti dei libri. Li aveva sempre ritenuti la categoria migliore.

Fece scorrere i polpastrelli lungo i dorsi dei libri, inclinando la testa per vedere i titoli delle opere, gli autori. Aveva letto la maggior parte di quei testi, ne possedeva la maggior parte, ammucchiati sugli scaffali nella sua casa qui a Londra o nella sua ben più imponente biblioteca a Tyndale. Per fortuna c'era sempre una schiera di autori che scribacchiavano come matti a lume di candela per dargli qualcosa di nuovo da gustare.

Se solo i suoi preferiti scrivessero più in fretta.

Girò l'angolo di una corsia dirigendosi verso gli scaffali più lontano dalla porta. A quel punto si fermò di colpo, perché in fondo alla corsia, davanti agli scaffali di libri, c'era Isabel Hayes.

Lei non lo aveva visto, questo era chiaro. Era troppo assorta nel volume che teneva tra le mani, gli occhi spalancati mentre girava una pagina e si portava una mano al viso per attorcigliare una ciocca di capelli ribelli intorno a un dito.

Era stupenda in quel momento, e lui la ammirò in silenzio. I capelli scuri incorniciavano quel viso pallido e sottile alla perfezione. C'era una certa dolcezza nelle sue labbra e una certa innocenza nel modo in cui faceva sfrecciare gli occhi castano scuro sulle righe che aveva davanti. Era completamente assorta, e per la prima volta Matthew non pensò a lei come se fosse al Donville Masquerade. Là era tentazione e piacere, peccato e seduzione.

Ma la Isabel a pochi metri da lui in quel negozio era qualcosa... di più. Comunque allettante, sì. Ma anche bella e lieve. Aveva la sensazione che avrebbe potuto mettersi al suo fianco e leggere da sopra la sua spalla per qualche ora. O discutere di qualsiasi argomento a cui fosse così interessata, finché non avessero risolto i problemi del mondo. O almeno le falle nella trama della storia.

Gli cominciò a battere forte il cuore e per un attimo pensò di andarsene. Solo che lei alzò lo sguardo prima che lui potesse farlo e i loro occhi si incrociarono. La vide scossa da terrore assoluto. Per poco non le cadde il tomo che aveva in mano. Si girò e fece per andare via.

«Di nuovo in fuga?» chiese Matthew.

Isabel si bloccò, poi si voltò lentamente verso di lui. Non era brava a cancellare le emozioni dal viso, a quanto pareva, perché tutta la paura e il senso di colpa e il dolore che provava erano ancora evidenti. Alzò gli occhi e lo guardò, cercando di farsi forza anche se le tremavano le mani. Tanto che lui sentì il debole fruscio delle pagine del suo libro.

«N... no» sussurrò, poi si schiarì la gola e ripeté la parola più forte. «No, Vostra Grazia. Ero solo... stupita di vedervi proprio qui.»

Matthew inarcò un sopracciglio e si avvicinò di un passo, anche se non aveva idea del perché. Avrebbe dovuto evitare quella donna, come aveva promesso a tutti i suoi amici. Ma vedendola qui, in questo luogo che considerava quasi sacro... be', scoprì che non poteva andarsene così facilmente.

«Proprio qui» ripeté. «Non è di buon auspicio. Avete così poca stima della mia intelligenza?»

Isabel schiuse le labbra e si portò il libro al petto, quasi come uno scudo. «Non... non intendevo questo, naturalmente.»

Si ritrovò a sorridere. Anche se sapeva che gli aveva mentito. Anche se sapeva chi era. Cosa era.

«Cosa volevate dire allora?»

Isabel fissò il pavimento con una concentrazione che qualsiasi persona avrebbe invidiato. «Volevo solo dire che questo posto è molto... speciale per me. Un'evasione. Sono rimasta scioccata quando ho alzato lo sguardo e vi ho trovato qui.»

Matthew corrugò la fronte. «È esattamente così che mi sento rispetto a Mattigan.»

Isabel restò a bocca aperta e alzò lo sguardo. Ancora una volta quegli occhi castano scuro catturarono i suoi e lui si perse per un istante in quegli abissi color cioccolato. Risucchiato nei ricordi di quando quegli occhi erano accesi di piacere.

«Allora dovreste anche capire perché volevo scappare quando vi ho visto» ribatté lei.

Matthew si appoggiò allo scaffale con il gomito. «Pensavo aveste detto che non stavate scappando.»

La vide scrollare le spalle. «Non ho intenzione di prendervi per uno stupido, Vostra Grazia. Sappiamo entrambi che volevo fuggire.»

«E perché?»

«Ho pensato che fosse meglio. Considerato come dovete...»

Si interruppe esalando il fiato, come se quello che stava per dire fosse doloroso.

«Come devo?»

«Odiarmi» sussurrò Isabel. «Ho pensato che avrei dovuto lasciarvi in pace considerato quanto dovete odiarmi.»

~

Isabel non riusciva quasi a respirare mentre osservava l'espressione di Matthew trasformarsi dopo le sue parole. Fece una smorfia e poi il suo sguardo si ammorbidì.

«Io non...» Si fermò e sembrò fare fatica a trovare cosa dire. «Isabel, ero arrabbiato quando ho capito che mi avevi mentito. Quando ho capito chi eri.»

Lei distolse il viso e cercò di non rivivere quel terribile momento in cui lui l'aveva affrontata qualche sera prima. «Mi dispiace. So che è non è di gran conforto e che non mi credete veramente. Ma continuerò a dirlo.»

Lui allungò il braccio e improvvisamente le sue dita le sfiorarono il dorso della mano. Anche se entrambi indossavano i guanti, l'energia che era fluita tra loro da quella prima notte al Donville Masquerade tornò in un istante. Il suo corpo rispose, anche se sapeva che non avrebbe dovuto.

Alzò il viso per guardarlo e lo trovò che le scrutava il volto con quei suoi occhi grigi.

«Sono stato duro alla festa di Callis» disse con voce bassa e roca. «Ero sconvolto ma sono stato scortese. E volgare. Ho detto cose che un gentiluomo non dovrebbe mai dire a una signora. Me ne scuso.»

Isabel rimase a bocca aperta, perché in quel momento era tornato a essere il gentiluomo. Il tenero amante. L'uomo che l'aveva tanto affascinata nel corpo e sì, nell'anima.

«Non credo che mi sia dovuto nulla» disse.

«A *tutti* è dovuto un minimo di rispetto» ribatté lui.

Lei chinò la testa. «Be', grazie.»

Per un momento restarono in silenzio, e Isabel pensò che Matthew potesse trovare un qualche pretesto per andarsene ora che l'argomento tra loro era finalmente chiuso con questo incontro meno emotivo e le sue scuse finali.

Invece, lui sollevò una mano e picchiettò il libro che ancora penzolava nella sua. Quello di cui si era quasi dimenticata.

«Cosa stai comprando?» chiese.

Lei abbassò lo sguardo e poi glielo porse per lasciarglielo ispezionare. Arrossì quando lui fece scorrere un dito sul titolo dorato. «*Il Monaco*» disse con un sorriso. «Signora Hayes, vi interessa una lettura veramente scandalosa.»

Isabel tese la mano per farsi restituire il libro anche se aveva le guance in fiamme. «Sono certa che un racconto gotico vi sembri molto sciocco.»

«Al contrario, mi piace» disse scrollando le spalle mentre lo restituiva alla sua custodia. «Non è il migliore del suo genere, però. Credo che Beckford sia migliore.»

«Sono d'accordo» rispose Isabel con un sorriso. «Anche se per certi versi e ancora più scandaloso. Di sicuro ci sono più patti col diavolo.»

Con sua grande sorpresa, lui rise alla sua battuta, e lei lo fissò. Si trasformava quando parlava di un argomento di cui era chiaramente appassionato. Una passione che lei condivideva. Ma quando rideva, quella trasformazione era ancora più completa. Sembrava così allegro in quel momento, così lontano dai problemi che lo avevano gravato nel breve periodo in cui lo aveva conosciuto.

«Isabel?»

Si voltarono entrambi, e Isabel sobbalzò. Era venuta da Mattigan con Sarah, e appena aveva iniziato a parlare con Matthew, se ne era quasi dimenticata. Ora la sua amica era proprio dietro di loro, e la fissava sgranando i suoi grandi occhi azzurri.

«Sarah, mi dispiace di essermi trattenuta a parlare con il Duca di Tyndale» disse Isabel, cercando di non incrociare gli occhi dell'amica in modo che Sarah non potesse mandarle messaggi con il suo sguardo significativo. «Conoscete la signorina Sarah Carlton?»

Matthew lanciò un'occhiata alla sua amica. «Credo che ci siamo incontrati una o due volte. Buon pomeriggio, signorina Carlton.»

«Buon pomeriggio, Vostra Grazia» disse Sarah. «È un piacere rivedervi.»

«Anche per me» disse lui, poi si schiarì la gola. «Bene, sono contento che ci siamo incontrati di nuovo, signora Hayes.»

Lei annuì lentamente. «Anche se dubito che succederà di nuovo, quindi suppongo che questo sia... un addio.» L'ultima parola per poco non la soffocò.

Matthew sbiancò. «Probabilmente avete ragione. A... addio.» Inclinò la testa verso Sarah in segno di saluto, poi girò sui tacchi e abbandonò la corsia. Lei lo sentì parlare con Mattigan per un momento, anche se non riuscì a distinguere le parole precise a quella distanza, e poi il campanello della porta suonò e il duca se ne andò.

Isabel si afflosciò contro la libreria, il cuore le batteva all'impazzata dopo quello scambio. Aveva pensato che il loro ultimo incontro fosse stato alla festa di Callis, quando Matthew l'aveva baciata con tanta passione e rabbia. Era arrivata ad accettarlo.

Ma questo era peggio, per certi versi. Che lui le si avvicinasse, che le porgesse le sue scuse, anche se non lo meritava. Che si fermasse a conversare sul libro che stava comprando, come se fossero vecchi amici. Come se quello che era successo tra loro fosse in qualche modo... *bello*... rendeva tutto più difficile.

«È molto avvenente» disse Sarah prendendo Isabel a braccetto. «Avevo dimenticato quanto fosse bello.»

Isabel sbuffò e rise. «Come tu possa essertene dimenticata va oltre la mia comprensione. Io ne sono ossessionata anche in sogno.»

Sarah la guidò verso un paio di sedie che Mattigan aveva messo davanti al camino nel retro del negozio. Si misero a sedere entrambe e Sarah le scrutò il viso. «Mi avevi detto che ti odiava.»

Isabel scrollò le spalle. «Era quello che pensavo. Forse mi odia ancora, è solo troppo... troppo *buono* per darlo a vedere. Perché non è giusto o corretto essere crudele con una gentildonna. Perfino una che merita un simile biasimo.»

«Non meriti alcuna crudeltà» disse Sarah dolcemente. «Cercavi passione. Forse non è accettato nella nostra società, ma questo non significa che sia sbagliato. E lui te l'ha data, liberamente, accettando di non conoscere la tua identità. Quello che è successo dopo, la sintonia che condividevate anche prima di sapere che avevate un legame comune in Angelica... è una sfortuna. Ma tu non c'entri più di quanto c'entri lui.»

«Sì, invece» gemette Isabel mettendosi la testa tra le mani. «Sapevo chi era e sono tornata indietro lo stesso. Sono tornata indietro e gli ho lasciato... ho lasciato che...»

Sarah arrossì violentemente. «Sì, lo so. Lo so.»

«Oh, non importa ora. È stato educato e l'ho apprezzato. Ma non cambia nulla. Lui sa chi sono e non vuole avere niente a che fare con me. Devo accettarlo e andare avanti. Mio zio mi imporrà comunque di farlo, in ogni caso.»

Sarah allungò il braccio e le prese la mano. «Vorrei poter cambiare le cose. Per entrambe.»

Isabel guardò verso la porta, dove Matthew si era allontanato poco prima. Le si strinse il cuore, anche se non avrebbe dovuto. «Anche io. Ma non è possibile. E in qualche modo entrambe troveremo un modo per sopportarlo.»

Isabel si sentiva appesantita quando arrivò al portone d'ingresso che conduceva nel foyer di suo zio. Hicks apparve in un lampo e le prese i guanti prima di farle cenno di andare in fondo al corridoio.

«Il signor Winter è nel salotto blu, signora Hayes» disse. «Sta per prendere il tè.»

Le sfuggì un sospiro. In quel momento, non desiderava vedere suo zio. Era stato così strano da quella notte alla festa dei Callis, continuava a borbottare tra sé e sé, ad alzarsi dal letto per mettersi a vagare per le stanze senza preavviso. Quello strano umore la rendeva nervosa e lei era già abbastanza nervosa per Matthew.

E da quando aveva rivisto il duca oggi, lo sentiva in modo molto più acuto. Dentro di lei temeva che suo zio potesse accorgersene.

Che potesse vedere quel legame con un uomo che disprezzava e sospettava.

Non voleva nemmeno pensare a quali orrori sarebbero derivati da quella scoperta.

Eppure, quell'uomo era suo parente diretto e il suo... guardiano, supponeva fosse il miglior modo per descriverlo. Non poteva evitarlo. Non era giusto.

Percorse il corridoio fino al salotto e lo trovò in piedi davanti alla credenza, intento a scegliere biscotti da un vassoio, con una tazza di tè fumante già a portata di mano accanto a lui.

«Buon pomeriggio, zio Fenton» disse con tono allegro anche se la conversazione con Matthew sembrava ancora risuonarle nelle orecchie.

Lui si voltò e la scrutò da capo a piedi prima di sorridere. «Isabel, ottimo tempismo, come vedi il tè è servito. E credo che la signora Gooding abbia preparato i tuoi biscotti preferiti. Ti piacciono quelli piccoli al cioccolato, vero?»

Isabel annuì. «Sì, è vero. Non avrei potuto pianificarlo meglio.»

Winter prese il suo piatto e la sua tazza e si allontanò dalla credenza. Mentre si versava il tè, si schiarì la gola. «Com'è andata la tua uscita? La libreria, se ho capito bene?»

«Mattigan» confermò lei, aggiungendo il latte alla sua tazza prima di prendere due dei biscotti al cioccolato che le aveva suggerito. Prese posto di fronte a lui con un sorriso. «Ed è stata un successo. Ho lasciato il mio nuovo libro sulla credenza.»

Winter diede un'occhiata da sopra la spalla. «Qualcosa che mi piacerebbe?»

Isabel scrollò le spalle. «Non siete mai stato un tipo da romanzi gotici. Questo mi è stato raccomandato da un...» Si interruppe e scosse la testa. «Da un amico.»

Lui inarcò un sopracciglio e qualcosa nel suo contegno cambiò. Le sue labbra si assottigliarono, il suo sguardo si posò sul tè e la sua fronte si fece corrugata. «Mmmh» brontolò.

Isabel fece un respiro profondo mentre lo esaminava con attenzione. Conosceva quello sguardo. Stava rimuginando ora, anche se lei non aveva idea del motivo per cui il suo discorso su Mattigan avrebbe dovuto indurlo a farlo. Non poteva avere la più pallida idea della presenza di Matthew in libreria.

«Zio» cominciò, e si preparò alla domanda che voleva fare da mesi ma che non aveva avuto il coraggio di porre. Si fece forza. «State... state bene?»

Lui le diede un'occhiata. «Bene?» ripeté, come se non avesse capito la domanda.

«Sì.» Mise da parte il suo tè e si fece avanti fino a restare in bilico sul bordo della sedia. Esitò un attimo, ma poi gli prese la mano. «Siete stato molto inquieto in questi ultimi anni. Per ottime ragioni, naturalmente, ma mi preoccupa. E nei giorni successivi al ballo di Callis, siete stato ancora più lontano e distaccato. C'è qualcosa che posso fare per voi?»

Per un breve istante, la sua espressione si ammorbidì. Ma poi quello sguardo svanì, si indurì. Liberò la mano con uno strattone. «Ultimamente ho pensato molto alla mia vita. A cosa e chi l'ha distrutta.»

Le si gelò il sangue. Era una vecchia tiritera. Ne conosceva ogni parola ancor prima che iniziasse. «Oh, zio» sussurrò.

Il vecchio la ignorò. «È stato lui.»

Isabel chiuse gli occhi. In passato, quando cominciava a inveire su lui, su Tyndale, lei non aveva provato altro che pietà. Forse un po' di curiosità. Ma questo era prima che conoscesse Matthew. Prima di avergli parlato e baciato, e toccato e molto altro ancora. Prima di cominciare a sapere, anche solo un po', quanto potesse essere gentile.

Così ora, quando suo zio cominciò con le sue recriminazioni, il corpo e l'anima di Isabel risposero in modo molto più potente. Sorse in lei un desiderio selvaggio di difendere Matthew.

«Lui» ripeté lei con cautela. «Suppongo che intendiate Tyndale.»

«Sì, *Tyndale*» sbottò, e la guardò come se fosse da biasimare tanto quanto l'uomo che disprezzava. «Sai che non ha onore. Non ha nessun valore, nonostante quello che si pensa di lui.»

Isabel schiuse le labbra. «Zio...»

Lui si alzò in piedi e sbatté la tazza sul tavolo, versando il tè caldo sul bordo e sulla mano. Non sembrò preoccuparsene. Andò dall'altro lato della stanza con passo pesante. «Non difenderlo. Non osare.»

Chiuse la bocca prima di essere tanto sciocca da farlo. Da dire troppe cose positive sul duca così che suo zio avrebbe potuto vedere quello che aveva da nascondere. Quello che non avrebbe mai e poi mai dovuto sapere.

«La risolverò io» mormorò, quasi più a se stesso che a lei.

«Cosa?» chiese lei alzandosi lentamente e seguendolo mentre faceva avanti e indietro. Non capiva, perché non c'era niente da risolvere, per quanto le era dato vedere. Nessuno poteva riportare Angelica. Eppure il volto di Fenton sembrava quasi... calmo in quel momento. Sereno nonostante la sua rabbia. Questo la spaventò più di quanto l'avesse spaventata qualsiasi altra cosa da molto tempo a questa parte. «Risolvere... risolvere cosa? Come?»

«Lo distruggerò» disse piano. Un lieve sorriso gli inclinò le labbra. «Da tempo cerco un modo per farlo. Un modo per avvicinarmi tanto da ferirlo veramente. E ora l'ho trovato.»

Lei lo fissò impietrita. Il volto di suo zio era rosso, gli occhi luccicavano di una rabbia che sembrava quasi pulsargli dentro. Aveva già maledetto Tyndale, naturalmente. Decine di volte. Forse anche centinaia. Ma tutto questo sembrava... diverso. Sembrava grave e reale.

«Ferirlo?» sussurrò.

Lui annuì. «Proprio come ha fatto lui con mia figlia.»

Isabel sussultò e fece involontariamente un passo indietro per allontanarsi da lui. Suo zio credeva che Matthew avesse ucciso Angelica. Se voleva fargli del male com'era successo a lei, ciò significava che voleva... ucciderlo.

«Per favore, non potete...» cominciò, ma lui alzò una mano per fermarla.

«Non devi preoccuparti, bambina. Tutto questo non ti riguarda se non marginalmente.»

Isabel scosse la testa. Suo zio non aveva idea di quanto la situazione la riguardasse. Per il bene di suo zio, per quello di Matthew, per il suo.

«E se sei preoccupata che ti abbia dimenticato, non è così» la tranquillizzò, mentre la tensione lentamente scompariva dal suo viso. «Abbiamo ricevuto un invito a un ballo per domani sera e ho accettato. Da lì inizierà il futuro. Forse per entrambi.» Sospirò. «Ora ho delle cose da fare. Divertiti con il tuo libro, mia cara.»

Le diede una pacca sulla spalla e uscì dalla stanza, e lei sprofondò di nuovo nella sua sedia dopo che l'ebbe lasciata sola. La rabbia crescente e il comportamento squilibrato di suo zio non stavano migliorando, per quanto lei avesse sperato che la situazione potesse cambiare e venire mitigata con il tempo.

Ed era chiaro che doveva parlarne con Matthew. Doveva dirgli che era in pericolo. Anche se questo significava mettere in pericolo se stessa.

CAPITOLO TREDICI

«Quindi era da Mattigan?»

Matthew sospirò, bevve un sorso del suo punch annacquato e guardò la folla al ballo con aria distaccata. A fare la domanda era stato Hugh, che ora aspettava la risposta stringendo le labbra per il disappunto.

«Sì» disse Matthew. «Ieri pomeriggio, quando sono andato a ritirare il mio ordine. E prima che tu mi faccia cento domande, non lo so.»

Fu Baldwin a inclinare la testa socchiudendo gli occhi scuri con aria interrogativa. «Non sai cosa?»

«Niente» sospirò Matthew. «Sono combattuto. Una parte di me dubita tutto ciò che riguarda questa donna perché mi ha ingannato.»

Hugh sbuffò ironico. «Non è questo che conta? I bugiardi sono bugiardi, e dopo che li hai smascherati non puoi più fidarti di loro.» Sia Baldwin che Matthew lo fissarono stupiti per il suo tono tagliente. Un tono che Matthew sentiva non essere interamente dovuto alla sua situazione. Il loro amico si agitò. «Vi è venuto in mente che questa donna potrebbe aver organizzato l'incontro alla libreria? Potrebbe aver persino pagato il proprietario per aiutarla nei suoi piani.»

Matthew si ritrasse. «Conosci Mattigan da quanto lo conosco io. Pensi davvero che prenderebbe dei soldi da un estraneo per tradirmi?»

Hugh incrociò le braccia. «Non hai idea di quello che certa gente farebbe per soldi. Non è vero, Baldwin?»

Baldwin trasalì e Hugh sbiancò immediatamente. Il loro amico non molto tempo prima si era trovato in gravi difficoltà finanziarie che lo avevano quasi portato a perdere Helena, a perdere tutto. Ma nell'ultimo anno alcuni solidi investimenti e l'aiuto della loro cerchia di amici lo avevano riportato alla solvibilità.

«Non è stata una bella uscita, Hugh» disse Matthew.

Hugh abbassò la testa. «Mi dispiace. Non intendevo...»

«Non c'è bisogno di spiegarsi» disse Baldwin gentilmente. «Suppongo di essere il migliore della nostra cerchia per discutere della disperazione che si prova quando si ha bisogno di soldi. Ma Mattigan se la cava bene nei suoi affari, non credo che sia con l'acqua alla gola. Anche se lo fosse, guadagna molto di più dal nostro piccolo gruppo di amici di quanto la vedova di un mercante possa permettersi di spendere. Perché dovrebbe farsi coinvolgere in qualcosa che equivarrebbe a tagliarsi le gambe da solo? Vuoi dirci perché parlare di bugiardi ti turba tanto, Hugh?»

Hugh scosse la testa e strinse la mascella. «No. Vado a prendere da bere.»

Non disse altro e si allontanò tra la folla, lasciando Baldwin e Matthew di nuovo soli. Baldwin sospirò e si voltò verso il suo amico. «Potrebbe sbagliarsi sul fatto che ci sia qualche cospirazione di vasta portata tra la tua signora e il libraio, ma non ha torto ad essere preoccupato per te. Hai detto di essere combattuto. Significa che una parte di te vuole credere in questa donna, nonostante quello che ha fatto?»

Matthew annuì lentamente. «Sì. Ho visto sincerità nella sua

reazione scioccata e inorridita quella sera al ballo. E altrettanto quando le ho parlato ieri. Faccio fatica a credere che sia una canaglia. Almeno non credo che lo sia del tutto.»

Baldwin strinse le labbra e osservò la folla restando in silenzio un istante. Poi guardò di nuovo Matthew. «Tu vuoi credere il meglio di coloro che ti circondano perché sei una persona perbene. Ma voglio che tu stia attento. Questa donna ha chiaramente risvegliato in te qualcosa che era rimasto sopito da quando hai perso Angelica. Non confonderlo con una sintonia più profonda. E non permettere che ti metta i paraocchi rispetto a eventuali suoi secondi fini.»

«Sei deciso a pensare il peggio di lei, allora?» Matthew chiese piano, sentendo un desiderio irrefrenabile di difendere Isabel.

«No, ma sono diffidente. E dovresti esserlo anche tu. Ha appena fatto il suo ingresso in sala.»

Matthew si bloccò, poi si voltò lentamente verso le porte della sala. Lì, attraverso l'ampia distesa di astanti, vide Isabel e suo zio. Lei era stupenda, come sempre. Stasera indossava uno splendido abito rosa rivestito di pizzo più scuro che ricadeva sulla gonna. Il suo sguardo sfrecciava intorno alla sala, come un uccellino in cerca di riparo in una tempesta.

Per un breve, folle istante, sentì il desiderio di poterglielo fornire. Di proteggerla. Nonostante il fatto che i suoi amici sembravano pensare che fosse lui quello da proteggere.

«Vado a cercare Helena» disse Baldwin. «Perché è chiaro che non hai più bisogno di me. Ma ti prego, fai attenzione. Se qualcuno si è guadagnato una lunga vita senza problemi, quello sei tu. E se vai in quella direzione, non è quello che potresti trovare.»

Gli diede una pacca sul braccio e poi si allontanò tra la folla. Matthew scoprì di non poter dire nulla mentre se ne andava. Il suo sguardo era troppo concentrato su Isabel. Forse avevano ragione sul fatto che evitarla era la soluzione migliore.

Ma le andò incontro comunque, ignorando tutte le conseguenze che sapeva di poter trovare quando l'avrebbe raggiunta.

Isabel si aggrappò al braccio dello zio mentre entravano nell'affollata sala da ballo. Le batteva forte il cuore e le si rivoltava lo stomaco a causa dell'intensa agitazione, un nervosismo che aumentava ogni volta che pensava a Matthew.

Non aveva idea se sarebbe stato qui stasera. Per anni il duca aveva evitato gli eventi in cui veniva lo zio, e Fenton aveva fatto altrettanto. Ma ora i due uomini erano in rotta di collisione, che Matthew lo sapesse o no. E spettava a lei avvertirlo delle pericolose acque che lo attendevano.

Gettò un'occhiata a suo zio. Aveva uno stranissimo sorrisetto in viso mentre guardava la folla. Un sorriso che le fece gelare il sangue.

«Perché non fai un giro, mia cara?» disse liberandole il braccio. «Devo parlare con alcuni amici e tra un po' ti porterò un rinfresco.»

Lei annuì mentre zio Fenton si infilava tra la folla. Non aveva idea se la sensazione di terrore che provava fosse una reazione eccessiva e melodrammatica o un brutto presentimento cui doveva prestare attenzione.

«Buona sera, Isabel.»

Si bloccò sentendo la voce profonda che veniva da dietro di lei. Quella voce che conosceva così bene. Che voleva sentire e che temeva in egual misura.

Si girò lentamente e le mancò il fiato. Matthew. Matthew, così bello ed elegante e perfetto mentre la fissava con un'espressione impassibile che lei non riusciva a interpretare.

«Vostra Grazia» mormorò.

Lui allungò una mano e lei si ritrovò a sollevare la propria, osservando come le sue dita guantate scivolavano nelle sue, come lui le sollevava la mano con insopportabile lentezza verso quelle labbra che una volta l'avevano toccata nei modi più intimi.

«Non dovrei essere così contento di vederti, come invece sono» disse, probabilmente più a se stesso che a lei.

Le librò comunque il cuore. Ma poi sentì una voce urlarle in testa, ricordandole zio Fenton e le sue crudeli minacce e tutto quello che doveva raccontare all'uomo che ancora le teneva la mano.

Gliela sfilò dalle dita e si avvicinò un po' di più, stordita da come il calore del suo corpo l'avvolgesse. «Matthew» sussurrò. «Devo parlarti subito.»

Lui corrugò la fronte confuso. «Non stiamo parlando?»

Lei scosse la testa. «Non qui. Dobbiamo parlare in privato. Per favore, non vuoi venire con me?»

Vide l'esitazione. La detestava, perché era ben meritata viste le sue decisioni e azioni. Ma poi lui sembrò arrendersi, la sua espressione si ammorbidì un po' e annuì. «Certo. Vieni, troveremo un posto dove stare da soli.»

Sentì il suo corpo tendersi a quelle parole. Al modo in cui le aveva pronunciate. Voleva cose che non avrebbe dovuto desiderare, cose che non avrebbe potuto avere. Lo seguì mentre la conduceva fuori dalla stanza, sapendo bene che doveva tenere sotto controllo quei desideri. Perché una volta che Matthew avesse sentito quello che aveva da dirgli, era molto improbabile che avrebbe voluto restare di nuovo da solo con lei.

Matthew guardò Isabel entrare nel salone e allontanarsi il più possibile da lui. Chiuse la porta dietro di lei e rabbrividì. Erano soli. E lo spazio era così ristretto che lei poteva correre quanto voleva, ma sarebbero bastati pochi passi per averla tra le braccia.

Ovvero esattamente dove la voleva, se era onesto con se stesso. Fu travolto da tutte le reazioni a quella evidenza sempre più palese. Senso di colpa. Rabbia. Disprezzo per se stesso. E il desiderio più intenso e potente che avesse mai sperimentato in vita sua.

Perfino con Angelica.

Ed eccola lì. La verità che non voleva affrontare.

Isabel si voltò, e tutte quelle emozioni svanirono in secondo piano. La sua espressione era tesa non dal desiderio, ma dall'ansia. Si tormentava le mani davanti a sé, la paura segnava ogni lineamento del suo bel viso.

«Cosa c'è?» chiese, facendo un passo verso di lei.

Lei sobbalzò, arrossendo. Almeno non era solo in questa follia. In questo bisogno che non avrebbe dovuto esistere.

Per qualche motivo, saperlo non era di grande conforto.

«È successo qualcosa?» le chiese, addolcendo leggermente la voce.

«Sì. No. Non lo so» ansimò. «Mio zio...»

Si interruppe e lui si irrigidì. Fenton Winter. Cercò di non pensarci. Lo aveva evitato per anni. La presenza di Isabel nella sua vita lo costringeva a riportare quell'uomo agli angoli della sua esistenza. Lui e le sue accuse che andavano così vicino al segno.

«Cosa devi dirmi di tuo zio?» chiese, con tono tagliente e duro perché non poteva essere altro.

Lei alzò gli occhi e lo guardò. «Lui è... ti ha sempre odiato, Matthew. Ti ha sempre dato la colpa per quello che è successo ad Angelica.»

Matthew si voltò e si diresse verso la finestra, da dove osservò le tenui ombre del giardino sotto un cielo che conteneva solo un sottile spicchio di luna. «Non è una novità per me, Isabel. Di sicuro non è una cosa che richieda che lasciamo il ballo per venire qui insieme.» Si girò verso di lei, e pensò a quanto Hugh aveva suggerito poco prima, che Isabel potesse manipolare questa situazione. Non voleva crederci.

Ma...

«Ma è più determinato negli ultimi tempi, Matthew» disse lei, ignara del suo conflitto interiore. «Vedo una disperazione diversa nei suoi occhi. Un pericolo crescente. Ha detto che vuole farti del male.»

Matthew scosse la testa. «Mi ha detto di peggio in faccia, Isabel.

Sono spacconate, odio allo stato puro vomitato da un uomo travolto dal dolore e dalla perdita.»

«No!» sbottò lei con quella voce cadenzata divenuta infine tagliente. Azzerò la distanza tra loro e gli prese le mani con entrambe le sue. «No, è più di questo. Lo vedo ogni giorno, Matthew. Vedo il suo peggioramento, la sua discesa in qualcosa di abietto e crudele. Almeno quando si tratta di te. Non devi prenderlo alla leggera.»

Matthew le fissò il viso acceso da vera preoccupazione e da una profonda paura. Per lui. Per *lui*. I suoi amici provavano le stesse emozioni, di sicuro. Sua madre anche. Ma Isabel era la prima persona al di fuori della sua ristretta cerchia che lo aveva guardato mostrando un interesse così vero e profondo da...

Da sua cugina. E si rese conto di quanto gli fosse mancata la sensazione che un'anima si preoccupasse così sinceramente e completamente della propria.

Era terrificante e affascinante allo stesso tempo. Una cosa che voleva respingere e abbracciare in egual misura.

«Isabel» disse piano, sfiorandole le labbra con lo sguardo, incrociando i suoi occhi, sentendo quanto tremava, in parte perché credeva a quello che gli stava dicendo. In parte perché era praticamente tra le sue braccia.

«Non sottovalutare quello che ti ho detto» le si incrinò la voce.

«Non lo sto sottovalutando» la rassicurò. «Sono certo che credi che sia vero. Ma...» Non riuscì a trattenersi. Le passò una mano lungo la curva della mascella, le sfiorò l'orecchio con il pollice e sentì il suo orecchino oscillare contro la pelle. Vide gli occhi di Isabel chiudersi mentre si lasciava sfuggire un sospiro tremolante che la diceva lunga su quello che voleva.

Faceva eco a quello che voleva lui.

«Ma?» gli chiese.

Abbassò la testa, avvicinandosi sempre di più alla sua. Sentì il suo respiro contro le labbra e questo lo fece impazzire. «Non può farmi del male» sussurrò. Poi le catturò la bocca.

Lei si sollevò subito contro di lui, gli mise le braccia al collo e si aprì al suo bacio. E lui prese. Prese come un uomo affamato perché stava morendo di fame. Non l'aveva più baciata dal ballo, quasi una settimana prima, e in quell'occasione era stato arrabbiato e fuori controllo. Il bacio era stato una punizione più che un piacere.

Quella sera era puro piacere. Era il ricordo di notti bollenti in quel club proibito, quando si era perso in una sconosciuta. Ma ora non era un'estranea, e semmai la voleva di più. Voleva vedere tutto il suo viso mentre la prendeva, voleva sentire il suo corpo palpitargli intorno in preda all'orgasmo e sussurrare il suo vero nome contro la sua pelle.

Voleva lei. Isabel Hayes. E in quel momento non contava nient'altro.

«Ti prego» mormorò lei contro le sue labbra. Non era certo che avesse voluto dirlo ad alta voce, o se fosse una supplica diretta a se stessa o a lui. Ma lo fece diventare duro come la roccia e si ritrovò a spingerla verso il muro.

Lei ansimò quando colpì la dura superficie con la schiena, e inclinò la testa mentre lui cominciava a baciarla lungo la mascella, giù per la gola, fin giù alla scollatura del suo bel vestito. Isabel gli mise le dita tra i capelli, emettendo sconclusionati suoni di piacere mentre lui le prendeva entrambi i seni tra le mani, stringendoli insieme, leccando il solco che faceva capolino dal vestito.

Contemporaneamente cominciò a strusciarsi contro di lei, con forti spinte circolari dei fianchi che lei assecondava ansimando e gemendo e implorandolo di continuare. Non aveva intenzione di fare altro. Scacciò i dubbi, il senso di colpa e la recriminazione, e le afferrò le natiche, sollevandola contro di sé, facendole sentire il ricordo di ciò che avevano condiviso in segreto.

«Sì» grugnì lei, affondandogli le dita nelle spalle mentre gli infilava la lingua in bocca e gli mostrava, senza mezzi termini, quanto volesse ciò che le offriva.

Sarebbe successo. Non aveva dubbi che sarebbe successo. Solo che in quel momento la porta del salotto si aprì. Lui la lasciò andare, mettendola a terra prima di girarsi ad affrontare gli intrusi.

E lì, sulla soglia, c'era suo zio, e non era solo. Con lui c'era il padrone di casa, Lord Hasselbreck, Hugh, e almeno altri tre che si spintonavano per cercare di vedere la scena peccaminosa davanti a loro.

CAPITOLO QUATTORDICI

Isabel ansimò inorridita quando vide il gruppetto di persone che ora scrutavano la stanza, che guardavano Matthew, che guardavano lei. Per quanto fosse seminascosta dietro di lui, sapeva che la sua identità era evidente. Soprattutto quando suo zio le puntò un dito contro e gridò: «Vedete! Ve l'avevo detto che quel bastardo non aveva buone intenzioni. Sta molestando mia nipote.»

Matthew emise un suono di assoluto orrore dal profondo della gola. Le lanciò uno sguardo, e non era più quello carico di desiderio, di bisogno e di passione. No, il suo sguardo era carico di... incertezza.

Come se pensasse che lei potesse avere a che fare con l'aggressione di suo zio.

«No!» gridò senza pensare alle conseguenze mentre si affrettava a mettersi davanti a Matthew. «*Non è questo* che sta succedendo.»

Sembrò solo peggiorare la situazione, perché gli sguardi dei presenti si fecero accusatori. Vedeva gli insulti nei loro occhi. Il biasimo per la facilità con cui si era offerta.

E dall'occhiataccia dell'amico di Matthew, il Duca di Brighthollow, immaginava che non avrebbe trovato amici tra coloro che erano piombati nella stanza.

«Sua Grazia stava solo... io ero... noi stavamo...» balbettò.

A quel punto guardò suo zio, sperando in un qualche aiuto, in un sostegno. Ma lui incrociò i suoi occhi, poi spostò lo sguardo su Matthew, e... *sorrise*. Un'espressione compiaciuta di trionfo. E in quel momento capì. Capì.

Quando aveva parlato di far del male a Matthew, quando le aveva parlato del suo futuro... quei due obiettivi erano collegati. Aveva pianificato di usarla proprio in quel modo. Di distruggerla se questo significava distruggere anche Matthew.

«Suggerisco che tutti lascino subito la stanza» disse Brighthollow, fulminando tutti i presenti con uno sguardo cupo che avrebbe potuto far gelare il sangue a chiunque. «Lord Hasselbreck, fateli accomodare fuori, per favore. Io resterò con il signor Winter e Sua Grazia per assicurarmi che non vengano alle mani.»

Isabel trasalì, perché in quel momento sembrava che a Brighthollow non sarebbe dispiaciuto prendere a pugni lo zio Fenton in prima persona.

«Questa è casa mia, Vostra Grazia» cominciò Hasselbreck.

Brighthollow rivolse la sua ira su di lui e scattò: «E io vi suggerisco di starci dietro.»

Così dicendo spinse fuori Hasselbreck e chiuse la porta dietro di lui, lasciando i quattro da soli.

Le tremavano le mani mentre si avvicinava a suo zio. Il suo sguardo, che era stato così fermo, così trionfante, ora cercava di sfuggirla. Un indizio di senso di colpa, forse, ma non così forte da non usarla come pedina in questo suo gioco.

«Siete stato voi» sussurrò, detestando il modo in cui le si incrinò la voce. «Avete organizzato voi questa intrusione, vero? Da quando?»

Matthew trattenne il fiato e Isabel lo trovò che fissava sia lei che suo zio. Entrambi con la stessa espressione. Tradimento. Diffidenza. Le si riempirono gli occhi di lacrime, ma le ricacciò indietro. Era troppo tardi ormai.

«Rispondimi!» gridò.

Lo zio Fenton scrollò le spalle. «Come avrei potuto organizzare ciò per cui questa persona, questa *cosa*, è responsabile in prima persona? Gli ho forse detto di inchiodarti contro un muro e di sfogare la sua fregola in pubblico?»

Isabel distolse il viso a quella descrizione volgare. Le si rivoltò lo stomaco.

«Mi odiate da anni» disse infine Matthew, focalizzandosi su Fenton. «Qual è lo scopo di questa... manipolazione?»

Isabel trattenne il respiro mentre aspettava la risposta. Sperando che non le avrebbe spezzato il cuore. Sapendo che l'avrebbe fatto.

«Siete visto come un esempio di virtù, vero, Tyndale?» sibilò Fenton, con la bava che gli usciva dalle labbra mentre sogghignava con disprezzo. «Be', ora vi vedono per quello che siete. Ne parlano in quella sala. Discutono di come il grande, buono e rispettabile Duca di Tyndale abbia appena sbattuto contro il muro una ragazza di rango di gran lunga inferiore e ci abbia quasi fatto i suoi comodi. Senza il beneficio del matrimonio. Senza pensare a come avrebbe distrutto la sua reputazione. Non importa cosa farete ora, questo episodio vi seguirà, non è vero?»

Matthew corrugò la fronte. «Seguirà anche lei. Non v'importa?»

Isabel lo fissò, lo zio che aveva amato per tutta la vita. Un uomo che aveva pianto con lei e di cui si fidava. Un uomo che aveva cercato di salvare dai suoi impulsi più oscuri.

E che aveva allestito una trappola in cui lei stessa era l'esca.

«Non gli importa» sussurrò accigliandosi mentre una lacrima le scivolava sulla guancia. La asciugò e voltò le spalle ai tre uomini. Non poteva guardarli in faccia. Non visto quanta poca stima avevano di lei.

La stanza era silenziosa, pesante, e poi Matthew fece un sospiro. «Dovevate sapere più di quello che dite.»

Brighthollow fece un passo avanti. «Matthew» cominciò.

Matthew alzò una mano per farlo tacere, il suo sguardo ancora completamente concentrato sul vecchio. «Essere colto in una posizione così compromettente mi avrebbe rovinato la reputazione, naturalmente» disse. «Avete vinto su quel fronte. Ma dovevate anche sapere cosa sarei stato costretto a fare dopo.»

«Cosa?» Il tono di Fenton era cantilenante. Beffardo. Isabel strinse i pugni contro le gambe, piegandosi leggermente in avanti sopraffatta da vertigini e nausea.

«Mi procurerò una licenza speciale» finì Matthew con tono piatto e cupo.

Isabel si girò di scatto, gli occhi spalancati, il cuore che le pulsava così forte che temeva potesse essere sentito da tutti nella stanza.

«Tyndale!» gridò Brighthollow, azzerando la distanza tra di loro con poche falcate. Afferrò Matthew per il bavero e lo scosse. «Che diavolo stai facendo?»

Matthew si liberò con uno strattone, lisciandosi la giacca mentre guardava non il suo amico, ma lei. La sua espressione era vuota, distante, come se non la conoscesse.

«Ciò che devo» rispose Matthew a bassa voce. «Hai visto i loro sguardi, Brighthollow. Quando lasceremo questa stanza, questa storia si sarà diffusa in ogni angolo di quella sala e nel resto del mondo. Si moltiplicherà e cambierà finché quello che siamo stati sorpresi a fare sarà molto peggio della verità. Non c'è altra scelta che fare la cosa onorevole.»

Brighthollow alzò un dito e lo puntò su di lei. Non la guardò, ma la indicò con mano tremante. «*Lei* non merita di essere salvata da te. Probabilmente faceva parte del suo complotto fin dal primo momento in cui è stato ordito.»

Isabel distolse il viso, ma non rispose all'accusa. A questo punto, non c'era motivo di farlo. Matthew avrebbe creduto a quello che voleva. Grazie all'inganno di suo zio, perché avrebbe dovuto pensare qualcosa di diverso da ciò di cui la accusava il suo amico?

E se questo gli avesse impedito di fare un errore di cui lei sapeva benissimo che si sarebbe pentito, allora era meglio così.

«Tu pensi ai miei interessi» disse infine Matthew. «E te ne sono grato. Ma non baserò il livello del mio comportamento sui torti commessi da qualcun altro. Non è così che si comporta un uomo d'onore.»

«Come se sapeste cos'è l'onore» mormorò Fenton.

Matthew lo fulminò con lo sguardo e poi disse: «Mi procurerò la licenza speciale. Vi dirò quando sarà pronta e sceglieremo subito una data per il matrimonio. Vieni, Hugh, ho bisogno del tuo aiuto.»

Isabel restò ammutolita a fissare i due gentiluomini avviarsi verso la porta. Stava dicendo che l'avrebbe... *sposata*. L'avrebbe sposata il più presto possibile. Per onore, se non altro. Per onore, anche se la sospettava di un tradimento molto più profondo di quando lei gli aveva semplicemente nascosto la verità sulla sua identità.

Brighthollow uscì dalla stanza, ma alla porta, Matthew si fermò. Si guardò alle spalle, incrociò il suo sguardo. Poi scosse la testa e uscì senza rivolgerle nemmeno una parola.

Non appena se ne fu andato, Isabel afferrò lo schienale della sedia più vicina per sostenersi. Fenton ebbe il coraggio di sembrare soddisfatto.

«Sapevate tutto?» sussurrò. «Lo sapevate, altrimenti perché ci avreste fatto trovare in quel modo?»

Lui la guardò e parte della sua allegria svanì. Sotto ora intravide almeno un lampo di senso di colpa. Ma anche di rabbia. Diretta a lei.

«Sapevo che uscivi di nascosto» disse. «Che facevi qualcosa che immaginavo non dovessi fare. Ma eri una vedova, non una debuttante innocente, e non avevo l'energia per inseguirti e costringerti a custodire ciò che non avresti protetto di tua spontanea volontà. Ma fu solo la sera del ballo di Callis che capii la profondità dei tuoi segreti.»

Le si schiusero le labbra. «Il ballo di Callis.»

Lui annuì e fece un passo verso di lei. «Non sapevo che quel bastardo fosse lì. Evito la sua compagnia ogni volta che posso, ma dev'essersi aggiunto tardi al ricevimento.»

Isabel incrociò le braccia sul petto, cercando di non tornare a quella notte in cui Matthew aveva scoperto la verità e l'aveva affrontata. E l'aveva baciata. E l'aveva portata a desiderarlo ancora di più. Proprio come aveva fatto stasera.

«Mi sono girato ed eccolo lì, in agguato. Fingendo di essere il santo che non è.» Gli occhi di Fenton divennero freddi e vacui, incutendole grande paura in cuore. «L'ho visto quando ti ha accostato ed ero pronto a sfidarlo a duello. L'ho visto trascinarti fuori dalla stanza e sono corso in tuo soccorso. Ma quando ho trovato il salone in cui vi eravate appartati, eri già tra le sue braccia. Lo stavi baciando come una sgualdrina. L'uomo che ha ucciso tua cugina.»

Lei alzò il mento. «Non credo che abbia fatto niente del genere, zio. Non c'è mai stata alcuna prova della notte in cui Angelica è morta, se non che è stato un terribile incidente.»

Winter serrò la mascella. «L'ha uccisa e tu sei caduta tra le sue braccia come se niente fosse.»

Isabel sbuffò in preda alla frustrazione, al dolore e alla paura, amalgamati nella peggiore combinazione possibile. Lo fissò, cercando di trovare l'uomo che aveva conosciuto per tutta la vita sotto questa cosa che era diventato dopo anni di dolore incancrenito.

«State dicendo che avete elaborato questo vostro piano quella sera?» gli chiese.

Annuì di scatto. «Il primo seme fu piantato, sì. Ed è cresciuto quando mi sono reso conto che voi due eravate più legati di quanto pensassi.»

Lei scosse la testa. «Di cosa state parlando?»

«Quel giorno alla libreria. Ti ho seguito. So che l'hai incontrato. Vi ho visto parlare attraverso la finestra, avevate le teste così vicine.»

Le si rivoltò lo stomaco. «Mi stavate seguendo?»

Suo zio scrollò le spalle. «Non è proprio il caso che ti indigni, mia cara. Dopo tutto, ero solo uno chaperon preoccupato, no? Mi prendevo cura della mia cara pupilla, com'è giusto che sia. Almeno così lo vedrà il mondo.»

«Vi prendete cura di me esponendomi ai pettegolezzi che seguiranno. Mettendomi nella peggiore luce possibile.»

«È quello che devo fare. In effetti, incoraggerò le chiacchiere peggiori, ricorderò alla gente i miei vecchi sospetti, i dubbi che sono stati accantonati per tutto questo tempo. Farò di quell'uomo un paria, ne farò uno scandalo vivente.»

Sembrava così contento, sembrava così soddisfatto, e Isabel non riuscì a trattenere le lacrime dagli occhi questa volta. Una le scivolò lungo la guancia mentre gli si avvicinava.

«Come farai con me» sussurrò. «Saresti disposto a distruggermi per fargli del male, a mettermi sulla strada di un uomo che credi davvero abbia ucciso tua figlia.»

Il vecchio sbiancò leggermente e distolse il viso. «Bisogna fare dei sacrifici, mia cara. Ma non preoccuparti. Non andrà avanti a lungo.»

Si voltò e lei rimase a fissargli la schiena mentre si allontanava, attanagliata dal terrore alla sua ultima dichiarazione. «Che cosa significa?»

«Vieni, abbiamo molto da fare. Un matrimonio da organizzare» disse da sopra la spalla.

«Zio!» gridò Isabel, ma lui la ignorò, troppo concentrato sul suo piano per fermarsi o considerarla. «Zio!»

Ormai era sparito, era andato giù per il corridoio ed era tornato alla sala da ballo dove avrebbe detto Dio solo sapeva cosa, per alimentare i pettegolezzi e lo scandalo.

Con un brivido, si sedette sulla sedia più vicina e si coprì il viso. Da ragazza aveva sognato di sposarsi. Dai libri aveva tratto l'illusione di poter trovare il vero amore e il lieto fine. La realtà era stata molto diversa. L'aveva accettata una volta, era pronta ad accettarla di nuovo dopo questo breve interludio in cui aveva regnato la passione.

Ma ora... ora si sarebbe sposata di nuovo. Questa volta con un uomo che non solo le aveva acceso dentro un fuoco, ma che non si fidava di lei. Cui probabilmente non piaceva nemmeno.

Un uomo costretto a percorrere la navata della chiesa con una lancia puntata contro la schiena.

Era *così* che si sarebbe sposata. E avrebbe dovuto proteggerlo da tutti gli attacchi che suo zio stava per lanciare. Anche se non la voleva.

~

Matthew se ne stava seduto in poltrona nel salotto di Ewan e Charlotte, con un bicchiere di liquore in mano. Sentiva le voci in sala, mormoravano il suo nome. Sibilavano quello di Isabel. E sospirò quando la porta si aprì ed entrarono i suoi amici e le loro mogli.

«Tutto questo è ridicolo» disse, mettendo da parte il bicchiere mentre si alzava per salutarli. «È notte fonda: non c'era bisogno di tirare giù dal letto nessuno per occuparsi di me, Hugh.»

Guardò le facce dei suoi amici, tese e preoccupate, e sgranò gli occhi. Questa sarebbe stata una notte più lunga di quanto non fosse già stata, e gli pulsava la testa.

«Hai intenzione di dire cos'è successo o lo faccio io?» chiese Hugh, con tono cupo e arrabbiato come lo era stato da quando lo aveva trascinato fuori dalla festa e lo aveva portato a casa di Ewan e Charlotte.

«Sono stanco di spiegare tutto» disse Matthew, sventolando la mano in direzione di Hugh. «Tanto vale che racconti tu la storia questa volta.»

«Fenton Winter ha messo in atto una specie di piano di vendetta contro Matthew, alla fine» sbottò Hugh. «E ha fatto in modo che fosse sorpreso in una posizione compromettente con quella sua nipote, Isabel Hayes. I due hanno ordito un complotto affinché Matthew la sposi. E lui ha acconsentito.»

Ci fu un sussulto collettivo tra i suoi amici che fece trasalire Matthew. Indietreggiò quando cominciarono a parlare tutti in una volta, a fare domande a voce alta. Lasciò che continuassero per un momento, poi alzò una mano.

«Basta» disse, ma la cacofonia non si calmò. «Basta!» disse più forte, con maggiore fermezza.

Smisero subito di parlare, scambiandosi sguardi, pietà e preoccupazione, paura e rimpianto. Detestava tutto questo. Era una scena già vista. Ricordava troppo bene come tanti anni prima questi stessi uomini gli si erano stretti intorno dopo la morte di Angelica. Era allo stesso tempo un conforto e una morsa intorno al cuore.

«È vero che Winter stasera ha organizzato un momento melodrammatico in cui io e Isabel saremmo stati beccati» disse piano. «Ma quello che stava succedendo in quella stanza quando la porta si è aperta non è stata colpa di nessuno, se non mia.»

Ripensò a quei momenti, alla bocca di Isabel sulla sua, al suo corpo premuto tra lui e la parete. I suoi lievi gemiti di piacere mentre lui la trattava con animalesca mancanza di controllo. Quello non era lui. Non lo era mai stato. Ma nel momento in cui la toccava diventava... ferale.

«Mi scuso con le signore presenti» disse Robert, facendo un passo avanti. «Ma non è possibile che questa donna abbia manipolato lo scenario? Per... intrappolarti?»

Matthew piegò la testa. I suoi pensieri su Isabela erano complicati, com'era sempre stato dal primo momento in cui aveva capito chi fosse. Era possibile che fosse coinvolta nei tradimenti di suo zio, ovviamente. Lo sapeva, non era uno stupido. Dopo tutto, lei avrebbe tratto grande beneficio da un matrimonio con un duca. Molte dame avevano tentato la stessa cosa in molti salotti chiusi.

E se lo sospettava ancora come suo zio, nonostante le esitazioni che aveva espresso a Matthew in passato, poteva anche essere disposta a sacrificare la sua reputazione per vendicare la cugina cui aveva chiaramente voluto bene.

L'idea che niente tra loro fosse mai stato reale gli fece rivoltare lo stomaco. Eppure non era l'unica sensazione che provava. Ricordava lo sguardo di Isabel quando erano stati interrotti. Lo sgomento che le aveva fatto incrinare la voce quando aveva affrontato lo zio. Il modo in cui si era gettata davanti a Matthew e aveva negato di essere stata molestata.

«Non voglio crederci. Voglio credere che sia innocente quanto me. Dopo tutto, mi ha chiesto di andare nel salotto per avvertirmi.»

A quel punto fu Lucas, il Duca di Willowby, a farsi avanti. Aveva lavorato anni come spia per il governo, e in quel momento glielo si leggeva in viso, divenuto improvvisamente severo. «Avvertirti?» ripeté.

«Stava cercando di dirmi che suo zio voleva farmi del male. Non gli ho dato importanza. Sapete tutti da quanto tempo si accanisce contro di me, dichiarando che dovrei essere distrutto per quello che pensa che io abbia fatto. Ma sembra che alla fine ci sia riuscito. E questo è il primo passo di un piano più grande.»

Diana, la moglie di Lucas, prese la mano del marito. La sua espressione era preoccupata come quella degli altri, nonostante fosse l'ultima arrivata nel gruppo. «Tu pensi che ci sia pericolo.»

«Non lo so» disse. «Forse. E se Isabel è davvero una vittima innocente nei piani di Winter, allora questo pericolo potrebbe estendersi anche a lei.»

Gli venne un nodo allo stomaco. Sapeva già cosa significava perdere qualcuno a cui teneva. Aveva sperimentato il dolore di gridare il suo nome e di non ricevere alcuna risposta dal corpo inerte che teneva tra le braccia.

Non voleva ripetere quell'esperienza. Mai più.

«Così sposerai questa donna» disse Charlotte, appoggiando la mano sul ventre protuberante e scuotendo triste la testa. «Oh, Matthew.»

Lui scrollò le spalle. «Non c'è altro da fare. Non dopo quello che è successo stasera. Winter mi ha forzato la mano e ora bisogna andare fino in fondo. Domani chiederò una licenza speciale e celebrerò il matrimonio il prima possibile.»

James, Duca di Abernathe e da tempo leader del loro gruppo, afferrò Matthew per il braccio. «Non avere fretta, Matthew.»

«Devo» disse, fissando il suo amico negli occhi. Vedendo il dolore che James provava per lui. «Per il suo bene, per il mio. Almeno Isabel non sarà più una pedina del suo gioco.»

«O la metterà nella posizione ideale per prendere tutto» scattò Hugh. «Sei uno sciocco se la consideri una pedina e non un'onnipotente regina sulla scacchiera.»

Matthew trasalì. Era facile pensare a Isabel nelle vesti di una regina, a dire il vero. Ma non del tipo che sarebbe entrata nel suo mondo per distruggerlo. E poteva solo sperare di non sbagliarsi in questa valutazione.

«Apprezzo l'interesse e gli sguardi di pietà e tutto il resto» disse rivolto a tutti. «Ma questo è quanto sta accadendo ora. E la cosa migliore che potete fare per me è sostenermi in questo frangente.»

«Ma certo» disse Baldwin, prendendolo per il braccio prima di porgergli la mano da stringere. «Congratulazioni, amico mio.»

Non si poteva negare il tono mesto della voce di Baldwin, ma Matthew accettò l'offerta. Si strinsero la mano, e Baldwin sostenne il suo sguardo con un'espressione ferma e sincera. Questa manifestazione di supporto lo fece quasi cedere. E quando gli altri si avvicinarono per fare altrettanto, sentì la loro forza e il loro amore fluirgli dentro, sostenendolo com'era già successo tante volte.

«È notte fonda» disse James quando tutti ebbero finito. «Suggerisco di andare tutti a casa e rivederci domani.»

«Sì» disse Emma, la moglie di James, prendendolo sotto braccio. «Sembrerà meno brutto domattina, come sempre. Andiamo.»

Matthew sorrise mentre il chiassoso gruppo si congedava e usciva dal salone uno dietro l'altro. Alla fine, rimasero solo Charlotte e Ewan. Charlotte fece un lungo sospiro.

«Mi dispiace, Charlotte» disse Matthew. «Non avevo idea che Hugh avrebbe buttato tutti giù dal letto per una riunione d'emergenza. Hai bisogno di riposare e non è stato corretto.»

Lei si accigliò. «Pensi che io non appoggi pienamente questa riunione improvvisata del Club del 1797?» Scosse la testa. «In ogni caso, mi hai distratto da mio figlio che mi ha preso a calci tutta la notte. Quindi te ne sono grata.»

Guardò Ewan, e un'infinità di tacite comunicazioni fluì tra loro. Fece alcuni movimenti con le mani, il linguaggio d'amore che avevano sviluppato in anni di amicizia e desiderio e poi di vero e potente amore. Ewan sorrise, poi si chinò per baciarle la guancia.

«Lascio a mio marito il compito di tranquillizzarti ulteriormente» disse Charlotte prendendogli la mano. «Buonanotte, mio carissimo amico. Come ha detto la dolce Emma, andrà meglio domattina.»

«Buonanotte» mormorò Matthew mentre lei lasciava la stanza.

Si voltò e trovò Ewan che lo osservava con attenzione. Che gli leggeva nel pensiero, com'era sempre stato capace di fare suo cugino. Normalmente non si risentiva di quell'abilità quasi fraterna, ma stasera si sentiva emotivo e non voleva che Ewan lo vedesse.

Fu contento quando Ewan smise di guardarlo e tirò fuori il suo quadernino dalla tasca. Scarabocchiò un messaggio e glielo consegnò.

«Provi qualcosa per lei?»

Matthew si irrigidì. Era questa la vera domanda, vero? Quella a cui cercava di evitare di rispondere perché non lo sapeva appieno. Ma qui, con Ewan, poteva essere sincero in questo.

«Desiderio» disse piano. «A palate. Non è stata lei a cominciare quello che è successo stasera in quel salotto. Sono stato io. Quando le sono vicino è... fuoco. Non ho mai provato niente di simile.»

Ewan annuì, come se avesse capito. Matthew presumeva di sì. Aveva certamente intravisto molti baci appassionati e momenti nascosti tra suo cugino e Charlotte dopo il loro matrimonio.

Ma l'espressione di Ewan era ancora turbata. *«Il desiderio è un inizio»* scrisse. *«Ma ti sto chiedendo come ti senti.»*

«Combattuto» rispose Matthew quasi strozzandosi. «Come diavolo faccio a sposare la cugina di Angelica? Come diavolo faccio a distinguere la verità da tutte le bugie con cui è iniziato il nostro rapporto? È il cigno che ho sedotto in un club proibito? È la manipolatrice che Hugh è certo che sia? È la ragazza della libreria che arrossisce per dei romanzi gotici? Chi è?»

Ewan ci pensò un attimo, poi scrisse: «Potrebbe essere tutte queste cose. Tu sei più del tuo dolore, no? O del tuo desiderio? O della tua amicizia con il nostro gruppo?»

«È per questo che non parlo con te» disse Matthew con un lieve sorriso. «Sei così razionale.»

«Parla con Robert se vuoi risposte irrazionali» scrisse Ewan. Poi si accigliò. «O con Hugh, ultimamente.»

Matthew si lasciò sfuggire un lungo respiro e chinò la testa. «Non era questo il piano, Ewan. Questa esplosione che è appena scoppiata nella mia vita non era il piano.»

«Le cose migliori iniziano così. Ora, c'è qualcosa che posso fare?»

Matthew lesse il biglietto sorridendo e allungò la mano per stringere la spalla a suo cugino. «Sii solo... te stesso. Solidale e attento. Gentile e maledettamente logico.» Ewan non ricambiò il sorriso e Matthew sospirò. «Ora Winter mi ha intrappolato. Finché non capiremo perché, è l'*unica* cosa che puoi fare.»

CAPITOLO QUINDICI

Matthew si raddrizzò la giacca e fissò il suo riflesso nello specchio. Sembrava... stanco. Non era quello che gli avevano detto tutti più e più volte durante i due giorni seguiti al suo fidanzamento a sorpresa? Quello che si sarebbe concluso domani grazie a una licenza speciale, ricevuta in fretta e furia dopo lo scambio di copiose somme di denaro.

C'erano dei vantaggi nell'avere potere. Solo che lui si sentiva impotente.

Impotente di fronte al matrimonio che incombeva su di lui. Impotente contro la marea di desiderio che provava per la donna che sarebbe stata la sua sposa. Impotente contro qualsiasi piano Fenton Winter avesse in serbo per lui.

Scosse la testa e si guardò alle spalle quando la porta della sua camera si aprì.

«Mamma» disse, voltandosi verso di lei con il miglior sorriso che riuscì a mettere insieme. Gli sembrò falso come probabilmente appariva.

Il sorriso di sua madre era altrettanto falso. «Sei proprio bello, tesoro mio» disse mentre si avvicinava per stringergli la mano.

Restarono così a lungo e poi Matthew sospirò. «So che sei... turbata. Come lo sono tutti.»

«Non lo nego. Penso che ogni madre lo sarebbe, date le circostanze. Winter ti odia da anni, non c'è logica che potrebbe fargli cambiare idea su quello che crede tu abbia fatto. Non l'ho mai capito.»

Matthew guardò di nuovo il suo riflesso mentre rifletteva su quell'affermazione. «Io sì.»

Sua madre sembrò stupita. «Davvero?»

«Quando papà è morto» cominciò lui, sentendola irrigidirsi quando gli strinse le dita con le sue. «non sai quanto avrei voluto poter dare la colpa a qualcuno, a qualcosa. Il dolore era così acuto, così forte, che avrei voluto metterlo da qualche altra parte. Focalizzarlo sulla rabbia o sull'odio. Perdere un figlio... immagino che sarebbe mille volte peggio.»

Lei annuì lentamente. «Sì, suppongo che sia vero. La rabbia sembra più controllata del dolore. Più diretta a uno scopo. Ma comunque, arrivare a questi estremi...»

Matthew scrollò le spalle. «Be', *è* arrivato a questi estremi. Non c'è scampo adesso. E in fondo, sono state le mie stesse azioni a mettermi in un frangente che lui poteva sfruttare, no? Se non fossi stato così imprudente...»

Sventolò la mano anziché completare la frase. Ogni volta che ne parlava, veniva riportato a quel momento nel salotto quando aveva tenuto Isabel premuta contro di sé e aveva perso la ragione, sostituita da qualcosa di caldo e famelico che aveva preso il sopravvento.

«Com'è?» chiese la duchessa.

Lui si voltò verso sua madre. «Isabel?»

«I tuoi amici sembrano piuttosto... *divisi* in proposito.»

Sì, i suoi amici protettivi, metà dei quali vedevano Isabel come una complice della cospirazione, l'altra metà come una vittima. Non era sicuro in quale campo lui stesso cadesse.

«È bellissima, naturalmente» cominciò. «Non si può fare a meno di guardare verso di lei quando entra in una stanza. Ma più ci si avvicina, più diventa... affascinante. È intelligente, una caratteristica che mi piace.»

«Ti annoieresti a morte se non lo fosse, quindi ne sono felice» disse sua madre.

«E ha una certa dolcezza. Prima era stata male accompagnata, sai. Un matrimonio senza amore.»

La duchessa chinò la testa. «E ora sarete entrambi spinti in un altro matrimonio simile. Non è quello che ho sempre voluto per te, soprattutto dopo aver visto i tuoi amici e tua cugina sposarsi così felicemente. Ho sempre desiderato che tu trovassi un'unione come...»

Si interruppe, ma lui sapeva dove stava andando la sua mente. «Come la tua con papà» disse sospirando. «Sì, lo speravo anch'io. Ma sai, non è così terribile. Sono attratto da lei. Ci sono molte cose che ci separano, ma non c'è motivo per cui un giorno non potremmo avere una buona... una buona amicizia.»

«Forse sarà sufficiente» sussurrò, e le s'incrinò leggermente la voce.

Matthew si portò alle labbra la mano di sua madre per un breve bacio. «Posso chiederti un favore?»

«Qualsiasi cosa» disse lei.

«Tempera i modi con lei» disse. «Per favore. Sarà abbastanza difficile per lei per un po' e non voglio che si senta attaccata da tutti i lati.»

«Ti preoccupi davvero del suo benessere» sospirò la duchessa, inclinando la testa per esaminare il suo viso un po' più attentamente.

Lui si agitò vedendo quell'interesse e annuì. «Sì.»

«Allora farò tutto ciò che è in mio potere per farla sentire benvenuta» disse sua madre. «Ma Matthew?»

«Sì?»

«Se si scopre che è in combutta con suo zio, la distruggerò.»

Matthew sollevò le sopracciglia davanti a quel tono tagliente e deciso. Sua madre in genere era così gentile, così dolce. Eppure ora i suoi occhi lampeggiavano con la stessa luce protettiva che avevano dimostrato i suoi amici.

«Capisco» disse.

«Vostra Grazia?» Entrambi si voltarono e videro Portman sulla soglia.

«Sì?» chiese Matthew, anche se sapeva già cosa avrebbe detto il maggiordomo. Aveva solo bisogno di una boccata d'aria in più prima di affrontarlo.

«La signora Hayes è arrivata.»

Matthew guardò il domestico. «Solo la signora Hayes? Non c'è anche il signor Winter?»

Portman scosse la testa. «No, signore. La signora Hayes è venuta da sola. È nel salotto blu, come richiesto.»

Matthew annuì, e dopo che Portman se ne fu andato, guardò sua madre. «È molto brutto che io sia felice che suo zio non si sia unito a noi stasera?»

«No, perché lo penso anche io e ci assolvo da ogni colpa» disse ridendo mentre uscivano insieme dalla stanza per raggiungere Isabel. «Anche se mi meraviglio del suo comportamento.»

Matthew strinse le labbra. «Anch'io. Anch'io.»

Scesero le scale e risalirono il corridoio. La porta del salotto blu era chiusa quando si avvicinarono. Matthew si costrinse a fare un respiro purificatore prima di spingerla e rivelare la loro ospite.

Isabel se ne stava in piedi vicino alla finestra e si girò quando entrarono, le mani giunte davanti a lei e gli occhi spalancati. Era bellissima, come sempre. Quella sera indossava una bella seta blu che la faceva sembrare a casa nella stanza. Una cascata di farfalle le adornava la gonna, un elemento bizzarro che lo fece sentire come se fosse a casa a Tyndale, sdraiato nei campi come faceva da ragazzo.

Quando tutto era molto più semplice.

«Vostre Grazie» disse Isabel, con le mani che tremolavano come quelle ali di farfalla quando si fece avanti.

«Signora Hayes» disse sua madre, staccandosi da lui e tendendole la mano quando Matthew non riuscì ad andarle incontro. «O posso chiamarti Isabel, visto che domani farai parte della famiglia?»

«Certo, Vostra Grazia» disse Isabel, guardando lui. «Ne sarei onorata.»

La duchessa gli lanciò un'occhiata rapida ma penetrante da sopra la spalla. Si rese conto che non aveva fatto altro che fissarla da quando era entrata nella stanza. Quando sua madre si allontanò per versare da bere a ciascuno, Matthew si fece finalmente avanti.

«Buona sera, Isabel» si sforzò di dire.

«Matthew» sussurrò lei quasi senza fiato, il suo sguardo che guizzava sul suo viso. «Sono molto felice che tu mi abbia invitato stasera. Pensavo che non avresti voluto vedermi.»

Il suo cuore sussultò davanti a quelle parole e al dolore nel suo sguardo. Nonostante le sue esitazioni sulle motivazioni di Isabel, sentiva ancora una forte spinta a confortarla. A fare molto di più. Le prese la mano.

Quando le loro dita si intrecciarono, ci fu un sussulto di consapevolezza che lo attraversò. Era il desiderio di sempre. Ma anche qualcos'altro. Qualcosa a cui faceva fatica a dare un nome, perché era da molto tempo che non provava niente di simile.

Era la sensazione di tornare a casa, e non poteva essere adeguata. Era sopraffatto da tutta l'eccitazione degli ultimi giorni.

«Dobbiamo sposarci, Isabel» le ricordò dolcemente. «Non potrei evitarti nemmeno se volessi. E non lo desidero.»

Lei annuì lentamente, anche se le sue parole non sembrarono alleviare il suo disagio. In verità, non aveva idea di come riuscirci. Entrambi erano stati gettati in una situazione fuori dal loro controllo. Erano entrambi consapevoli degli ostacoli e delle difficoltà.

Si schiarì la gola quando sua madre tornò. «Mio zio vi manda a dire che si, ehm, rammarica di non poter essere con noi. Era distratto da alcuni affari.»

Dalla stretta intorno alle sue labbra, capì che non era vero, e gli si rivoltò lo stomaco. Stava mentendo perché faceva parte di un piano più grande? E se no, se lei era una vittima come lui, quanto erano sgradevoli le cose a casa sua, con un uomo spinto dall'odio al punto di sacrificarla per vendicarsi? Entrambe le domande lo mettevano a disagio.

Si udirono delle voci nel foyer in quel momento, e tutti si voltarono. «Ah» disse la duchessa. «Stanno arrivando gli altri. Vogliamo andare a salutarli?»

Sorrise a Isabel e poi uscì dalla stanza. Matthew le porse il braccio e lei lo prese. Ma prima di condurla nel corridoio, verso i suoi amici e la serata che li attendeva, si chinò a sussurrarle nell'orecchio.

«Sei bellissima.»

Lei alzò di scatto lo sguardo con un sussulto. Come se non ci credesse. Come se non pensasse che potesse dire sul serio dopo tutto.

«An... anche tu» balbettò.

Si ritrovò a sorridere mentre la guidava fuori dalla stanza. E per la prima volta da giorni, si sentì il cuore leggero.

I sabel se ne stava da sola sull'ampia terrazza di Matthew a guardare il buio giardino di sotto. Non poteva vederne gran che al chiaro di luna, ma poteva già dire che era enorme. Stupendo. E da domani, suo.

Quel pensiero la sconvolgeva ogni volta che le veniva in mente. Strinse più forte la ringhiera di metallo e lasciò vagare lo sguardo nella notte.

Le ultime ore erano state... difficili. La cena era stata meravigliosa, naturalmente. La compagnia era stata gradevole, perché gli amici di Matthew e le loro mogli erano tutte brave persone. Uomini e donne perbene.

Ma aveva visto il modo in cui la guardavano. Attento. Accusatorio in alcuni casi. Erano un gruppo affiatato. Lei non aveva posto tra loro. Non ancora. Forse mai.

E questo bruciava anche se meritava la loro censura.

«È come un fratello per me, sai.»

Isabel si voltò e vide Helena Undercross dall'altra parte della terrazza che le veniva incontro. La Duchessa di Sheffield, la moglie di Baldwin. Ed era evidente la durezza d'espressione del volto di quella donna altrimenti bella.

«So che Matthew e tuo marito sono molto legati» disse Isabel con cautela.

«Sì infatti. Tutti i duchi del loro piccolo club sono uniti, ma ci sono sacche di amicizie più profonde tra le loro fila. Baldwin, Ewan e Matthew sono una di queste sacche.» Helena si fermò accanto a lei e fissò le stelle per un momento. «Già questo mi renderebbe protettiva nei suoi confronti. Ma c'è dell'altro.»

Isabel inclinò la testa. Voleva così tanto sapere di più sull'uomo che presto avrebbe sposato. E questa donna, con la sua accusa, gliene stava offrendo un assaggio.

«Cosa?»

Helena la guardò con la coda dell'occhio. «Mi avrebbe salvato.»

«Salvato?» ripeté Isabel senza capire. Era ovvio che Baldwin ed Helena erano profondamente innamorati, proprio come ogni altra coppia in quel gruppo di amici. Non poteva credere che Helena avrebbe mai avuto bisogno di essere salvata da Matthew.

«C'è stato un momento in cui sembrava che io e Baldwin non saremmo stati in grado di sposarci» spiegò lei, e le tremava la voce come se le sole parole la ferissero profondamente. «E Matthew si è offerto di sposarmi lui per aiutarmi a fuggire da una brutta situazione.»

Isabel rimase a bocca aperta e fissò la donna accanto a lei. Una donna molto bella. Seducente ed esotica, visto che era americana. L'idea che Matthew avesse mai pensato di sposarla fece divampare la gelosia di Isabel.

«Capisco» sussurrò.

«Non ne sono sicura» ribatté Helena, girandosi verso di lei all'improvviso. «E non sono sicura di cosa provo per te. Ci sono cose di te che mi fanno venire voglia di offrirti la mia amicizia. Ma nutro dei dubbi su di te, Isabel. E mi spaventa ciò che questi dubbi significano per Matthew.»

Isabel deglutì. Finora nessuno era stato così diretto sulle proprie esitazioni. Scoprì che quasi lo apprezzava, anche se il confronto non era un'esperienza piacevole. Almeno era diretto.

«Capisco la tua esitazione» disse. «E so che le mie parole significheranno poco se non le abbino ai fatti col passare del tempo. Ma voglio dirti che non voglio fare del male a Matthew. In questo momento probabilmente non mi credi, ma col tempo spero che lo farai.»

Helena inclinò la testa, e parte della durezza se ne andò dal suo viso. Buttò fuori il fiato lentamente. «Anch'io, Isabel. Anch'io.»

Matthew arrivò sulla terrazza e si fermò quando vide Isabel. La luce delle stelle le cadeva addosso come se fosse stata evocata da una qualche favola. O da un racconto gotico come quelli di cui avevano discusso insieme da Mattigan.

Ma con lei c'era Helena. E dal modo in cui le due donne si guardavano, la loro conversazione era davvero molto intensa.

«Signore» disse con voce strascicata.

Helena indietreggiò di un passo e si voltò verso di lui con un sorriso. «Matthew.»

«Gli altri se ne sono andati e credo che Baldwin stesse salutando mia madre.»

Helena annuì. «Allora farei meglio a raggiungerlo.» Si voltò di nuovo verso Isabel. «Grazie per la franchezza. Buona notte.»

«Buona notte» sussurrò Isabel, e la sua voce si sentì appena.

Helena si allontanò dalla ringhiera e gli andò incontro. Gli prese la mano mentre passava e la strinse lievemente. «Buona notte.»

Lui mantenne gli occhi su Isabel mentre Helena rientrava in casa e chiudeva la porta dietro di sé. Finalmente erano soli. Soli per la prima volta da quella notte in cui il loro futuro era stato suggellato.

Avrebbe dovuto volerla tempestare di mille domande e accuse. Ma non era quello che gli veniva in mente. No, vedendola in piedi davanti alla ringhiera della sua terrazza, con le mani che tremavano e gli occhi che non incontravano i suoi, quello che voleva era stringerla tra le braccia. Confortarla. Toccarla.

Scosse la testa. «Sei sopravvissuta alla serata» disse.

Lei si girò di scatto verso di lui. «Ci sono stati momenti in cui non ero sicura che ci sarei riuscita» ammise. «C'è una mezza dozzina di tuoi amici pronti a piantarmi un coltello tra le costole se osassi mai farti del male.»

Lui strinse le labbra. «Sono protettivi. Mi dispiace.»

Isabel rivolse di nuovo lo sguardo al suo giardino. «Non dovresti dispiacertene. È bello avere amici così leali.»

«Davvero. Sarah Carlton sembra essere un'amica di questo tipo per te.»

L'ombra di un sorriso le attraversò le labbra. «Sì. E suppongo che uno dei vantaggi del nostro matrimonio sia che sarei in grado di aiutarla.»

«Aiutarla?» ripeté Matthew, affascinato dalla luce della luna che danzava sui suoi capelli scuri.

Isabel si girò a guardarlo in viso. «Sì, è in una pessima situazione. Dopo che sua madre se ne sarà andata, sarà probabilmente costretta ad andare a servizio. E forse con l'influenza del tuo titolo, posso aiutarla un po' nella transizione.»

Matthew corrugò la fronte. I suoi amici avevano le loro idee sui secondi fini di questa donna quando si trattava del loro matrimonio. Eccone uno, ma era qualcosa che non poteva biasimare. Aveva lo stesso istinto di aiutare i suoi amici a tutti i costi. Di usare la sua influenza per migliorare la vita di coloro che amava.

Un'altra cosa che avevano in comune.

«Penso che potremmo essere d'aiuto quando arriverà quel

momento» le disse. «Spero che ti rivolgerai a me per avere assistenza.»

La sua espressione si addolcì un po'. «Se tu fossi disposto, apprezzerei molto il tuo aiuto.»

Allungò il braccio, perché non poteva più resistere, e le toccò la guancia con le dita nude. Lei tirò su il fiato tra i denti, si appoggiò alla sua mano e chiuse gli occhi.

«Isabel» sussurrò, solo per sentire il suo nome ad alta voce.

«Matthew» mormorò lei di rimando.

Si chinò e la baciò. Le tremavano le mani mentre le sollevava per prendergli le guance e attirarlo ancora più vicino. Dischiuse le labbra sotto le sue e lui prese quello che gli offriva silenziosamente. Il bacio si intensificò, divenne più acceso. Sapeva dove andava a parare.

Non poteva permetterlo. Non ancora. Non qui, non con sua madre appena oltre la porta.

Si allontanò per quanto con riluttanza e lei emise un piccolo verso di disappunto.

«Tu ed Helena avete parlato?» chiese, cercando un argomento che lo distraesse dall'erezione che al momento gli premeva contro la patta dei pantaloni.

Isabel annuì. «È molto protettiva» mormorò. «Ma suppongo che sia normale. Mi ha detto che una volta ti sei offerto di sposarla per salvarla da una brutta circostanza.»

Matthew sussultò. Non si aspettava che Helena condividesse quel particolare. Era stato un anno prima, un momento che ora gli sembrava lontanissimo. «Non perché ci tenessi a lei. Almeno non oltre l'amicizia» disse, sentendo di doversi spiegare. Anche se non sapeva perché.

«Non mi devi niente» sussurrò lei.

Matthew scosse la testa. «Dobbiamo sposarci. Domani. Quindi penso di sì. Baldwin era in una brutta situazione. E anche Helena. Credevano di non poter stare insieme e così mi sono offerto di sposarla io stesso, per salvarla. L'ho fatto soprattutto per far capire a

Baldwin cosa voleva veramente. Lo ha capito, si sono sposati e le cose tra loro si sono messe a posto.»

Isabel strinse le labbra. «Infatti. Tutti i tuoi amici sono straordinari in questo senso. Quelli sposati sembrano profondamente innamorati.»

Matthew distolse il viso perché sembrava un argomento pericoloso. Molto pericoloso, infatti, considerando come molti di quegli stessi amici avevano penato proprio come stava penando lui. Molti di loro avevano sperimentato un corteggiamento riluttante, spinti dal desiderio. Un fiorire di sentimenti che nessuno di loro si aspettava. E poi... la magia delle vite che ora condividevano.

Quella non era la sua strada, ma scoprì che la invidiava sempre di più, soprattutto guardando la bella donna davanti a lui.

«Dovrò mettermi alla prova» disse Isabel. «Per dimostrare a tutti loro che non sono in combutta con mio zio. Suppongo che dovrò dimostrarlo anche a te.»

Matthew si agitò a quel pensiero particolarmente sgradevole. Un pensiero che lo perseguitava da giorni. Inclinò la testa. «A proposito di tuo zio...»

«Vuoi sapere perché non è venuto stasera?» chiese Isabel arrossendo. «Si è preparato con grande clamore, strofinandosi le mani, parlando di fare scenate. E poi, altrettanto improvvisamente, ha detto che non sarebbe venuto. Che non voleva mettere piede in casa tua finché non fosse stato assolutamente necessario.»

Finì con un lungo sospiro, e in quel momento Matthew vide quanto fosse esausta a causa di questo esercizio. A causa dell'oscillante pendolo di umori di suo zio e di quello che aveva provocato nella sua vita. Vide anche la sua paura, la stessa che gli aveva espresso la notte in cui erano stati beccati insieme. Quello che non vedeva era una qualsiasi forma di inganno. Forse non poteva fidarsi completamente di se stesso, ma non pensava che Isabel gli stesse mentendo.

«Se fosse potuto venire qui avrebbe creato problemi, ma non l'ha fatto, questo deve darti un po' di sollievo» le disse.

Isabel sgranò gli occhi. «Invece no.»

«Perché?»

La vide scuotere la testa. «Ha ancora uno sguardo che mi preoccupa, Matthew. Sento che sta complottando ad ogni passo, sta borbottando sottovoce di averti abbastanza vicino da farti del male. Perché non lo prendi sul serio?»

Lui allungò il braccio e le prese la mano. Entrambi fissarono le loro dita intrecciate. Osservarono come Matthew sollevò la mano di lei e se la premette al petto. Isabel ci strinse le dita, come se stesse cercando di stringergli il cuore. Per un folle istante, desiderò che potesse farlo.

«Vivi con lui da un anno, vero?» chiese. «Be', ho sopportato questo suo comportamento un periodo tre volte più lungo. Abbaia, ma non morde. In questo momento si sta divertendo a creare uno scandalo intorno al mio nome. Forse alla fine gli basterà.»

Isabel non sembrava sicura, così lui si chinò in avanti, facendo scorrere le dita lungo la sua mascella ancora una volta. Qualsiasi parola lei stesse per dire, svanì quando le mancò il fiato e le si chiusero gli occhi.

Matthew accostò le labbra alle sue, questa volta con delicatezza, nonostante l'istinto animale che si risvegliò in lui ancora una volta. La attirò più vicino, contro il petto, cingendole le braccia intorno. Lei rabbrividì mentre si aggiustava a quella posizione e in quel momento lui provò qualcosa di completamente nuovo. Di completamente inaspettato.

Provò una sensazione di pace.

Isabel si staccò e alzò lo sguardo verso di lui, con un'espressione annebbiata e quasi confusa. Come se anche lei avesse sentito quel cambiamento e l'avesse sbilanciata proprio com'era successo a lui.

«Ci sposiamo domani» sussurrò Isabel. «Non riesco quasi a crederci.»

Lui annuì. Questo sarebbe stato il momento perfetto per staccarsi dal suo abbraccio, ma non lo fece. Continuò a stringerla mentre diceva: «È successo molto in fretta.»

«E cosa succederà... dopo?» chiese lei.

La sua mascella si irrigidì a quella domanda. Era una domanda su cui lui stesso aveva riflettuto. Quel vasto vuoto di ciò che sarebbe stato il loro rapporto come marito e moglie era a dir poco preoccupante. E ora lei gli aveva chiesto di dargli voce.

«Non lo so» ammise. «Non so cosa succederà, ma so cosa voglio quando mi sei vicina come adesso. Nonostante tutto.»

Isabel corrugò la fronte. «*Nonostante*» ripeté, e non c'era dubbio sul tono lievemente ferito della sua voce. Avrebbe voluto non averlo causato, ma non vedeva come non farlo. Non in quel momento, almeno.

«*Nonostante* è tutto ciò che ho, Isabel. Non puoi farmene una colpa, vero? Dopo tutte le bugie e le manipolazioni che ci hanno portato qui.»

Fu lei a staccarsi facendo un passo indietro e tenendo lo sguardo fisso sulle mani giunte davanti a sé. «No, non posso darti torto. Se dovessi credere che sei un criminale intenzionato a intrappolarmi, forse anch'io avrei solo un *nonostante*.»

Matthew si accigliò. Si comportava come se provasse qualcosa di più profondo per lui. Peggio, l'idea che provasse qualcosa per lui non era l'anatema che avrebbe dovuto essere. Non voleva il suo cuore, naturalmente. Non era qualcosa che si sarebbe mai aspettato di desiderare di nuovo da una donna.

Ma se lo possedeva... era certamente un dono.

«Domani arriverà presto» disse Isabel con voce soffocata. «Perché non vediamo cosa ci porta invece di tormentarci a chiedercelo?»

Lei strinse le labbra ancora una volta e poi annuì. «È un buon suggerimento, Matthew. Non posso dire altrimenti.»

«Bene.» Le porse il gomito. «Perché non lasci che ti riaccompagni alla tua carrozza, allora?»

Isabel fissò il braccio teso per un attimo, poi gli fece scivolare la mano nell'incavo del gomito. Lui si ritrovò a tirare un respiro di sollievo. La condusse via dalla terrazza, di nuovo in casa e fino all'atrio dove era certo che sua madre lo stava aspettando per salutare Isabel. La sua fidanzata.

Domani, sua moglie.

E una volta che ciò fosse accaduto, tutto sarebbe cambiato.

Nonostante un lungo viaggio in carrozza nell'oscurità di una notte londinese, a Isabel frullavano ancora in testa mille pensieri quando arrivò a casa di suo zio mezz'ora dopo. Guardò la casa attraverso il finestrino della carrozza, solo un'altra casa immersa in una fila di case uguali, e sospirò.

Dentro c'era un uomo a cui voleva ancora bene nonostante le sue folli accuse e le azioni ancora più folli. Ed era intenzionato e determinato a fare del male a Matthew. A dispetto di quello che pensava il suo fidanzato, credeva ancora che Fenton avesse piani più profondi di un semplice scandalo e di un matrimonio forzato.

E ne era terrorizzata. Decisa a fare tutto il possibile per proteggere Matthew. Perché...

Be', non aveva intenzione di dire il perché. Non a se stessa e certamente non ad alta voce. I suoi sentimenti per quell'uomo erano cresciuti da quel primo scioccante momento in cui era emerso dalla folla al Donville Masquerade e si era messo tra lei e il suo aggressore.

A quanto pareva era destinata a ritrovarsi il cuore infranto a causa sua. E più prima che poi.

Il valletto aprì la porta e lei uscì all'aria fresca della notte, facendo un bel respiro purificatore prima di avviarsi su per il vialetto d'ingresso ed entrare nell'atrio. Hicks le chiese com'era andata la serata mentre prendeva le sue cose e lei sorrise, pronta a salire nella sua stanza e andare a dormire. Se mai ci fosse riuscita, sapendo che tra poche ore sarebbe stata la moglie di Matthew.

«Buonanotte, Hicks» disse sorridendo al maggiordomo mentre

si dirigeva verso le scale. Non le aveva ancora raggiunte quando sentì suo zio dall'altra parte dell'atrio.

«Com'è stato?»

Isabel si bloccò, con la mano sospesa sul corrimano. Non voleva discutere della sua serata con lui. La rabbia e il risentimento nei confronti di suo zio stavano crescendo in modo esponenziale e non aveva alcun interesse ad iniziare un litigio.

«Rispondimi, Isabel» disse Winter con tono più acuto.

Si girò verso di lui, e la rabbia che aveva cercato di tenere sotto controllo ora ribolliva in superficie. «Se il vostro obiettivo era umiliarci, avete fatto centro. Ne parlano tutti.»

Il volto di suo zio si illuminò trionfante. Isabel gli si avvicinò.

«Questo vi rende felice, vero? Be', non dovrebbe. Nessuno parla di lui. Stanno parlando di *me*.» Incrociò le braccia. «Dagli estranei al negozio ai suoi stessi amici, a sua madre. Mi guardano tutti come se fossi una serpe che si è intrufolata nella loro aiuola. E il motivo? Perché è quello che sono. A causa vostra. E lui...»

Si interruppe, perché l'ultima cosa che voleva era discutere quell'argomento con suo zio. Non quando i suoi sentimenti per Matthew erano così intricati, potenti e dolorosi.

«Lui?» la incoraggiò zio Fenton.

Isabel scosse la testa. «Volete che vi dica che è infelice? Che è distrutto?»

«Lo è?»

«Non sta esattamente ballando per le strade per il nostro matrimonio» disse lei, pensando all'offerta di Matthew che la voleva *nonostante*. *Nonostante*. Il labbro di Fenton si arricciò in un ghigno, e lei scosse la testa. «Ne siete davvero felice.»

«Perché non dovrei esserlo? Ha creato abbastanza infelicità, perché non dovrebbe provarne anche solo una frazione?»

«Bene, allora ci siete riuscito» ribatté lei, avanzando per prendergli le mani. «Festeggiate come avete sempre voluto fare. È ora di lasciar perdere.»

Il vecchio fece una smorfia. In quel momento Isabel vide tutta la sua sofferenza, tutto il suo dolore profondo e duraturo, il senso di perdita che gli si era accumulato sulle spalle gravandolo a dismisura. Lo aveva cambiato e deformato nella persona che le stava davanti in quel momento. E sebbene temesse quella persona... ne aveva anche pietà. E desiderava aiutarlo a capire che la vendetta e la rabbia non erano la risposta giusta.

«Non hai mai perso un figlio» sbottò il vecchio con voce tremante mentre liberava le mani con uno strattone. «Non hai idea di cosa si provi. Quindi non hai il diritto di dirmi cosa dovrei o non dovrei lasciar perdere.»

Si girò di scatto e si allontanò giù per il corridoio. Isabel sentì la porta del suo studio sbattere tanto forte che i quadri appesi nel corridoio tremarono.

Chinò la testa mentre gli occhi le si riempivano di lacrime. Ecco in qual guisa si sarebbe sposata. Come strumento. Per la vendetta di un uomo da un lato. Per il desiderio di un altro uomo dall'altro.

E non c'era niente che lei potesse fare per fermarli.

CAPITOLO SEDICI

Matthew guardò il lungo tavolo pieno di amici e familiari. I servitori stavano portando via gli ultimi piatti di una sontuosa cena di nozze e il gruppo parlava insieme a bassa voce.

Solo che non erano i suoi amici ad attirare il suo sguardo. Era Isabel, in fondo al tavolo. Al posto d'onore. Il posto che era stato di sua madre fino a quel pomeriggio.

Il posto della duchessa. Perché era quello che Isabel era ora, grazie a qualche promessa mormorata in giardino poche ore prima. Era sua moglie. E questo fatto lo faceva sobbalzare ogni volta che veniva menzionato.

Era seduta con sua madre da un lato e la sua amica Sarah dall'altro. Di tanto in tanto vedeva Sarah prenderle la mano, parlarle dolcemente. Confortarla, a quanto pareva. E Isabel sembrava aver bisogno di conforto. Era nervosa e agitata, aveva gli occhi un po' troppo sgranati e le tremavano le mani quando sorseggiava il vino o mangiava un boccone.

Avrebbe voluto esserle lui accanto in quel momento. Per poterle poggiare una mano sul ginocchio sotto il tavolo e incontrare i suoi occhi mentre le sussurrava che tutto sarebbe andato bene. Anche se era una bugia.

Il suo sguardo scivolò a un altro lato del tavolo, fino a dove era seduto suo zio. Fenton Winter era stato straordinariamente silenzioso durante la giornata. Aveva accompagnato sua nipote all'altare con un unico commento sprezzante ed era rimasto calmo per il resto del pomeriggio. Ma a quel punto lo vide tracannare quello che doveva essere il suo quarto bicchiere di vino solo nell'ultima ora. I suoi occhi si stavano facendo annebbiati e si restringevano ogni volta che guardava Matthew.

Alla fine Winter si alzò, con quello stesso bicchiere ancora in mano. Trafisse Matthew con uno sguardo malevolo e penetrante. Lentamente, Matthew spinse indietro la sedia e si alzò dal suo posto a capotavola. Aveva bisogno di stare in piedi per la raffica di recriminazioni che chiaramente sarebbe arrivata. Almeno era una scenata limitata agli amici, piuttosto che le pubbliche esibizioni al vetriolo cui Winter lo aveva abituato.

«Assassino» sibilò, agitando il bicchiere al punto da far fuoriuscire il vino.

James gettò il tovagliolo sul tavolo e fece per alzarsi, ma Matthew tese una mano, facendogli cenno di restare fermo. L'ultima cosa di cui aveva bisogno in quel momento era che qualcuno del suo gruppo di amici sfidasse quest'uomo. Che fosse meritato o meno.

«Oh, non avete intenzione di dire nulla, vero?» continuò Winter, guardando intorno al tavolo i volti indignati di duchi e duchesse. «Prendete nota, Vostre Grazie. Un uomo innocente non verrebbe in sua difesa? Chiedetevi perché non lo fa.»

«Avete bevuto abbastanza, Winter» disse Matthew a bassa voce. «Forse è ora di andare. Tornate a casa e dormiteci sopra.»

Winter spinse indietro la sua sedia con un tale stridore che fece trasalire tutti i presenti. Si allontanò dal tavolo barcollando. «Dormire sopra a cosa? Alla verità? Vi piacerebbe, vero? Se io me ne andassi e smettessi di ricordarvi il vostro crimine.»

Matthew scosse la testa. «State certo che sono perfettamente in grado di ricordare tutto senza il vostro aiuto, Winter.»

«Bene, ora avete una nuova sposa» disse Winter. «Forse vi

potete trovare qualche nuova occasione per delinquere. Ucciderete mia nipote come avete fatto con mia figlia.»

«Basta così!»

Matthew sobbalzò quando Isabel si alzò facendo cadere la sedia all'indietro. Si avventò contro suo zio, un angelo vendicatore con gli occhi accesi dall'emozione.

«Stanne fuori, ragazza» mormorò Winter, senza guardarla. «Non è un affare che ti riguarda.»

Lei rise, ma era un suono stridulo e freddo. «Lo avete fatto diventare un mio affare quando mi avete coinvolto nella vostra vendetta. Siamo qui, zio, a causa delle *vostre* manipolazioni. Eravate così accecato dalla rabbia che eravate disposto a sacrificare qualsiasi cosa per creare anche solo un po' di dolore nella vita di quest'uomo. Persino me.» Riprese fiato e Matthew vide che stava sforzandosi di non piangere. «Quindi, se pensate che sia un assassino, allora cosa siete voi che gli consegnereste la vostra stessa carne e il vostro stesso sangue per metterlo in imbarazzo?»

Suo zio si agitò e alla fine le lanciò un'occhiata. «Non lascerò che ti faccia del male.»

Isabel scosse la testa. «L'unico che mi ha fatto del male siete voi. Ora questa è casa mia. Ve ne siete assicurato oggi quando mi avete condotto all'altare per darmi a un uomo che non meritava le vostre macchinazioni. E poiché è casa mia, ho il diritto di dirvi di andarvene.»

Winter trasalì e si voltò verso di lei. «Isabel...»

Lei indicò la porta della sala da pranzo. «Non siete il benvenuto qui. Non se avete intenzione di accusare mio marito di cose così terribili. Non se avete intenzione di umiliarlo di fronte ai suoi amici e alla nostra famiglia.»

«Così stai dalla sua parte» ringhiò Winter. Fece per andare verso di lei, ma Matthew si affrettò a risalire la tavolata all'idea che potesse toccarla. Ma non lo fece. Si limitò ad avvicinarsi. «*Io* sono la tua famiglia. Come lo era Angelica. Dov'è la tua fedeltà?»

Isabel si ritrasse, ma poi alzò il mento. Sul suo viso Matthew vide la sua forza. Una potenza che di solito teneva celata, ma che era lì in tutta la sua gloria in quel momento teso e doloroso.

«Se foste la mia famiglia, avreste pensato a me prima di fare quello che avete fatto. E Angelica è morta.» Matthew e Winter trasalirono simultaneamente. «Nessuno può riportarla indietro, per quanto voi o Matthew lo desideriate. Quindi non vi devo altro che il mio dolore perché non ha potuto vivere i suoi sogni. Ora, come ho detto, è tempo che ve ne andiate. E finché non sarete in grado di scusarvi e di riflettere su ciò che avete fatto, non sarete più il benvenuto qui.»

Winter la fissò balbettando. Poi lanciò un'occhiataccia in direzione di Matthew e uscì dalla stanza come una furia. Tutti rimasero in silenzio per un istante, storditi, mentre Matthew fissava Isabel. Il fuoco in lei si era spento, sostituito dal rimpianto. Dolore. Aveva fatto tutto questo per lui. Davanti a tutti quelli che Matthew amava, Isabel si era schierata e aveva scelto lui.

«Brava!» gridò all'improvviso Graham Everly, Duca di Northfield, alzandosi in piedi e battendo le mani. Lentamente, tutti i suoi amici si unirono all'applauso.

Isabel distolse lo sguardo dal suo e arrossì violentemente. Anche se avevano buone intenzioni, anche se Matthew capiva che il modo in cui lo aveva strenuamente difeso biasimando pubblicamente suo zio le aveva ingraziato più di qualche cuore, era chiaro che non era a suo agio con gli encomi. Andò da lei, le prese la mano e la strinse mentre incontrava il suo sguardo e lo sosteneva in una dimostrazione di solidarietà e gratitudine.

«Basta, voialtri» disse ridendo per addolcire l'atmosfera. «Non è una farsa.»

Fu la moglie di Graham, Adelaide, a sorridere. Anche lei una volta aveva calcato il palcoscenico, in una vita molto diversa. «Se lo fosse stata, sarebbe stata illuminata in modo molto diverso.» Si alzò e andò ad abbracciare Isabel. «Sei stata molto coraggiosa. Ma capisco quanto dobbiate essere stanchi dopo tutta l'eccitazione dei giorni scorsi. Mi rendo conto che una festa di nozze normalmente durerebbe qualche ora in più, ma suggerisco di lasciare gli sposi da soli.»

Si guardò intorno con uno sguardo significativo. Matthew alzò gli occhi al cielo. Non ci era andata per il sottile, eppure apprezzava il gesto. A dire il vero, adesso voleva stare da solo con Isabel. Sua... moglie. Scosse la testa al ricordo di ciò che era accaduto poche ore prima.

«Ben detto, amore mio» disse Graham raggiungendo sua moglie. Strinse la mano a Matthew, guardandolo in viso con i suoi luminosi occhi azzurri per un attimo. Offrendogli il sostegno e l'amicizia che Matthew aveva sempre conosciuto da questo gruppo di amici. Lo apprezzava ancora di più ora che in passato.

Gli altri si alzarono, gli strinsero la mano e baciarono Isabel sulla guancia. Si spostarono tutti nell'atrio per salutarsi. Notò che Isabel era rimasta in silenzio durante tutto questo. Sorrideva quando veniva salutata e accettava la cordialità che le veniva offerta, ma restava ancora sulle sue. Cauta, come se non avesse fiducia in questo nuovo mondo in cui si trovava. E perché avrebbe dovuto? Non ci si poteva aspettare un cambiamento da un giorno all'altro. E c'erano ancora tante domande a cui rispondere. Da entrambe le parti.

Alla fine solo sua madre rimase nell'atrio mentre le carrozze si allontanavano nella notte. Si voltò verso di loro con un dolce sorriso. «Sai, il mio matrimonio con tuo padre fu combinato» disse. «E col tempo, siamo arrivati ad amarci profondamente. A volerci bene.» Sbatté le palpebre per le lacrime che accompagnavano sempre i discorsi sul defunto duca. «Quindi mi auguro con tutto il cuore che, nonostante questo inizio complicato, voi due troviate la felicità insieme.» Si avvicinò a Isabel e le prese entrambe le mani. «Benvenuta nella nostra famiglia, mia cara.»

Si protese in avanti e le diede un lieve bacio su entrambe le guance. Quando si allontanò, Isabel sorrise. «Grazie, Vostra Grazia. Spero un giorno di dimostrare che ne sono all'altezza.»

Il sorriso di sua madre vacillò un attimo e rivolse lo sguardo a Matthew per un breve istante prima di salutare e andare alla sua carrozza.

Mentre si allontanava, Hicks chiuse la porta e si rivolse a loro. «C'è qualcos'altro che posso fare, Vostra Grazia?» chiese.

Matthew guardò Isabel. Stasera voleva solo una cosa, e non gliela poteva dare il maggiordomo. Solo la donna che si rifiutava di guardarlo. «No. Voi e il resto del personale vi siete meritati una serata libera. Io e Sua Grazia ce la caveremo.»

Hicks inclinò la testa e poi guardò Isabel. «Le mie felicitazioni, Vostra Grazia. Spero che voi e Sua Grazia trascorriate molti anni felici insieme e che troverete questa casa confortevole.»

«Grazie, Hicks» sussurrò Isabel.

Matthew si accigliò. Era come se si stesse rimpicciolendo. Da quando si era scontrata con suo zio, era diventata più silenziosa, più incurvata. Come se stesse cercando di scomparire. E lui non lo desiderava. Per niente.

«Vieni» disse, offrendole il braccio. «Lascia che ti mostri la tua camera, Vostra Grazia.»

Con sua grande sorpresa, Isabel trasalì al titolo, ma gli prese il braccio e si lasciò condurre al piano di sopra. Lui la guidò fino alla porta della camera e la aprì, rivelando il salottino. Lo vide attraverso i suoi occhi mentre lei si guardava intorno. Era uno spazio maschile. L'aveva cambiato e ammodernato quando aveva ereditato, e ora era tutto suo. Avrebbe dovuto permetterle di apportare delle modifiche, di portare un po' di se stessa nel mondo in cui aveva vissuto da solo per così tanto tempo.

«È incantevole» disse Isabel, addentrandosi nella stanza. «I mobili di mogano sono splendidi.»

Matthew sorrise. «Ce ne sono degli altri nella mia camera da letto, se vuoi raggiungermi là.»

Isabel si voltò, con gli occhi spalancati e il respiro corto. Per un momento sembrò che stesse facendo fatica a trovare le parole. Poi si limitò ad annuire.

Matthew aprì la porta e le fece cenno di entrare. Quando gli passò davanti, lui colse un sentore di vaniglia nei suoi capelli e rabbrividì di desiderio. Come avesse fatto a resisterle dall'ultima volta che avevano fatto l'amore settimane prima, non avrebbe saputo dirlo. In questo momento gli sembrava un esercizio di controllo impossibile.

Stasera non ce ne sarebbe stato più bisogno.

Isabel fece un giro della stanza, e vide che le tremavano le mani mentre guardava le miniature sul tavolo. Lui ed Ewan, ritratti che sua madre aveva fatto quando erano ragazzi. Sua madre. Suo padre.

Poi si girò e guardò il suo letto. Il suo letto grande e comodo che sembrava così luminoso e pronto alla luce del fuoco. Allungò la mano e toccò il copriletto, passando le dita lungo il morbido tessuto di cotone con un brivido.

«Sono nervosa» disse alla fine.

Lui corrugò la fronte. «Lo abbiamo già fatto, sai.»

«Lo so. Ma quando lo abbiamo fatto, indossavo una maschera. E non c'erano tante domande tra noi. Solo desiderio, niente di più.»

Matthew si accigliò. Non era così sicuro che Isabel avesse ragione. C'erano sempre state domande tra loro. E sempre più che il solo desiderio, anche se la verità gli era difficile da accettare.

Fece un passo avanti. «Ti sarebbe più facile se parlassimo di alcune di queste domande prima di... procedere?"

Lei alzò di scatto il viso e incontrò i suoi occhi. Il momento tra loro sembrò durare un'eternità, poi annuì. «Se vuoi farmele, chiedi pure.»

Matthew si schiarì la gola. Mille cose gli si affollarono nella mente, mille fatti e bugie che voleva chiarire. Ma la domanda che gli uscì dalle labbra sorprese persino lui.

«Perché sei andata al Donville Masquerade?»

~

Isabel sbatté le palpebre a quella domanda. Aveva pensato che le avrebbe chiesto di suo zio o di sua cugina. O che volesse parlare della sua sfuriata poco signorile a tavola non più di venti minuti prima.

«È questo che vuoi sapere?» gli chiese. «Ne abbiamo già parlato.»

«Ma come hai detto tu stessa, quando ne abbiamo parlato indossavi una maschera. Non lo sto chiedendo alla signorina Swan. Lo sto chiedendo a Isabel adesso. Lo chiedo perché voglio sapere di *te*.»

Isabel si lasciò sfuggire un sospiro. «Molto bene. Anche se non è una storia molto interessante.»

Matthew inarcò un sopracciglio. «Come abbia fatto una gentildonna a finire in un club licenzioso dei bassifondi? Io credo che sia più che interessante.»

Isabel scoppiò a ridere nonostante il disagio e l'incertezza della situazione. Matthew aveva il potere unico di farlo, di stemperare parte della tensione che sembrava sempre sorgere tra loro. E di metterla a suo agio quando non avrebbe dovuto esserlo.

«Mio marito era molto... vecchio» cominciò. «Lo sai, ne abbiamo già parlato. Mio padre voleva che sposassi un uomo benestante e di buona posizione nella nostra piccola società, e Gregory rispondeva a entrambi i requisiti. Ma non era... gentile con me. O premuroso. Si limitava a tirarmi su la camicia da notte e a fare qualche grugnito svogliato e questo era tutto. A volte sentivo il fremito di qualcosa di più, di un qualche piacere, ma se lo volevo, dovevo trovarlo con le mie stesse mani. In segreto.»

Vide Matthew stringere la mascella per la rabbia. Non era adirato con lei, almeno non pensava. Ma con il suo defunto marito. E perché no? Matthew era un uomo che si prendeva sempre cura del suo piacere prima di pensare al proprio. Secondo lui, un uomo che pensava solo a se stesso non era assolutamente un gentiluomo.

«Eri sola, anche se eri sposata» disse piano.

«Sì» confermò lei, e le si incrinò la voce davanti alla dolorosa verità di quell'affermazione. «E poi è morto. Era sempre stato malato, ma fu una cosa improvvisa. Ero libera. Ma in realtà non lo ero. Nel giro di un mese o giù di lì, si fecero vivi gli eredi che aveva avuto dal suo primo matrimonio, fecero piazza pulita del patrimonio e mi cacciarono. Mio zio mi prese con sé.»

Matthew si irrigidì. «Per i suoi scopi?»

La domanda la fece riflettere. In quel momento era difficile ricordare se Fenton avesse sempre avuto in mente i suoi obiettivi. Ma quando guardò oltre il proprio dolore, riuscì a ricordare.

«Così come tu non sei quello che lui pensa, lui non è del tutto quello che tu credi» disse dolcemente. «Fu molto gentile quando andai da lui. Riuscivamo a discorrere e a passare del tempo insieme. Cercavo di farlo ridere, pur fallendo più spesso di quanto sia riuscita nell'intento.»

Scosse la testa all'ondata di tristezza che la travolse con quei ricordi. Dov'era finito quell'uomo? Il suo desiderio di vendetta lo aveva sopraffatto del tutto? O era ancora dentro il guscio di suo zio?

«Eri felice in quella casa.» Non c'era biasimo nel tono di Matthew. Ne fu contenta. In fondo aveva tutto il diritto di giudicare sia suo zio che lei.

«Lo sono stata, per un certo periodo. Ma più restavo, più lui accennava al fatto che un giorno mi sarei dovuta risposare. Che avrebbe organizzato qualcosa. Qualcosa che mi avrebbe giovato. Solo io sapevo che tipo di beneficio intendeva.»

«Soldi. Posizione» disse Matthew.

«Sì. Dopo alcuni mesi di un po' di libertà, mi veniva sbattuta in faccia la prospettiva di un altro matrimonio vuoto e senza amore. Ed ero terrorizzata. Non riuscivo a dormire, vagavo per i corridoi, e fu allora che...»

Si interruppe, perché la parte successiva della storia era la più scandalosa. Non l'aveva mai detto ad alta voce, nemmeno a Sarah.

«Dimmi» la incoraggiò lui azzerando la distanza tra loro.

Allungò il braccio e le prese la mano, le sue dita calde le massaggiarono il palmo. Forse voleva essere di conforto, ma non lo era. Eccitante era un termine migliore. Mentre le accarezzava il palmo col pollice, Isabel sentì il suo corpo farsi pesante e bagnato.

Deglutì. «Mi ero svegliata nel cuore della notte e decisi di cercare un libro nella biblioteca di mio zio. Quando aprii la porta, li vidi.»

Matthew sgranò gli occhi quando il significato delle sue parole divenne chiaro. «Chi?»

«Una domestica e un valletto. Stavano... stavano facendo tutte le cose che la gente fa al Donville Masquerade. Era animalesco, potente e passionale.» Scosse la testa. «Non avevo mai pensato che potesse essere così. Ma non riuscivo a smettere di pensarci. Di fantasticarci sopra nel buio della mia stanza. Scendevo tutte le notti a cercarli. A guardardarli, se li beccavo. Sapevo che era sbagliato, ma non riuscivo a smettere.»

A suo marito si dilatarono le pupille. Conosceva quello sguardo. Quello che gli raccontava stuzzicava il suo desiderio per lei. E questo le diede un po' di coraggio in questo mare di confessioni inopportune.

«L'ultima sera che li vidi, lui disse qualcosa sul Donville Masquerade. Poi mio zio licenziò la domestica e non li ho più visti insieme. Feci qualche domanda in giro e alla fine scoprii cos'era esattamente il Donville Masquerade. Incuriosita, uscii di nascosto e ci andai. Fu scioccante per me, naturalmente. Ma alimentò ancora di più la voglia di andare, di vedere, di esplorare quella passione che non avevo mai provato e che credevo non avrei mai provato. Fino... fino a quando sei arrivato tu.»

Matthew sollevò una mano per toccarle il viso e le tracciò il contorno della mascella con il pollice. Le diede una scossa di piacere. Era l'anticipazione di oh, molto di più a venire. Ed era pronta, anche se era tutto ciò che avrebbero mai condiviso. Era meglio di niente. No?

Doveva essere così.

«Ti meritavi il piacere che cercavi» mormorò. «E sono felice di essere stato lì a dartelo.»

Lei scosse la testa. «È buffo, vero? Che tra tutte le centinaia di persone che passano per quel posto, ci siamo trovati io e te?»

CAPITOLO DICIASSETTE

Matthew serrò la mascella, e per un momento Isabel pensò di aver detto qualcosa di sbagliato. La sua reazione fu così fisica e forte. Aprì la bocca per chiedergli spiegazioni, per scusarsi di essersi spinta troppo in là.

Ma prima di riuscirci, lui posò le labbra sulle sue e i suoi pensieri e le sue paure svanirono. Almeno per il momento poteva arrendersi, darsi completamente sapendo che quest'uomo, quest'uomo meraviglioso e generoso, si sarebbe occupato di ogni sua esigenza. E lei delle sue.

Le passò le mani sulle guance e le inclinò la testa per avere migliore accesso. Le infilò le dita tra le ciocche ricciolute, facendo piovere le forcine sul pavimento intorno a loro. I capelli le ricaddero intorno alle spalle e sulle mani di Matthew che fece un passo indietro per ammirarla.

«Non hai mai avuto i capelli sciolti quando siamo stati insieme» disse, toccandole i ricci come se fossero qualcosa di magico.

Lei si mise a ridere. «Suppongo di no. Sono solo capelli.»

«No, sono seta e raso» disse, portandosene una ciocca al naso e inspirando profondamente. «Sono notte e magia. Sono un paradiso di vaniglia.»

Lei sbatté le palpebre a quelle parole dolci e appassionate. I suoi capelli scuri le erano sempre sembrati insignificanti. Ma lui ne parlava come se fossero qualcosa di incredibile, e all'improvviso le sembrava così.

Alzò le mani e gli tirò la giacca

«Tessere le lodi dei vostri capelli è la via che conduce alla vostra resa, Vostra Grazia?» chiese lui con un sorriso. «Cercherò di ricordarmene.»

«Che sciocco» sussurrò lei mentre armeggiava con i bottoni del suo panciotto. «Toccarmi, dire il mio nome, anche solo guardarmi nel modo giusto è la via che conduce alla mia resa. Sembra che io sia sempre sul punto di arrendermi quando sono con te.»

«Bene» ringhiò lui, con un tono improvvisamente cupo e possessivo. Le piaceva. Le piaceva sentirlo abbandonarsi al desiderio animale, lontano dalla dolce bontà che normalmente lo contraddistingueva.

La fece girare di colpo e se la tirò contro con uno strattone. Affondò la bocca sul suo collo e lo succhiò mentre faceva scivolare la mano verso il suo ventre, tenendola stretta contro di sé mentre le strusciava l'erezione contro il sedere. Isabel emise un gemito a quel tocco aggressivo e spinse indietro, andandogli incontro con entusiasmo.

«Non vedevo l'ora di averti qui» le sussurrò contro la pelle. Le parole le penetrarono nella carne e le filtrarono nelle vene.

Lei annuì, senza parole e senza fiato, e sussultò quando Matthew tirò l'abito, liberando i bottoni e facendone cadere alcuni che andarono ad unirsi alle forcine sul pavimento.

«Te ne comprerò uno nuovo» le promise mentre apriva l'abito. «Indossi una camiciola?»

Isabel rise della profonda delusione nel suo tono. «Oggi sono Isabel, ricordi? Solo il cigno va in giro senza niente sotto gli abiti.»

«Forse Isabel potrebbe prendere una pagina dal libro del cigno di tanto in tanto» ribatté Matthew, spingendo il vestito in avanti per farglielo cadere intorno alla vita. Fece scivolare un dito sotto la spallina della camiciola e la fece scendere lungo il braccio. «Per me.»

«Per te?» sussultò quando lo sentì seguire il percorso della spallina con la bocca. «Sì, Vostra Grazia.»

Lui gemette contro la sua pelle e poi la fece voltare verso di lui. La guardò fisso negli occhi e le sfilò la camiciola. Era nuda dalla vita in su, e avvampò in viso. Era una cosa strana, perché Matthew aveva ragione a dire che l'aveva già vista così. Era stato molto più intimo con il suo corpo.

Ma la maschera aveva offerto protezione. Anonimato. Una barriera. Stasera ne era sprovvista, e mentre lui la fissava lei distolse gli occhi.

Matthew le mise un dito sotto il mento e la fece voltare verso di lui. «Non farlo. Non nasconderti da me.»

Lei deglutì a fatica e annuì, guardandolo mentre lui la osservava. I suoi occhi grigi passarono sul suo corpo, beandosi della vista, le sue pupille si dilatarono e le sue mani si sollevarono per toccarle finalmente la pelle nuda.

Le prese entrambi i seni in mano, passando i pollici sui capezzoli già inturgiditi. Lei gettò indietro la testa per il piacere e lui si chinò per succhiarne uno. Le tormentò la tenera carne, accarezzandola e leccandola, poi succhiandola finché lei non si ritrovò ad ansimare e a gemere il suo nome più e più volte.

Ripeté la stessa azione con l'altro seno, mentre faceva scivolare giù lungo il corpo l'abito e la camiciola fino a quando non fu nuda, tranne che per le calze trasparenti.

Quando alla fine si staccò, aveva le labbra bagnate dopo averla assaggiata, e fece cenno al letto senza dire una parola. Lei sorrise ed eseguì quell'ordine, sistemandosi con la schiena contro i cuscini e osservando con grande interesse mentre lui si spogliava dei propri vestiti.

Si mise a sedere più dritta quando lui si tolse la camicia e scalciò via i pantaloni. Era già duro, l'erezione puntava verso di lei in una fiera dimostrazione di desiderio. Lo fissò leccandosi le labbra, anticipando ogni momento che avrebbero condiviso. Ogni modo in cui le avrebbe dato piacere.

«Mi ucciderai con quello sguardo» grugnì mentre strisciava su di lei, appoggiando le mani su entrambi i lati della sua testa e lasciando che i fianchi si abbassassero sui suoi in modo che finalmente i loro corpi si toccassero.

Isabel sibilò quando sentì il calore della pelle di Matthew contro la sua. La sua durezza sulla sua morbidezza. Quanto le era mancato tutto questo. Pensava che non l'avrebbe mai più provato.

Ed eccoli lì, con tutta la vita davanti per esplorarsi a vicenda. Per immergersi insieme nel pozzo della passione e del piacere. Forse sarebbe stato sufficiente. Mentì a se stessa dicendosi che sarebbe bastato, mentre gli afferrava la nuca e attirava le sue labbra alle proprie.

Lui sprofondò in lei con un sospiro affannoso che sembrò scuoterlo da cima a fondo. Lei gli avvolse le braccia intorno, cullandolo mentre apriva le gambe e gli creava un posto dove posarsi. Lui interruppe il bacio, appoggiando la fronte alla sua mentre si posizionava al suo ingresso e poi scivolò senza sforzo nel suo corpo che lo aspettava e lo voleva.

Entrambi emisero un lungo sospiro, il loro respiro si mescolò nel silenzio della stanza. Lui le sorrise e lei gli massaggiò la schiena. Sembrava così perfetto, questo momento. Non più rubato, non più denso di bugie. Era il loro momento e lei si rifiutava di condividerlo con qualsiasi altra cosa o chiunque altro.

«Pronta?» sussurrò con voce roca.

Lei annuì. «Oh sì.»

Lo sentì spingere allora, movimenti lunghi e intensi che sembravano durare una vita. Si alzò per andargli incontro ad ogni affondo, mentre gli baciava il collo, il petto e le braccia. Era già al limite, il risultato di un periodo di separazione tanto protratto.

E lui sapeva esattamente come portarla oltre quel limite. Sfregò con forza i fianchi contro di lei, e il piacere che le stava montando dentro raggiunse il suo apice. Gridò il suo nome quando venne, lo spremette con il corpo in preda ai fremiti. Il collo di Matthew si tese mentre la prendeva più forte, più veloce, perdendo la finezza, perdendo il controllo. Lo osservò in quel frangente. Osservò il momento in cui c'era solo bisogno animale a guidarlo. Poi lui emise un grido gutturale e lo sentì pompare rilasciando il suo calore dentro di lei.

Le crollò addosso col respiro corto mentre le accarezzava il corpo nudo e sudato. Isabel si girò a baciarlo mentre i loro corpi erano ancora uniti. Il momento sarebbe svanito da lì a poco e lei voleva farlo durare il più a lungo possibile. Forse anche per sempre.

Matthew se ne stava sdraiato nel suo letto e osservava come la prima luce dell'alba cominciava a illuminare l'orizzonte fuori dalla finestra. Non aveva dormito quella notte. Nemmeno per un momento. Tutto ciò aveva a che fare con la donna che gli stava accanto.

Abbassò lo sguardo su Isabel. Gli stava accoccolata contro il petto, con la mano appoggiata sul torace, le gambe aggrovigliate alle sue, il corpo nudo mezzo scoperto dopo una notte in cui avevano fatto l'amore più e più volte. Fino a quando era crollata esausta. Finché non aveva perso la capacità di formare pensieri razionali dal piacere. E in qualche modo il suo desiderio per lei non era stato placato. Era ancora lì, gli pulsò dentro anche quando le scostò una ciocca di capelli dalla fronte e lei si accoccolò più vicino mugolando piano il suo nome.

Non era stato solo fare l'amore con lei che gli aveva impedito di dormire. Erano i sentimenti che l'amplesso aveva smosso in lui.

Aveva tutte le ragioni del mondo per dubitare della donna che aveva tra le braccia. Il breve periodo in cui si erano conosciuti era stato denso di bugie, di manipolazioni. Eppure, mentre la stringeva, non si concentrava su quelle cose, anche se avrebbe dovuto. Quello che sentiva era una sintonia. Qualcosa di potente che trascendeva il legame fisico che era stato ovvio dal primo momento in cui si erano toccati.

Era qualcosa di più profondo. Gli dava conforto. Gli dava pace. Gli dava speranza.

Almeno lui pensava che fosse speranza. La speranza gli era stata così estranea ultimamente che quasi non la riconosceva. Sapeva solo che era potente e positiva.

E quando se n'era reso conto, ne era seguito un intenso senso di colpa.

Come poteva sentirsi così per un'altra donna, *qualsiasi* altra donna, ma specialmente per la cugina di Angelica? Una persona che avrebbe incontrato, persino invitato a casa sua se la sua fidanzata non fosse morta tanti anni prima. Significava che avrebbe tradito Angelica con Isabel? Che avrebbe sentito questa attrazione che ora sembrava pulsare in lui come un rullo di tamburi?

Che razza di bastardo era?

Buttò fuori il fiato con un sospiro irregolare e si staccò gentilmente dall'abbraccio di Isabel. Lei emise un sommesso suono di protesta che si perse nell'aria, e si sistemò più profondamente tra i cuscini. Lui si avvicinò alla finestra e si mise a guardare il giardino dietro casa.

Un nuovo giorno era quasi arrivato. Il primo del resto della sua vita sposato con Isabel. Ma ancora non sapeva bene cosa significasse per lui. O per lei. Ma non si poteva negare, proprio come non si poteva negare il sole che finalmente spuntava sopra l'orizzonte.

Quindi avrebbe dovuto trovare un modo per andare avanti.

CAPITOLO DICIOTTO

Isabel vagava per i corridoi della sua nuova casa, sbirciando nei salotti ed esitando nelle sale musica mentre esplorava i dintorni. Passava ore a farlo. Be', ad essere onesti, la maggior parte di quelle ore le aveva passate ad ammirare la bella biblioteca di Matthew.

Eppure, il suo primo giorno come Duchessa di Tyndale era stato davvero occupato. Solo non da suo marito, che si era nascosto da quando avevano fatto colazione insieme ore prima.

Accantonò i suoi sentimenti su quell'argomento e imboccò un lungo corridoio. Lì si fermò. Era una galleria di ritratti che le fece palpitare il cuore. Aveva già visto le miniature di Matthew dei suoi genitori e di Ewan la sera precedente, piccoli scorci dell'infanzia felice che sembrava aver vissuto. Ma qui avrebbe visto le generazioni di uomini e donne da cui era venuto. Avrebbe visto il suo naso e i suoi occhi e il suo sorriso su una dozzina di volti e li avrebbe ricondotti a lui.

Cominciò ad avviarsi giù per il corridoio guardando su e giù ogni ritratto appeso alle alte pareti. Alcuni erano volti seriosi, altri erano gentili. C'erano uomini con medaglie appuntate sul petto e signore con cani accoccolati in grembo e bambini in braccio. Non poté fare a meno di sorridere ad ognuno di loro e di meravigliarsi delle loro vite.

Quel sorriso svanì quando raggiunse l'estremità opposta del corridoio. Lì, in un posto d'onore sul muro, tra un ritratto di Matthew e un altro di Charlotte e Ewan... c'era Angelica.

Non riconobbe il ritratto. Non era come quello appeso nel salotto di suo zio a fare da elemento centrale dell'altare che aveva dedicato alla figlia scomparsa. Inclinò la testa ed esaminò il volto di sua cugina un po' più da vicino.

«Isabel.»

Si voltò e trovò Matthew in piedi dietro di lei. Si era avvicinato così silenziosamente che non si era nemmeno accorta della sua presenza. Ma ora anche lui fissava il dipinto. La donna che aveva amato. L'unica che avesse mai desiderato veramente sposare.

«Era incantevole» disse Isabel, riportando la sua attenzione sul ritratto.

«Sì» disse lui. «Lo avevo commissionato come regalo per lei, da darle dopo il nostro matrimonio. Naturalmente, non è mai successo.»

Lei trasalì pensando alla vita che Matthew aveva progettato per sua cugina. Quella in cui ora Isabel era entrata grazie a una serie di inganni che aleggiavano tra loro. E domande. Tante domande.

«Cos'è successo, Matthew?» gli chiese, dando voce al quesito alla base di tutto quello che era successo tra loro. Tutto quello che suo zio aveva fatto.

«Quella notte?» le chiese, il suo tono rigido e freddo.

Isabel si voltò verso suo marito e scoprì che se ne stava dritto come un fuso e non guardava più Angelica, ma lei. Il suo viso era indecifrabile, il suo sguardo velato.

«Sì» disse lei.

«Ti stai chiedendo se l'ho uccisa io?» chiese, voltandosi.

Lei lo vide avviarsi giù per il corridoio, e le montò dentro un'improvvisa e incontenibile rabbia per il fatto che l'avesse liquidata con tanta durezza.

Lo inseguì e gli prese il braccio, costringendolo a voltarsi con la sola forza di volontà. Matthew spalancò gli occhi. «*No*» scattò lei. «*Non* sto dicendo questo ed è ingiusto da parte tua accusarmi di una cosa simile e poi andartene. Sembri dimenticare che la mia vita è stata distrutta esattamente come la tua. Ho il diritto di chiedermi perché.»

Lui inarcò un sopracciglio. «Distrutta, Isabel? Hai sposato un duca. Mi sembra un'elevazione.»

Restò a bocca aperta a quella battuta crudele. Alla freddezza con cui lui la pronunciò. Gli lasciò andare il braccio e si allontanò, scuotendo la testa a ogni passo. «Quanta poca stima hai di me. Ho già avuto un matrimonio con un uomo che non mi desiderava. Ora sto con uno che non mi apprezza, men che meno mi vuole.»

Matthew corrugò la fronte. «Pensi che io non ti voglia? Tu non sai cosa voglio, Isabel. Da settimane penso solo a te. Anche quando non conoscevo la tua identità, non ho mai provato niente di simile. Ferale, bollente, pericoloso. E lo detesto.»

Lei trasalì e volse il viso dall'altra parte. «Detesti me.»

«No, non te.» Le si avvicinò, riducendo la distanza che aveva creato. «Tu mi affascini, mi interessi, mi incanti. Hai dormito tra le mie braccia la scorsa notte e mi è sembrato perfetto. E sbagliato.»

Lei lo fissò. Non aveva mai pensato che le avrebbe detto queste frasi. Frasi passionali, che esprimevano un profondo conflitto interiore. Un conflitto che le dava speranza tanto quanto le generava puro terrore nell'anima.

«Rispondi a questo» disse lei. «Pensi *davvero* che io abbia creato questa situazione per favorire i piani di mio zio o per migliorare la mia situazione?»

Lo vide deglutire. «Mi hai difeso focosamente alla nostra cena di nozze, davanti a una stanza piena di gente. Ho visto quanto ti sei sentita umiliata dovendo affrontare tuo zio in quella sede. Ma ci sono momenti in cui semplicemente... non lo so.»

Isabel si avvicinò e portò le mani tremanti al suo viso. Matthew lasciò che lo toccasse. Quando lo fece, lasciò uscire un sospiro sofferto. Come se avesse aspettato quel momento tutto il giorno. Come lei.

«Non ho niente a che fare con le sue macchinazioni» disse dolcemente, poi si alzò sulle punte dei piedi per sfiorargli le labbra.

Quando si allontanò, lui la fissò. Le sue pupille erano dilatate e il suo respiro corto. Poi la prese per mano e la trascinò su per il corridoio, oltre il ritratto fisso di Angelica, in una stanza che lei non aveva ancora esplorato. Un altro salotto in una lunga serie di salotti.

Chiuse la porta e la prese tra le braccia. Gli cadde contro il petto e sollevò la bocca offrendosi a quella famelica di lui mentre il calore tra loro, acuito dalla loro discussione, si gonfiò fino a diventare un incendio. Le tirò i vestiti, le slacciò i bottoni, le tirò su il tessuto e la spinse sul divano più vicino. Lei lo tirò giù sopra di lei, cercando a tentoni la patta dei pantaloni e l'erezione evidente sotto il tessuto.

Aprì le gambe mentre lui le sfilava le mutande e le gettava da parte. Con le dita trovò il suo sesso, lo accarezzò, aprendolo, spargendo i fluidi mentre il suo respiro diventava sempre più affannoso.

Con difficoltà, lei finalmente gli liberò il membro e lo prese in mano. Glielo pompò una, due volte, e poi lui la soffocò con la bocca mentre le sollevava i fianchi e le affondava dentro in profondità. Lei gridò a quell'invasione dolce, calda e animale. Lui le martellò dentro, prendendola senza sosta, reclamandola come se volesse lasciare un segno permanente. Forse ci sarebbe riuscito. Isabel cominciò a tremare mentre lui spingeva più forte e col bacino le accarezzava il suo ad ogni affondo.

Si avventò sulla sua bocca, esigendo tutto quello che aveva da dargli. Lei glielo diede, staccandosi solo quando un orgasmo la travolse come un rogo. Emise un grido acuto e lui le fece eco mentre le riversava il proprio seme nei più intimi recessi del suo corpo e poi le cadde addosso, le mani che le accarezzano dolcemente le braccia, mentre lei gli passava le dita tra i capelli.

E in quel momento, ci fu pace.

～

«Dovrebbero progettare un divano più adatto a queste cose» si lamentò Matthew mentre si tirava addosso Isabel e lei gli posava la testa sul petto.

Lei rise. La tensione sorta nella galleria dei ritratti era stata spazzata via dalla passione. «Si chiama letto, Vostra Grazia. Ne avete uno molto bello al piano di sopra.»

«Un letto» ripeté. «Affascinante. Forse dovremmo metterne uno in ogni stanza di questa casa. Non si sa mai.»

Lei lo guardò con un'espressione che era allo stesso tempo divertita e interessata. «Una scelta di design inaspettata che non vorrei dover spiegare agli ospiti.»

«Sono certo che ne determinerebbero l'uso per conto loro» disse.

Isabel sospirò, e per un momento entrambi rimasero in silenzio. Il silenzio gli permise di rivivere ancora una volta la loro precedente discussione. Gli aveva chiesto di Angelica e la sua prima reazione era stata di allontanarla. Di lasciare in sospeso l'argomento doloroso della sua ultima notte con la sua ex fidanzata. Ma ora, con le mani di Isabel che lo accarezzavano, con il profumo di vaniglia dei suoi capelli che gli stuzzicava le narici, sapeva di aver sbagliato a nasconderle la verità.

Soprattutto visto che aveva influenzato praticamente ogni momento tra loro da allora.

Si fece forza e disse: «Angelica ed io avevamo un rapporto a volte... acceso.»

Lei si irrigidì e alzò lo sguardo. Si stava sforzando di mantenere un'espressione neutra. «Non me ne stupisco. Tu sei irresistibile e lei era stupenda.»

Lui scosse la testa quando si rese conto del significato che lei aveva dato alle sue parole. «No, non così. Non... *così*. Certo, ero attratto da lei, ma non.. voglio dire non abbiamo mai...»

Isabel lo guardò a occhi spalancati. «No?»

«Era una gentildonna e dovevamo sposarci.» Scrollò le spalle.

«Farlo sembrava sbagliato in quel momento. Pensavo che avessimo una vita intera.»

«Suppongo di sì. Ma se non intendi acceso in quel senso, allora *cosa* intendi?»

Matthew si acciglià. «Ogni tanto si arrabbiava quando non facevo come voleva lei. È quello che successe quella notte. L'ultima notte. Eravamo tutti alla tenuta di Tyndale e lei pretendeva che uscissi con lei sul lago. Disse qualcosa sul chiaro di luna. Ero nel bel mezzo di qualcosa. Lo consideravo importante, anche se, ad essere sincero, ora non ricordo nemmeno cosa fosse.» Scosse la testa. «E lei... lei...»

«Ha fatto i capricci» finì Isabel, non con crudeltà ma senza mezzi termini.

Lui abbassò lo sguardo per guardarla. In realtà era piuttosto piacevole parlare con qualcuno che aveva conosciuto Angelica così bene. Poteva essere diretto, mentre con gli altri era prudente. Lentamente, annuì. «Suppongo che si possa dire così.»

«Lo faceva a volte» disse Isabel facendo spallucce.

«Anche con te?» le chiese.

«Sì.» Ridacchiò come se il ricordo le facesse piacere. «Con tutti. Era passionale, come sicuramente saprai. Era agguerrita, sia nel modo di amare che in quello di esigere. Sempre determinata a far cambiare idea a tutti a modo suo.»

Lui sorrise debolmente. «È proprio così.»

«Ma non era mai... crudele» continuò Isabel rapidamente. «Per ottenere ciò che voleva poteva usare sia il miele che una grande dose di aceto. Si mostrava sorridente e compiacente e persuasiva e tutto d'un tratto mi trovavo dalla sua parte. Naturalmente, la volta successiva che avevo bisogno io, lei era la prima a saltare su, a prendermi sotto braccio e a sostenermi. Era una forza della natura in questo senso.»

«È vero. E spesso cedevo, proprio come sembra che abbia fatto tu. Quella sera invece no. Litigammo» disse, cercando di bloccare le immagini che avevano cominciato a riempirgli la mente. «E poco dopo la sua cameriera venne da me per informarmi che Angelica era uscita senza di me. Naturalmente, questo doveva indurmi a seguirla, e lo feci, ancora furioso per le brutte parole che ci eravamo scambiati e per la sua sconsiderata caparbietà a fare esattamente come voleva lei.»

Si concentrò, cercando di ricomporsi. Dovette metterci un bel po', perché Isabel allungò la mano e intrecciò le dita nelle sue. Gli strinse delicatamente la mano. «E poi cos'è successo?»

«Era in mezzo al lago quando la raggiunsi» sussurrò. «In questa minuscola barchetta che era destinata solo ai bambini. E quando mi vide, si alzò in piedi, per dimostrarmi che avrebbe fatto quello che voleva, suppongo. La barca oscillò e... e...»

Isabel trattenne il fiato. Le lacrime le avevano riempito gli occhi. «Si rovesciò» disse. «Oh, Angelica.»

Lui annuì. «Era così lontana, così distante. Corsi da lei, completamente vestito, sbracciandomi in acqua. La vidi andare sotto più volte mentre il suo abito diventava sempre più pesante. Quando la raggiunsi, era rimasta sotto da un po'. Non riuscivo a trovarla nel buio. Ero nel panico, mi immersi per cercarla. Alla fine le toccai la mano e ci fu questo enorme momento di speranza. Ma quando la tirai in superficie, era inerte e fredda. Continuavo a gridare il suo nome mentre la portavo a riva, ma non c'era niente che potessi fare. Non potevo fare niente. Era morta.»

Isabel allungò la mano e solo quando gli asciugò delicatamente la guancia si rese conto che stava piangendo. Per la vita che aveva perso. Per il senso di colpa che si era portato dietro. Per la donna la cui luce luminosa e vibrante era stata spenta per uno stupido scatto d'ira. Anche le guance di Isabel erano bagnate e i suoi occhi brillavano di altre lacrime. Per sua cugina, ma anche per lui, lo vedeva. Non lacrime di pietà, ma di empatia.

«Avrei fatto a cambio con lei, Isabel» mormorò. «Sai che non le ho mai fatto del male. Spero che tu sappia che non l'avrei mai fatto. L'amavo davvero.»

Lei annuì immediatamente. «Lo so. Lo vedo, lo sento. E mi

dispiace tanto, Matthew. Mi dispiace che tu abbia patito quella perdita. E mi dispiace che il dolore di mio zio lo abbia spinto ad incolpare te. Ma soprattutto mi dispiace che la mia presenza nella tua vita sia un costante memento del futuro che volevi, di quello che ti è stato rubato quella notte. Questi confronti devono essere devastanti.»

Lo abbracciò ancora più forte, e in quel momento Matthew capì che Isabel si sbagliava. Lui non la paragonava ad Angelica. In qualche modo, non l'aveva mai fatto. Non si assomigliavano, né parlavano o si comportavano allo stesso modo. Che fossero imparentate era complicato, naturalmente. Preoccupante se considerato insieme alle manipolazioni e all'odio di suo zio.

Ma non era ad Angelica che pensava quando Isabel lo toccava. E non era di Angelica che desiderava sapere di più mentre giaceva tra le calde braccia di Isabel. Ma cosa fare di questi desideri?

Era qualcosa che stava ancora cercando di capire.

CAPITOLO DICIANNOVE

Anche se era Duchessa di Tyndale da una settimana, Isabel aveva ancora difficoltà a rispondere quando qualcuno la chiamava Vostra Grazia. Era qualcun altro, vero? Qualcuno cresciuto per assumere quel ruolo, qualcuno nato comprendendo le aspettative che ne derivavano.

Lei era più lenta a capire, anche se i domestici di Matthew erano stati gentili e pazienti. E anche lui lo era stato. Più che gentile, in realtà. Si era aspettata che si allontanasse dopo quelle prime notti trascorse come marito e moglie. Che tornasse ai suoi doveri e che si instaurasse una certa distanza tra loro.

Ma non l'aveva fatto.

Nella settimana successiva al loro matrimonio, aveva trascorso del tempo con lei. Insieme stavano attentamente esplorando ciò che significava un matrimonio tra di loro. E il risultato era... meraviglioso. Parlavano di libri e leggevano insieme, lui suonava il pianoforte mentre lei cantava, facevano passeggiate nei giardini e nel parco. Tutto questo sembrava... naturale. L'unica tensione tra loro era di natura sessuale.

E quella tensione era combustibile quando finalmente esplodeva in una frenesia di bocche fameliche, vestiti strappati e corpi avvinghiati. Potevano esplorarsi a vicenda per ore, darsi piacere l'un l'altra e poi ricadere nell'amicizia che sentiva crescere tra loro.

Matthew ci stava provando. Provava a costruire un matrimonio con lei, nonostante il loro brutto inizio. E lei lo apprezzava più di quanto avrebbe mai potuto esprimere.

Eppure non era ancora abbastanza. In cuor suo sapeva ancora di non essere la sua scelta. Sapeva che Angelica era sospesa nel bel mezzo della loro vita, così come il suo ritratto era appeso nel loro corridoio.

Mescolò il tè sospirando e fissò il giardino dietro casa. «Perché vuoi così tanto?» mormorò tra sé e sé. «Perché non ti accontenti del conforto di quello che hai?»

Non riuscì a continuare la preoccupante conversazione con se stessa perché a quel punto Matthew irruppe di corsa in salotto. Lei balzò in piedi, perché aveva un viso pallido e sconvolto quando le rivolse lo sguardo.

«Cosa c'è?» La sua mente andò immediatamente a suo zio e alle mille cose orribili che avrebbe potuto fare. Anche se Matthew non credeva che avrebbe fatto loro del male, lei non ne era così sicura.

«Charlotte» ansimò, con il fiato corto. «Il bambino sta arrivando... l'ho appena saputo.»

Isabel strinse le mani e il terrore lasciò il posto alla gioia. Anche se sentiva un'esitazione persistente da parte degli amici di Matthew, non erano scortesi con lei. E sapeva quanto Charlotte e Ewan fossero entusiasti di accogliere il loro bambino, o bambina.

«Cosa stiamo aspettando?» disse afferrandogli la mano e trascinandolo verso l'ingresso. «Ewan avrà bisogno dei suoi amici. Portman, fate preparare subito la carrozza!»

Il maggiordomo si affrettò a chiamare il veicolo e Isabel sorrise a Matthew inclinando la testa. «Sei nervoso?»

Lui annuì. «Certo. Qualsiasi cosa può andare storta in queste situazioni, anche se Diana, la moglie di Lucas, si occuperà di Charlotte e non c'è miglior guaritrice o ostetrica sulla piazza. Credo che assisterà anche Meg. Charlotte è in buone mani, ma so anche cosa farebbe a mio cugino perdere sua moglie.»

Isabel strinse le labbra davanti all'espressione disperata nei suoi occhi. «Certo che sì» gli disse dolcemente. «Più di ogni altro. Ma non dobbiamo pensare al peggio. Sì, il parto è pericoloso, ma la maggior parte delle donne se la cava molto bene.»

La carrozza arrivò e lo trascinò fuori. Lui la aiutò a salire e disse al cocchiere di portarli a qualche centinaio di metri su per il viale fino alla casa di Ewan e Charlotte. In qualsiasi altro giorno avrebbe potuto suggerire di andare a piedi, ma da come stringeva e apriva le mani Matthew sembrava così nervoso che non era sicura che sarebbe sopravvissuto alla passeggiata.

Gli sorrise, commossa dalla sua preoccupazione per l'amato cugino. E dal suo nervosismo per Charlotte. Ecco perché lo amava così tanto.

Deglutì a fatica quando quel pensiero errante si fece strada nella sua mente. Lo amava. Amava Matthew. Era l'emozione che aveva cercato di sovvertire ogni volta che aveva aleggiato ai confini della sua coscienza interiore. Qualcosa contro cui aveva combattuto con tutte le sue forze, poiché sapeva che non avrebbe mai potuto essere ricambiata.

Ma eccola lì. Chiara e bella, perfetta e vera mentre lo osservava guardare fuori dal finestrino, con le mani che gli tremavano in grembo. Lo amava. Profondamente e sinceramente, follemente e dolcemente. Non c'era dubbio che l'avrebbe sempre amato, nonostante... nonostante e basta.

Si fermarono di fronte al palazzo e Matthew scese, offrendole una mano per aiutarla. Era ovviamente distratto mentre la portava su per la gradinata e sorrideva alla domestica pallida che li portò immediatamente in un salotto su per le scale all'interno delle stanze private della casa.

Quando entrarono nella stanza, Isabel non poté fare a meno di essere contenta. I duchi e le loro mogli erano già arrivati. Meg e Diana erano in fondo al corridoio con Charlotte. Isabel poteva sentire le grida della Duchessa di Donburrow che si sforzava di mettere al mondo quella preziosa vita.

Simon, James, Emma, Helena, Graham e Adelaide erano in piedi alla credenza. Le donne stavano preparando il tè per tutto il gruppo e tutti sorridevano. Naturalmente, due di loro, oltre a Meg, erano già passati dal calvario che Charlotte doveva affrontare, e ne erano usciti felici e con bambini belli e sani tra le braccia. Hugh e Robert se ne stavano in disparte, entrambi apparentemente a disagio.

E nel mezzo del salotto c'era Ewan che andava su e giù per tutta la stanza, con le mani che gli tremavano e la fronte sudata. Baldwin gli faceva compagnia dicendogli parole di conforto. Isabel liberò subito Matthew e gli diede una leggera spinta.

«Vai» disse dolcemente. «Sei quello di cui ha più bisogno in questa stanza.»

Lui la ringraziò con lo sguardo e poi si diresse direttamente da suo cugino. Ewan lo abbracciò e lei osservò l'interazione tra i due, silenziosi ma legati come i più uniti dei fratelli. Ewan non tirò nemmeno fuori il suo quadernino. Lui e Matthew si limitavano a guardarsi negli occhi e lei poteva vedere che si capivano perfettamente.

Le si riempirono gli occhi di lacrime mentre si andava a posizionare lungo la parete ad aspettare insieme agli altri. Dopo un attimo, le si mise accanto Helena. Isabel si irrigidì, perché la Duchessa di Sheffield era stata l'unica ad affrontarla direttamente, e Isabel non era certa di cosa le avrebbe detto ora.

«Buon pomeriggio, Isabel» disse Helena, sorridendole con sincera cordialità.

Isabel inclinò il capo. «Helena.»

Con sua grande sorpresa, Helena la prese a braccetto e per un momento osservarono insieme Baldwin, Ewan e Matthew. Ewan sembrava già più rilassato con i suoi amici al fianco. Il suo avanti e indietro era meno maniacale, meno timoroso, anche se continuava a guardare verso la porta ogni volta che Charlotte faceva anche solo uno squittio.

«Sono amici per la pelle da quando erano ragazzi» commentò Helena. «Quando li vedo insieme, mi commuove sempre vedere quanto sono uniti.»

Isabel annuì mentre guardava il volto di Matthew. Era la forza di Ewan in quel momento. La roccia che permetteva a Ewan di cedere alla sua paura se ne avesse avuto bisogno.

«È un legame potente» sussurrò. «E raro.»

«*È* raro.» Helena si voltò verso di lei. «E non farei mai nulla per interferire. So che ti ho avvicinato prima del tuo matrimonio e che ti ho parlato... in modo piuttosto duro.»

Isabel scosse la testa. «Sei stata diretta. Non posso biasimarti per questo, né per aver voluto proteggere Matthew.»

Helena addolcì l'espressione e strinse delicatamente il braccio di Isabel. «Un desiderio di protezione che ora mi rendo conto condividi, credo. Dopo tutto, hai preso le sue difese davanti a tutti i suoi amici e familiari contro tuo zio il giorno del vostro matrimonio.»

Isabel arrossì. «Non avrebbe mai dovuto essere messo nella posizione di dover essere difeso da mio zio.»

Helena inclinò la testa. «Ma questa è la posizione in cui si trova, e anche tu. Volevo solo dire che ho visto con quanto fervore lo hai difeso. Ha significato molto per me, per tutti noi, che tu lo abbia fatto. Spero che potremo essere amiche. Veramente amiche, poiché so che ci vedremo spesso per via del legame tra i nostri mariti. E so che se Charlotte non stesse oscurando l'aria di imprecazioni in fondo al corridoio, direbbe la stessa cosa.»

Isabel sorrise e mise la mano su quella di Helena. Si sentì sollevata e confortata all'idea che questa donna, che tutte queste donne, potessero accettarla e prendersi cura di lei.

«Sì» disse con un filo di voce. «Naturalmente sarei molto felice di essere tua amica.»

Improvvisamente ci fu un altro grido che squarciò l'aria, ma non era quello di Charlotte. Questa volta era il vagito di un bambino. Isabel sussultò, e sia lei che Helena rivolsero la loro attenzione agli uomini. Ewan barcollò sentendo il bambino. Matthew e Baldwin gli presero le braccia per impedirgli di cadere. Poi i tre si abbracciarono, in un circolo di amore fraterno e di sollievo.

Quando Ewan si staccò, era chiaro dalle lacrime che gli scorrevano sul viso che la voce del suo bambino sano aveva trasformato tutta la sua paura in gioia.

Poco dopo Meg entrò nella stanza. Era raggiante mentre si asciugava le mani su un asciugamano. «Un maschio» dichiarò tra le acclamazioni del gruppo. Si avvicinò a Ewan e gli toccò la guancia. «Un bimbo robusto che piange altrettanto forte e che si sta facendo conoscere molto bene in questo momento. La mamma e il bambino sono sani come pesci.»

Matthew spinse Ewan verso la porta. «Vai!» lo incoraggiò. «Vai dalla tua famigliola.»

Non ci fu bisogno di dirlo due volte. Ewan si precipitò da sua moglie mentre Meg cadeva tra le braccia di Simon. Helena si allontanò per andare da Baldwin, e per un momento Isabel rimase sola. Osservò da lontano questo gruppo di amici, questo club di duchi, questa banda di fratelli, che festeggiavano l'aggiunta di un nuovo membro della famiglia al loro gregge. Gioì delle loro lacrime e dei loro sorrisi. Della loro felicità.

E si rese conto con grande delizia che sarebbe stata una piccola parte di questo cerchio d'amore. Che i suoi figli sarebbero cresciuti al suo interno. Che quel legame sarebbe sempre stato un elemento da accudire e a cui fare affidamento. Forse non sarebbe mai stata accettata come gli altri, ma Helena aveva fatto un'apertura, e questo le dava la speranza che non sarebbe stata per sempre un'estranea.

Matthew era al colmo della gioia, ma gli sembrò incompleta quando si allontanò da Baldwin ed Helena. Lungo la parete vide Isabel, lontana dagli altri, che lo guardava. Lo guardava e basta.

In quel momento voleva condividere questa felicità e questo sollievo con lei più di qualsiasi altra persona in quella stanza.

Le si avvicinò azzerando la distanza con tre lunghe falcate. Lei si raddrizzò quando lo vide arrivare, con un'espressione allo stesso tempo diffidente e aperta. Non ci fu niente da dire. Si limitò a prenderla tra le braccia e ad attirarla con forza contro il petto, mentre le lacrime cominciavano a scorrergli lungo le guance.

Isabel si tirò indietro leggermente e gliele asciugò. Sorrideva, capendo che erano lacrime di felicità.

«Ho visto mio cugino crescere così dubbioso del suo valore» disse Matthew con voce soffocata. «Nemmeno l'amore di mio padre e di mia madre, il mio affetto e la mia accettazione, hanno potuto fargli dimenticare la crudeltà che ha subito a causa del suo mutismo.»

Lei annuì lentamente. «Dev'essere stato molto difficile per lui.»

«Sì infatti.» confermò scuotendo la testa. «Stasera, quando suo figlio ha pianto ed è stato chiaro che il bambino non soffrirà della sua stessa afflizione, ho visto svanire tutte le paure di mio cugino... di mio *fratello*. Ho visto in lui una speranza che non avevo mai visto prima.»

«Non che il bambino sarebbe stato meno amato se non fosse stato in grado di parlare.»

«Certo che no. Potremmo dirlo fino allo sfinimento invano, però. Nessuno di noi ha fatto il percorso di Ewan o ha provato il terrore che suo figlio patisse come lui.»

«Ma ora non succederà» gli disse Isabel, accarezzandogli ancora una volta la guancia. «Il fatto che tu sia così felice per lui la dice lunga su di te, Matthew. Sul tuo carattere e sulla tua capacità di amare.»

Si irrigidì quando la sentì usare quella parola. *Amore.* Era qualcosa che aveva rimosso da tanto tempo. Qualcosa che si era detto che non avrebbe mai più provato dopo la perdita che lo aveva trascinato negli abissi della disperazione.

Ma in quel momento lo provava, potente e bello e mutevole nel migliore dei modi. Lo sentiva e vi si abbandonò mentre gli altri nella stanza condividevano la gioia di quel giorno felice intorno a loro.

Guardando la donna accanto a lui, non poteva pensare a nessun altro con cui avrebbe voluto condividere quel giorno. Così chinò la testa e la baciò. Non con passione, ma con qualcosa di più profondo. Con il sollievo e la gioia che potevano fluire in modo così immediato tra loro. Non gl'importava chi potesse vedere quella sintonia. Non gl'importava quanto lo rendesse vulnerabile.

Isabel alla fine si staccò e sorrise con le guance arrossate e luminose. «Sono così felice per la tua famiglia, Matthew.»

«La nostra famiglia» la corresse. «Sono la *nostra* famiglia.»

I suoi occhi si spalancarono leggermente. E perché no? Il loro matrimonio era stato forzato, il loro legame reso tenue da bugie e malintesi. Lui non le aveva offerto alcun assaggio del futuro che avrebbero condiviso, in parte perché aveva difficoltà a definirlo lui stesso.

Ma in quel momento sapeva che ci avrebbe provato. Che avrebbe provato a renderlo un futuro felice. A rendere lei felice. Per il resto della loro vita. Perché Isabel se lo meritava. E dopo tutto quello che aveva perso, se lo meritava anche lui.

La nascita del figlio di suo cugino aveva segnato un nuovo giorno anche per lui. Intendeva rendere il resto dei loro giorni ancora migliori.

CAPITOLO VENTI

Isabel se ne stava seduta sul bordo di una sedia nel salotto di suo zio, fissando nervosamente la porta da cui sarebbe presto entrato. Dopo tutta la felicità del giorno precedente, quando il bambino di Charlotte ed Ewan era venuto al mondo tra tanto allegro clamore, al ritorno a casa aveva trovato un messaggio dello zio Fenton.

Lui non l'aveva più contattata dopo le cattiverie che si erano scambiati al suo matrimonio. Aveva considerato il suo silenzio un buon segno. Forse si stava sbollendo, forse stava tornando all'uomo razionale che voleva credere vivesse ancora dentro di lui.

Questa speranza la portò a tenere nascosto il messaggio a Matthew e a rispondere all'invito, incerta su quello che avrebbe trovato. Se suo marito avesse insistito a venire con lei, probabilmente non sarebbe stato un bene. Doveva essere un esempio per entrambi, doveva cercare di favorire una riconciliazione dietro le quinte, o almeno di allontanare ciascuno dei due uomini da sentimenti di rabbia e pensieri di vendetta.

Era suo dovere visto che li amava entrambi.

La porta del salotto si aprì e lei si alzò quando entrò suo zio. Si portò di scatto la mano alla bocca. Era completamente disfatto. Nei dieci giorni trascorsi da quando l'aveva visto l'ultima volta, aveva perso più di sei chili. I vestiti gli cadevano abbondanti dalle spalle già esili e aveva occhiaie profonde sotto gli occhi. Era trasandato e con la camicia di fuori. Ondeggiò leggermente quando entrò nella stanza e la fulminò con uno sguardo.

«Buon dì, Isabel» farfugliò.

Lei trasalì. «Zio, siete ubriaco.»

«Forse.» scrollò le spalle. «Non ha molta importanza, vero? Ubriaco o sobrio, la vita è la stessa.»

La giovane si accigliò e si fece avanti per prendergli il braccio. Lui glielo permise e prese posto dove lo fece accomodare. Isabel gli scostò una ciocca di capelli dalla fronte e scosse la testa. «Non potete non vedere che siete fuori controllo. Dovete capire che avete bisogno di un qualche tipo di... aiuto.»

Per un attimo il vecchio la fissò negli occhi. C'era disperazione in quello sguardo. Tristezza, come se potesse concordare di essersi spinto troppo in là. Ma poi sbatté le palpebre e ritornò la rabbia che usava come scudo contro il suo dolore.

«Certo che voglio il tuo aiuto. Nessuno parla più.»

Isabel sospirò e prese posto sul divano. «Di cosa?»

Lui sventolò la mano nella sua direzione. «Di te. E di lui. All'inizio era tutto ciò che speravo. Uno scandalo per fargli abbassare la cresta. Ma poi vi siete sposati e le chiacchiere sono svanite.»

«Sì, la Contessa di Longview non ha lasciato il marito dopo una specie di litigio pubblico a Hyde Park? Immagino che siano sulle bocche di tutti.»

Suo zio si accigliò. «È come se quello che ha fatto non avesse importanza.»

«Vi prego, ascoltatemi» gli disse lei, facendosi avanti fin sul bordo del divano e allungandosi per prendergli le mani. Lui trasalì, ma non si allontanò. Isabel inclinò la testa per guardarlo dritto negli occhi. «Matthew non ha fatto niente.»

«No.»

«Non ha fatto niente» ripeté lei dolcemente. «Ho sentito cos'è successo quella notte e credo alla sua versione.»

«No!» ripeté il vecchio, saltando in piedi. «Ma tu sei l'unica che può rivelare la verità adesso.»

Isabel chinò la testa. La sua ossessione era ormai sconfinata in follia, e anche se le dispiaceva per lui e lo compativa, era anche stanca di questa discussione e delle accuse che l'accompagnavano.

«Vi sto dicendo la verità» ribadì alzandosi. «È solo che non volete ascoltare.»

«Ora siete uniti. È ripugnante, ma possiamo usarlo.» Gli si illuminarono gli occhi.

Isabel lo fissò. «Usarlo per cosa, esattamente?»

«Per spiarlo. Per costringerlo a rivelare i suoi segreti.»

Lei si voltò e andò alla finestra, dove strinse i pugni ai fianchi e cercò di riguadagnare un minimo di controllo su se stessa. Una miriade di emozioni le ribolliva dentro: dolore ed empatia, rabbia, istinto di stare sulla difensiva e senso di perdita. Tanta perdita, perché le sembrava che non avrebbe mai più riavuto suo zio. Quest'uomo abbandonato allo strascico del suo dolore non era... lui.

Si girò lentamente per guardarlo in faccia. «Voglio che mi ascoltiate, zio Fenton. Che mi ascoltiate seriamente. Capisco il desiderio di vendicare vostra figlia. Capisco che nei recessi più profondi della vostra anima siate davvero convinto che Matthew sia responsabile della sua dipartita. Ma questo non significa che sia vero. E io non sarò mai vostra complice nel fargli del male. Né ora né mai. Sono stata chiara?»

Lui la fissò, senza parlare, per quella che sembrò un'eternità. Alla fine il suo sguardo si spense e si alzò. «Allora sei inutile. Devo fare da solo. E non credo che ci rivedremo più.»

Le mancò il fiato, sopraffatta da un nuovo dolore. Voleva bene a suo zio, da sempre. Niente di quello che aveva fatto o detto aveva cancellato le gentilezze che le aveva mostrato un tempo, o eliminato le molte cose che avevano in comune. Ma ora la guardava come se fosse un'estranea. E a sua volta, anche lui era un estraneo per lei.

«Se non riuscite a essere ragionevole, allora forse è meglio così» sussurrò. «Ora vi lascio. Addio.»

Il vecchio esitò, il suo cipiglio si fece più profondo. Poi annuì. «Addio, Isabel. Addio.»

Mise il petto in fuori, cercando di mantenere la sua dignità mentre usciva dalla stanza. Ma quando fu in carrozza, ormai sulla strada di casa, non poté fare a meno di afflosciarsi sul sedile e di scoppiare a piangere.

Matthew sentì Isabel entrare nell'atrio e alzò gli occhi dal suo libro sorpreso. Era andata a trovare Sarah e gli aveva detto che sarebbe stata via per tutto il pomeriggio. Ma era passata meno di un'ora da quando era uscita.

Non che gli dispiacesse il suo ritorno. Cominciava a sentire la sua mancanza quando non c'era.

Mise da parte il volume e andò a salutarla. «Sei in anticipo» disse. «Vieni a prendere il tè con me.»

Lei distolse lo sguardo da Portman e lo rivolse a lui. Gli si gelò il sangue. Aveva pianto. Glielo si vedeva in viso mentre gli veniva incontro arrancando.

«Potrei aver bisogno di qualcosa di più forte del tè» gli disse mentre si alzava in punta di piedi per dagli un bacio sulla guancia.

Lui corrugò la fronte e la seguì in salotto, chiudendo la porta dietro di loro in modo che potessero avere un po' di privacy. Lei sprofondò sul divano con un lungo sospiro e si coprì gli occhi con la mano. Mille domande gli attraversarono la mente. Che cos'era successo? Perché era tornata a casa? Cosa poteva fare per alleviare il dolore che era così evidente in ogni fibra del suo essere?

Sentiva un bisogno disperato di consolarla.

Così andò alla credenza e le versò uno sherry. Quando glielo porse, lei fece una risatina. «Suppongo che sia il momento giusto per bere.»

Bevve un sorso e trasalì prima di mettere da parte il bicchiere. Lui prese posto accanto a lei e le prese la mano, se la portò alle labbra e scrutò il suo viso infelice. «Cos'è successo?»

Isabel fece una smorfia e distolse gli occhi. Matthew conosceva quello sguardo. Glielo aveva visto tante volte in viso. Tradiva il suo senso di colpa, e gli venne un nodo allo stomaco a vederlo. Mascherò la propria reazione.

«Hai litigato con Sarah?» le chiese, sapendo già che non era la verità. Ma aveva bisogno che glielo confessasse comunque.

Non lo deluse. «Non sono andata a trovare Sarah» ammise abbassando la testa. «Ti ho mentito.»

Matthew strinse i denti. «Pensavo che le bugie tra noi fossero finite, Isabel. O no?»

«Lo so» sussurrò lei, e le tremò la voce in preda a un dolore sincero che gli toccò il cuore anche se cercò di non considerarlo perché gli aveva mentito, ancora una volta.

«Sono stata una sciocca. Pensavo di proteggerti.»

Lui scosse la testa. «Proteggermi? Dove sei andata?» Isabel lo guardò di sottecchi e lui inspirò tra i denti. «Tuo zio. Sei andata a trovare Winter.»

Lei annuì lentamente. «Ho ricevuto un suo invito ieri, mentre eravamo da Ewan e Charlotte. Nell'agitazione non l'hai visto. Non volevo turbarti, e non volevo che tu interferissi e peggiorassi tutto. Così l'ho nascosto e non ti ho detto la verità su dove stavo andando.»

Matthew si alzò di scatto e si allontanò. Era arrabbiato per il sotterfugio, naturalmente, specie considerando i loro trascorsi. Ma capiva anche le sue motivazioni, in qualche modo.

«Sei andata da sola a trovarlo» disse alla fine. «Non mi piace, Isabel. Lui è...»

«Completamente pazzo» finì per lui con un singhiozzo.

Si girò a guardarla e si intenerì. Isabel aveva la testa tra le mani, sconvolta da quello che era evidentemente un grande dolore. Qualunque cosa pensasse lui di Fenton Winter, qualunque cosa avesse sofferto trovandosi oggetto delle sue accuse, sapeva senza ombra di dubbio che Isabel voleva bene a quell'uomo. Non era d'accordo con lui o con i suoi terribili metodi, ma gli voleva bene.

E vederlo crollare a quel modo le aveva spezzato il cuore. E questo gli importava più di qualsiasi rabbia provasse per il fatto che gli aveva tenuto nascosta la verità.

Riprese posto sul divano e la prese tra le braccia, tenendola dolcemente contro di sé mentre le accarezzava la schiena scossa dai singhiozzi e lasciava che sfogasse il suo dolore su di lui. Lo prese tutto, tenendola stretta mentre piangeva, e si trovò confortato da quello scambio. Il dolore di Isabel era più facile da sopportare del suo, in qualche modo. E farsene carico ne diminuiva il potere.

Quando si fu calmata, lo guardò in faccia. «Mi dispiace» sussurrò.

«Lo so.» Si chinò in avanti e le diede un bacio sulla fronte. «Ora dimmi cos'è successo che ti ha sconvolto così tanto.»

Piano piano gli raccontò tutti i dettagli dell'incontro, e gli si rivoltò lo stomaco a ogni particolare. Quello che gli stava descrivendo era davvero un uomo fuori di sé. E anche se minacciava Matthew da anni e Matthew era certo che non avrebbe mai portato a termine alcun vero piano, era comunque inquietante sapere che stava cercando di usare Isabel come arma.

«Gli ho detto che non mi sarei mai lasciata coinvolgere in un complotto per farti del male» disse alla fine. «E lui mi ha risposto che non dovevamo più vederci.»

Scosse la testa. «Mi dispiace. Mi rendo conto di quanto questo debba farti soffrire.»

«Sì» ammise Isabel. «Lui era tutto ciò che mi era rimasto della mia famiglia. C'è qualche cugino qua e là, ma non siamo mai stati uniti. Ma più che altro ho paura.»

«Perché? Perché stava cercando, ancora una volta, di trovare un modo per farmi soffrire?» le chiese. «Cara, ci prova da così tanto tempo che faccio fatica a ricordare un periodo in cui non lo abbia fatto. Apprezzo la preoccupazione, ma non c'è motivo.»

Lei gli afferrò il braccio e vi si aggrappò con entrambe le mani. «Ma Matthew...»

«Shhh» la tranquillizzò, attirandola di nuovo vicino. «Ti prometto che non c'è nulla da temere. A dire il vero, ora che l'ultimo anello che lo legava a me è stata reciso, potrebbe semplicemente calmarsi. Potrebbe essere per il meglio.»

«Penso ancora che sia pericoloso» insistette lei. «Ho paura per te.»

Lui sbatté le palpebre e la guardò in faccia. Era seriamente preoccupata per lui. Si rese conto di quanto profondamente ci tenesse, di quanto fosse determinata a proteggerlo, un sentimento che mise in evidenza il legame che avevano sviluppato fin dalla prima notte al Donville Masquerade, tanto tempo prima.

E ancora più sorprendente era come lui provasse le stesse cose per lei. L'impulso di confortarla. Aiutarla. Calmarla.

Le passò le dita lungo la curva della mascella e si chinò a baciarla.

Per un momento, il bacio fu dolce. Tenero. Ma rapidamente si intensificò e virò verso la potente connessione fisica che condividevano. Conosceva un modo per farle dimenticare tutto tranne il piacere. E a giudicare dal modo in cui Isabel si sollevava contro di lui, era un modo che anche lei voleva esplorare.

Si mise in ginocchio davanti a lei, stringendole le guance mentre continuava a baciarla. Poteva sentirla sorridere contro le sue labbra, la sentiva tremare mentre gli stringeva le braccia. C'erano i segni della resa nel suo sapore e nei suoi lievi sospiri quando sollevò la bocca e la baciò lungo la gola.

«Sdraiati» ordinò mentre con le spalle si faceva strada tra le sue gambe e poi iniziava a tirarle su la gonna.

Per un breve momento sembrò che potesse opporsi, ma poi sospirò, chiuse gli occhi e reclinò la testa all'indietro. Gli stava affidando il suo corpo e il suo piacere. Lui voleva ricompensare quella fiducia. Voleva concederle il suo piacere e prendersi il proprio guardandola.

La gonna si fermò alle ginocchia e lui si chinò per baciarle una alla volta. Isabel sussultò e aprì gli occhi. Lo osservò baciarla più in alto, con la lingua che tracciava la linea interna della coscia mentre le apriva ancora di più le gambe.

Quando le spinse la gonna sul ventre, lui sorrise e alzò lo sguardo. «Niente mutandoni?»

Si morse il labbro e scrollò le spalle. «Hai detto che volevi un piccolo cigno qua e là.»

«Qua» fece Matthew, premendole la mano tra le gambe e sorridendo quando la vide ansimare di piacere. Era già bagnata, e lui le aprì le pliche e spalmò l'umida evidenza del suo desiderio lungo la fessura bollente del suo sesso. «E là.»

Isabel mormorò una specie di risposta incoerente, che lui ignorò mentre si sistemava e poi lasciava cadere la bocca su di lei. Lei si aprì ancora di più con un grido, le sue mani arrivarono ad afferrargli i capelli mentre le tracciava il sesso, gustandosi il suo sapore dolce e pulito e il modo in cui lei si sollevò per andare incontro a ogni leccata mentre lui assaporava ogni centimetro del suo corpo.

«Ti prego» mormorò Isabel dimenandosi sul divano mentre sollevava i fianchi per andare incontro alle passate della sua lingua. «Ti prego, ti prego.»

Continuò a giocare con lei, alimentando il fuoco sempre acceso del suo desiderio. Era combattuto. Se si concentrava sul bocciolo del clitoride, avrebbe potuto farla sgroppare contro la sua lingua urlando il suo nome nel giro di pochi istanti.

O avrebbe potuto tirarla per le lunghe. Sfinirla. Creare ancora più aspettativa prima di farla finalmente esplodere sotto di lui.

La seconda ipotesi sembrava l'opzione migliore. Fece scivolare la lingua lungo la sua fessura, evitando apposta il punto dove aveva più bisogno di lui. Lei si dondolò impotente e lo guardò male. Lui sorrise contro la sua pelle e rispose infilandole dentro due dita.

Lei gliele strinse immediatamente, il suo calore lo risucchiò fin dove poteva arrivare. Arricciò le dita, osservandola gemere e contorcersi per il piacere. Continuò così, stuzzicandola e leccandola, succhiandola e provocandola, finché non ebbe il fiato corto e cominciò a battere i pugni contro i cuscini del divano in una silenziosa supplica di arrivare in fondo.

Dal suo bel viso era sparito ogni rimpianto o dolore. Problemi e ansia erano dimenticati. Per entrambi. Darle questo momento di piacere era certamente una grande soddisfazione per lui. Un godimento che apprezzava quasi quanto i momenti in cui il suo corpo tremante lo spremeva fino al compimento.

Le mordicchiò delicatamente il clitoride e lei si dimenò e spalancò gli occhi. Stava annuendo, probabilmente senza nemmeno rendersene conto. Lo stava incoraggiando a darle ciò di cui aveva bisogno. Per liberarla finalmente dal piacere del tormento.

E così fece. Le succhiò il clitoride, facendo ruotare la lingua intorno al lucido bocciolo. Lei gli si strusciò contro, inarcando la schiena fin quasi fuori dal divano, finché finalmente cominciò a scuotere i fianchi fuori controllo. Si dimenò, le onde increspate del suo orgasmo gli risucchiarono le dita ancora più in profondità mentre lui cercava di prolungarle il piacere finché lei non si lasciò cadere, debole ed esausta, sui cuscini del divano. Finalmente soddisfatta.

La attirò a sé per baciarla, facendole gustare il sapore del suo piacere. Lei gli avvolse le braccia intorno al collo, sondandogli le labbra con la lingua con una pigra sensualità che veniva puramente dai suoi ottimi istinti.

Isabel aprì gli occhi e sostenne il suo sguardo. Erano intimi ora. Troppo intimi, avrebbe detto una volta. Quel giorno sembrava il giusto grado di intimità.

«Portami di sopra» sussurrò Isabel. «E rifacciamolo.»

Lui sorrise prima di premere la bocca contro la sua, prenderla tra le braccia e accontentarla.

CAPITOLO VENTUNO

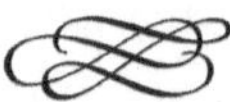

Matthew aveva un crampo al collo. Sorrise mentre si massaggiava il muscolo tirato e ricordava esattamente come gli era venuto: ore con sua moglie, aggrovigliati insieme nel suo letto mentre lei si inarcava sotto di lui in un selvaggio abbandono. L'aveva lasciata lì a dormire profondamente, il suo corpo nudo steso sulle lenzuola e pronto per lui quando avesse finito alcune cose sulla sua lista di cose da fare.

Qualcosa che si precipitava a fare adesso. Poi avrebbe dovuto decidere come svegliarla. Con la lingua? Le mani? Altro? Quante possibilità.

In lontananza, sentì un debole suono. Un tonfo. Si accigliò e guardò l'orologio sopra il camino. Erano quasi le tre. Tardi per un domestico per essere già sveglio e in giro, anche se non avrebbe escluso che Portman si stesse già occupando della routine quotidiana. Quell'uomo non si fermava mai.

Poi però non sentì più niente. Si rimise a lavorare a testa bassa. L'indomani avrebbe chiesto informazioni al maggiordomo. Forse Isabel avrebbe potuto partecipare alla discussione. Probabilmente sarebbe stata in grado di convincerlo ad accettare una nuova tabella di marcia.

Nessuno poteva dirle di no.

Intinse la penna d'oca nel calamaio e scribacchiò alcune parole sulla pergamena davanti a sé. Era quasi totalmente assorbito in quello che stava facendo quando la porta del suo studio si chiuse di scatto. Alzò gli occhi e si ritrovò a guardare la canna di una pistola. Una pistola impugnata da Fenton Winter.

Si ritrasse di colpo sbattendo la schiena contro la sedia per allontanarsi dall'arma il più possibile, mentre si costringeva a guardare il suo aggressore. I capelli di Winter erano scarmigliati, gli occhi vitrei, gli tremavano le mani mentre gli puntava la pistola alla testa. Sembrava malato e fuori di sé, e niente di tutto ciò rendeva la situazione meno pericolosa.

«W... Winter» balbettò Matthew sotto shock. «Cosa state facendo? Come siete entrato?»

«Vi osservo da tempo» rispose Winter con la voce che gli tremava come le mani. «So che c'è una porta laterale che il maggiordomo a volte lascia accidentalmente aperta dopo le consegne. L'ho anche usata una o due volte in passato. Sono entrato e sono rimasto nella dispensa, poi sono uscito di nuovo. Solo per sapere che avrei potuto farlo quando ne avessi avuto necessità.» Fece un cenno con l'arma tenendogliela puntata in faccia. «Alzatevi.»

Matthew sollevò lentamente le mani e spinse la sedia indietro. Quando girò intorno alla scrivania e si trovò faccia a faccia con Winter, scosse la testa. Aveva passato così tanto tempo a cercare di convincere Isabel che non c'era nulla da temere da suo zio, che le sue azioni passate avrebbero dettato tutte quelle future. Sembrava essersi sbagliato di grosso.

«Avrei dovuto ascoltarla» disse piano.

A Winter brillarono gli occhi. «Angelica?»

«No, vostra nipote» sussurrò Matthew. «Isabel.»

Winter abbassò leggermente lo sguardo, pieno di senso di colpa. «Un giorno capirà. Spero che capirà.»

«No.»

Entrambi si voltarono verso la porta e a Matthew si gelò il

sangue. Era Isabel, avvolta nella sua vestaglia, con i capelli sciolti intorno alle spalle. Bella e sua, ma forse ancora solo per poco. Stava fissando suo zio, con occhi imploranti. Terrorizzati.

«Va' di sopra, Isabel» disse Matthew. «Per favore.»

Lei scosse la testa. «Non ci andrò» disse con ferma determinazione.

«Fa' come dice» ringhiò Winter.

Lei trasalì a quel tono arrabbiato, ma non obbedì a nessuno dei due. Invece, entrò nella stanza e andò verso di loro. Matthew seguì ogni suo movimento, facendosi sempre più teso ad ogni passo finché non si mise davanti a lui, con la pistola di suo zio ora premuta contro il proprio petto invece che contro quello di Matthew.

«Cosa stai facendo?» sibilò Winter. «Togliti di mezzo.»

«Isabel.» Matthew le afferrò il braccio e cercò di spingerla via, ma lei si oppose.

«Smettetela, tutti e due!»

Alzò il mento e guardò Winter dritto in faccia. Gli tremò ancora di più la mano e Matthew si irrigidì. Se fosse partito un colpo, Isabel *sarebbe* morta. Non c'erano dubbi. Ma lei non si fermò. Non si allontanò. E sembrava che non le importasse perché era determinata a proteggerlo.

E si rese conto, in quel terribile momento, che l'amava oltre ogni misura. E che avrebbe potuto perderla.

~

«Cosa state facendo, zio?» chiese Isabel, orgogliosa del fatto che la sua voce sembrasse straordinariamente calma, considerando quello che stava succedendo.

«Tu non hai voluto aiutarmi» disse Fenton, con voce lamentosa come se potesse far valere le sue ragioni con la nipote. «Non posso più aspettare, non posso più stare a guardare, mentre lui va avanti e la mia Angelica è in una tomba fredda e buia tutta... tutta sola.»

Quando gli si mozzò il respiro, lei sentì Matthew agitarsi dietro di lei. Il dolore che entrambi provavano in quel momento era tangibile. Immagini speculari, anche se li aveva divisi. Si chiese brevemente se avrebbero potuto aiutarsi a vicenda, una volta. Se suo zio non fosse ricorso alla rabbia, sarebbero stati in grado di stringersi l'un l'altro nel loro dolore fino a superarlo?

Purtroppo non l'avrebbero mai saputo. Perché erano qui. E suo zio era determinato a distruggere Matthew.

«Dovrete spararmi per arrivare a lui» disse, le parole come carta vetrata in gola. Le pensava davvero, nonostante il terrore che le suscitavano dentro, in qualche luogo primordiale che le urlava di vivere a qualunque costo.

La parte che amava Matthew era più forte.

«Isabel!» sibilò Matthew da dietro, la sua voce acuta e disperata.

Lei lo ignorò e rimase concentrata sullo zio Fenton. «È questo che sei disposto a fare?»

Lui la fissò. I suoi occhi erano vitrei, ma da qualche parte dentro di lui lei vedeva ancora un barlume del suo vero io. L'uomo che era stato prima che sua figlia gli fosse strappata. L'uomo che non le avrebbe mai fatto del male.

Doveva credere *che quell*'uomo avrebbe vinto su quello sopraffatto da odio irrazionale.

«Ti prego, non costringermi» le disse il vecchio, con le mani che tremavano ancora di più. Trattenne il respiro, perché sapeva che quella pistola poteva sparare in qualsiasi momento.

«Nessuno vi costringe a diventare un assassino» ribatté. «L'avrete fatto voi stesso. Sarete un assassino. E lui no.»

«Sì invece.»

Isabel scosse la testa. «No. Volevo bene ad Angelica, ma ne ho una visione più realistica, forse più di entrambi voi. Era meravigliosa, ma poteva essere petulante e viziata e irrazionale. Vi ricordate quando vinsi quella caccia al tesoro quando avevamo dodici anni?»

Suo zio sbatté le palpebre, come se non avesse pensato ad Angelica se non come a un cadavere per così tanto tempo che un ricordo di lei da bambina gli sembrava alieno. «Si arrabbiò. Gettò il tuo premio nel fiume.»

Lei annuì. «Voleva sempre fare a modo suo, non importa quanto fosse ridicolo.»

«Era una bambina allora» scattò Fenton concentrando su di lei il suo sguardo infuriato. «Cambiò da grande.»

«Davvero?» gli chiese Isabel cercando di mantenere la calma. Felice che Matthew le stesse dietro, rigido dalla rabbia e dal terrore, ma che le desse la possibilità di finire questa notte senza spargimenti di sangue. Come se... si fidasse di lei. «È davvero così difficile credere che possa avere avuto un attacco di collera per non aver ottenuto ciò che voleva? Che abbia voluto prendere quello che voleva a prescindere e che l'abbia fatto senza pensare alle conseguenze?»

Suo zio vacillò un po' e Isabel ansimò vedendo la sua titubanza. Le sue parole stavano prendendo piede.

«Non lo so» sussurrò Winter.

«Volete incolpare qualcun altro perché il dolore è profondo e potente. Così inflessibile che tutto ciò che avete per tenerlo a bada è la rabbia. Ma se uccidete Matthew, non cambierà un bel niente di quello che avete perso. Vi trasformerà solo in un mostro da cui vostra figlia si sarebbe allontanata inorridita. È questo che volete? Quello che volete veramente? Uccidere l'uomo che Angelica amava? L'uomo che... amo.»

Sentì Matthew irrigidirsi alle sue spalle, ma lo ignorò. Se doveva morire per proteggerlo, aveva bisogno che lui sapesse cosa provava. Se fosse sopravvissuta, avrebbero potuto affrontare le conseguenze più tardi.

«Isabel» sussurrò suo zio con tono pesante e mesto.

«Avete veramente intenzione di distruggere l'ultima cosa buona della vita di vostra figlia solo per sentirvi momentaneamente meglio?»

Winter la fissò. I suoi occhi ora esprimevano una disperata

richiesta di aiuto. Lei se ne rese conto e disse: «Vi prego, zio Fenton, mettete giù la pistola. Non fatemi del male. Non fategli del male. È tutto ciò che vi chiedo.»

La mano gli tremò più forte che mai, e poi abbassò la pistola e cadde in ginocchio. Dei forti singhiozzi lo scossero e lei si lasciò cadere accanto a lui, abbracciandolo mentre spingeva la pistola fuori dalla sua portata e lo lasciava piangere. Guardò Matthew, la cui espressione era intenerita dalla pietà e cupa per la paura e il sollievo. Le toccò la spalla, poi andò alla porta a suonare il campanello per far venire Portman.

Matthew guardava dalla finestra la fioca luce dell'alba che scintillava attraverso i vetri filtrando nel suo studio. Non era mai stato così felice di vedere un altro mattino, di affrontare un altro giorno e sapere che Isabel era ancora viva.

Come se l'avesse evocata, sua moglie entrò nella stanza e si fermò. Lui la fissò, vide le ombre sotto i suoi occhi scuri, le tracce delle lacrime che ancora le rigavano il viso, il labbro inferiore che tremava. Poi Isabel emise un suono sommesso e gli andò incontro. Cadde tra le sue braccia, tremando da capo a piedi mentre la stringeva. E anche lui rabbrividì quando la gravità di ciò che avevano appena passato gli apparve in pieno.

Aveva già perso una donna che amava. Perderne un'altra lo avrebbe ucciso. Lo sapeva. Lo sentiva fin nel midollo, e la strinse forte a sé per puro istinto protettivo.

Rimasero lì per qualche istante e poi lui si allontanò. «Sei esausta. Vieni a sederti vicino al fuoco.»

Lei lo seguì in silenzio e si sistemò sul divano, appoggiandogli la testa sulla spalla mentre lui le accarezzava il fianco. Isabel emise un lungo sospiro e rabbrividì. «Sei stato gentile a non denunciare mio zio alle autorità» disse. «Più gentile di quanto forse meritasse.»

Matthew strinse forte le labbra. «L'ho fatto per te. E per lei.»

«Angelica» sussurrò Isabel.

Lui annuì e le diede un bacio sulla tempia. «Dove lo porteranno?»

Lei si tirò su a sedere e si voltò verso di lui. «Sono lontani cugini, ma erano contenti di aiutarlo. Andrà in campagna per un po'. Gli farà bene stare lontano dai suoi altarini. Forse riuscirà finalmente a superare il suo dolore e a tornare l'uomo che conoscevo un tempo.»

«Chiederò di essere informato regolarmente» disse Matthew stringendo la mascella. «Per essere certo che non ti minacci mai più.»

Lei gli toccò il viso. «Stava minacciando te, Matthew. Non me.»

«Difficile ricordarlo quando la canna della pistola era premuta contro il tuo petto» disse con tono più acuto di quanto volesse. Era difficile dosarlo quando il terrore divampava di nuovo. «Avrei dovuto ascoltarti quando mi hai avvertito delle sue intenzioni. Quando penso a quello che sarebbe potuto succedere. A come avrei potuto perderti...»

Si interruppe, perché non era ancora pronto ad esprimere quelle parole ad alta voce. Avevano troppo potere.

«Deve averti riportato alla mente ricordi terribili» gli disse dolcemente. «Di averla persa.»

Matthew scosse la testa. «Non erano i ricordi a turbarmi, Isabel. Era pensare al mio futuro senza di te che mi faceva impazzire. Non aveva niente a che fare con Angelica.»

Lei schiuse le labbra e lo fissò incredula. Detestava vedere quella diffidenza sul suo viso, ma perché non avrebbe dovuto esserci? L'aveva tenuta a distanza quando erano stati forzati a mettersi insieme. Non si era fidato di lei né aveva permesso al crescente legame che sentiva verso di lei di fiorire.

Non aveva lasciato prosperare l'amore che aveva capito quasi troppo tardi di provare.

Le prese la mano, accarezzandole il dorso col pollice mentre cercava di trovare le parole per spiegarsi. Doveva dirgliele prima di passare il resto della sua vita a confermargliele con i fatti. «Mi hai detto una cosa la nostra notte di nozze. Una cosa che mi ha frullato in testa da allora.»

Lei inclinò la testa. «Cos'ho detto?»

«Mi hai chiesto quante chance avevamo di incontrarci al Donville Masquerade.»

Isabel scrollò le spalle. «Era solo un commento estemporaneo.»

«Quante chance *avevamo*, Isabel?»

Lei sussultò alla sua insistenza e scosse la testa. «Una su cento, forse?»

«Forse una su mille» suggerì lui. «Dovevamo fare dozzine di passi per ritrovarci entrambi in quel posto quella notte. Un percorso quasi impossibile»

«Non capisco. Vorrà dire che è stato un caso, e allora?»

«Non è stato un caso» sussurrò lui.

Isabel si ritrasse, e la sua totale confusione era adorabile e straziante allo stesso tempo. «Cos'altro sarebbe stato, Matthew? Hai detto che credevi che non avessi pianificato il nostro incontro, so che non lo hai pianificato tu. Quindi come potrebbe essere stato altro che un caso?»

«Angelica» disse.

Lei si tese e cercò di sfilare la mano, ma lui la tenne stretta. Non poteva scappare ora, non poteva permetterglielo. Non finché non avesse capito che non la stava paragonando alla donna che aveva perso.

«Angelica mi amava» disse. «E voleva bene anche a te. È così difficile credere che possa averci osservato dall'aldilà e che abbia voluto che ci trovassimo?»

Ricominciò a tremarle il labbro inferiore. «Perché? A che scopo?»

«Perché sapeva che potevamo innamorarci.»

Le si spalancarono gli occhi. Ecco, cominciava a capire meglio cosa stava suggerendo. Cosa voleva da lei. Ma non aveva ancora abbastanza fiducia in lui. Il dubbio regnava ancora.

«Non farlo» sussurrò.

Le toccò il mento. «Guardami.»

Si girò, le labbra premute, le mani strette contro le sue.

«Ti amo, Isabel.»

~

Le parole di Matthew furono come il colpo di pistola che non l'aveva colpita, la spinsero via con la loro potenza. Ma lui non la lasciò scappare. La strinse dolcemente, guardandola, aspettando che si calmasse.

Aspettando che lei credesse a ciò che era del tutto impossibile. Un sogno che aveva accettato non sarebbe mai diventato realtà.

Ma adesso glielo offriva. Perché? Non lo sapeva, ma temeva che non fosse perché quei sentimenti erano veri.

«Sei sovraeccitato» disse con un nodo in gola. «Sei grato di non essere morto e ti senti in debito perché mi sono messa tra te e mio zio.»

Lui sorrise. «Non sono sovraeccitato.»

«Sì invece...»

«Molto bene, se ci credi allora mi limiterò a portarti al piano di sopra e farò l'amore con te sovraeccitato come sono, e domani ricomincerò questa conversazione. Se non funziona allora, proverò la mattina dopo e quella dopo ancora e quella dopo ancora.» Le accarezzò le guance. «Finché non mi crederai.»

Le scoppiò il cuore di gioia quando lui sfiorò il naso contro il suo, un gesto dolce. Intimo. Gentile e affettuoso. Quasi abbastanza da poter avere fiducia in quello che diceva.

«Non capisco» disse alla fine. «Come puoi amarmi?»

Matthew si tirò leggermente indietro. «La domanda migliore è: come potrei non amarti? Tu sei... tutto, Isabel. Sei intelligente e gentile, forte oltre ogni misura, anche fino all'eccesso, come hai dimostrato oggi. Sei bella e seducente. Hai risvegliato tutte le parti migliori di me, anche quelle che pensavo non esistessero più. Mi fai venire voglia di *vivere*. Di svegliarmi ogni giorno e vederti di fronte a me a tavola a colazione, di ballare con te ai ricevimenti, di portarti a casa... o anche al Donville Masquerade qualche volta, se vuoi essere trasgressiva, e fare l'amore con te.»

Arrossì violentemente anche se le sue parole le bruciavano l'anima. Poteva crederci? Poteva credergli?

Matthew scosse la testa. «Mi rendo conto di non averti dato alcun motivo per ricambiare i miei sentimenti. Riconosco che quello che hai detto prima era uno stratagemma per fermare tuo zio.»

Lei non riuscì a trattenere una risata alla sola idea. «Uno stratagemma? No, niente affatto. Dal primo momento in cui uno sconosciuto si è messo tra me e un uomo votato al male e alla distruzione, me ne sono innamorata. Mi sono innamorata di te.» Lo fissò. Quello che le stava suggerendo era un rischio enorme, il più grande salto che avrebbe mai fatto. Ma con una ricompensa altrettanto enorme. «Ti amo» gli disse.

«Davvero?» ripeté lui, e sembrava confuso quanto si era sentita lei stessa solo pochi istanti prima.

«Sì!» sbottò, e cominciò a ridere. Perché c'era tanta gioia e felicità, tanta luce nel futuro che avrebbero condiviso. «Devo dimostrartelo?»

Gli brillarono gli occhi e la trascinò più vicino. Se la mise in grembo e la prese tra le braccia e nella sua vita. Le sorrise. «Credo di sì.»

Gli avvolse le braccia intorno al collo e premette la fronte contro la sua mentre tutta la gioia del mondo la invadeva. «Con piacere» mormorò prima di catturargli le labbra.

<h1 style="text-align:center">EPILOGO</h1>

Tre mesi dopo

Isabel se ne stava seduta a un tavolino nel salotto di Ewan e Charlotte. Avrebbe dovuto giocare a whist con le altre duchesse, donne che aveva imparato a considerare amiche, sorelle. Invece, stava fissando suo marito dall'altra parte della stanza.

Matthew teneva in braccio il bambino di Ewan e Charlotte, Jonathon. Sembrava terrorizzato, come se da un momento all'altro il bambino potesse prendere fuoco o sfuggirgli dalle braccia. Le venne da ridere davanti a quella sua espressione e all'amore che c'era dietro.

Sorrise alle sue amiche e posò l'ultima carta, poi si alzò e andò da suo marito. Lui sembrò sollevato quando consegnò il bambino a Baldwin e le prese il braccio.

«Hai bisogno di un po' d'aria?» gli chiese guidandolo verso la terrazza e lontano da tutte le orecchie del salotto.

Matthew annuì e fece un lungo sospiro. «Non ho idea di come comportarmi con un bambino, lo giuro. Dovrei essere a mio agio? Non mi sento a mio agio.»

Isabel non poté fare a meno di ridere di come il nervosismo lo faceva vaneggiare. Poi gli toccò il viso. L'ultimo mese era stato incredibile. Non c'era dubbio del suo amore per lei, o della sua passione. Non c'era modo di nascondere il suo. E con questa consapevolezza, il loro futuro sembrava molto luminoso.

«Avrai diversi mesi per fare pratica con tutti i figli dei nostri amici, suppongo» disse lei, inarcando le sopracciglia. «E in ogni caso credo che la maggior parte dei papà sia più a suo agio con i propri bambini.»

Lui sbatté le palpebre, fissandola con uno sguardo vuoto mentre cercava di digerire cosa intendesse dirgli. Poi restò a bocca aperta. «Mi stai dicendo che sei incinta?»

Lei annuì, e prima di potergli chiedere se era felice, lui la prese tra le braccia e le fece fare una giravolta sulla terrazza con un gridolino di piacere. Isabel scoppiò a ridere e chinò la testa per baciarlo. Quello che era iniziato con un segreto, una maschera, una bugia... ora era più di quanto lei avrebbe mai osato sperare.

E non vedeva l'ora che iniziasse il prossimo capitolo della loro vita insieme.

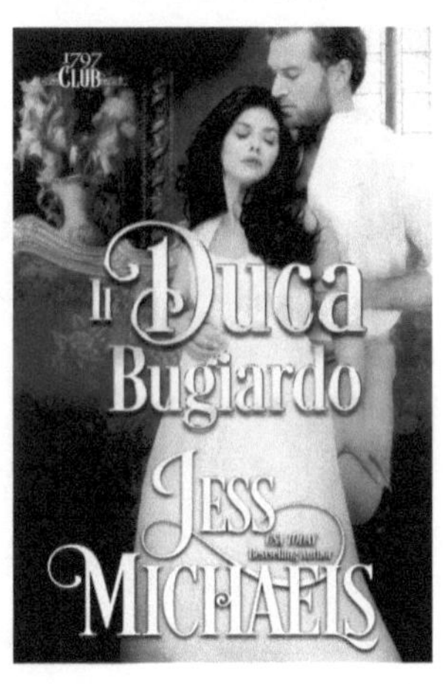

Hugh scese da cavallo, facendo un cenno al domestico che si precipitò a prendere l'animale. Fece un lungo sospiro e guardò la bella proprietà davanti a lui. La sua tenuta di Londra, anche se non l'aveva mai sentita completamente sua. Nessuna delle tenute gli sembrava sua, non importava da quanto tempo fosse duca. Gli sembrava ancora di vivere una vita rubata. Di essere un impostore sul punto di essere scoperto da un momento all'altro, quando suo padre fosse tornato dalla morte.

Quanto sarebbe stato deluso da suo figlio. Hugh lo sapeva più di qualsiasi altra cosa al mondo.

Il portone d'ingresso si aprì e ne uscì il suo maggiordomo di lunga data, Murphy. Hugh si sforzò di scacciare la malinconia che caratterizzava ogni sua mossa da oltre un anno e salì i gradini due alla volta per raggiungere il suo servitore.

«Benvenuto a casa, Vostra Grazia» intonò Murphy mentre gli prendeva il cappello e i guanti. «Spero che il vostro viaggio a Brighthollow sia stato eccellente.»

Hugh si trattenne a malapena dal fare una smorfia a quelle parole benevoli. Era andato alla sua tenuta di campagna a Brighthollow negli ultimi quindici giorni, a occuparsi di alcuni affari e a vedere come stava Lizzie. L'aveva supplicata di venire a Londra con lui. Lei aveva rifiutato.

Dopo il calvario della primavera precedente, non era più stata la stessa. Sembrava che si stesse ripiegando su se stessa e apparentemente lui non poteva farci proprio niente.

«Un viaggio tranquillo» disse a denti stretti, dato che Murphy stava aspettando la minima cortesia di una risposta. «C'è qualcosa da segnalare qui?»

Cominciò ad avviarsi verso il suo studio e il maggiordomo lo seguì a ruota. «Avete diversi inviti da parte dei membri del vostro club, Vostra Grazia.»

Hugh annuì. C'era da aspettarselo. Fin da ragazzo era stato molto legato a un piccolo gruppo di uomini tutti destinati a diventare duchi. Il Club del 1797, si chiamavano tra loro. Li adorava tutti, ma vedeva la loro preoccupazione quando li andava a trovare. Sapevano che qualcosa non andava, ma lui non aveva ancora il coraggio di dire la verità a nessuno di loro.

Come poteva? Come poteva rivelare la profonda vergogna di sua sorella, come poteva dire a questi uomini d'onore che non aveva fatto nulla all'uomo che le aveva fatto del male? Avrebbero detto che capivano, naturalmente. Avrebbero compreso, in qualche modo.

Eppure lui avrebbe sentito il suo fallimento ancora più acutamente se avesse osato dirlo ad alta voce.

Così se lo teneva per sé e ignorava le loro domande quando gli chiedevano perché era così musone, perché si era lasciato crescere i capelli e si radeva solo quando la società lo richiedeva. Perché si nascondeva come una bestia ferita nel suo castello a Brighthollow o nelle sue stanze qui a Londra.

«Ci darò un'occhiata. Suppongo che li abbiate lasciati sulla mia scrivania» chiese mentre entravano insieme nello studio.

«Certo.» Murphy indicò il vassoietto d'argento nell'angolo della sua scrivania, quello che ora traboccava di corrispondenza scritta in diverse grafie che conosceva molto bene.

Ignorò i biglietti e si avvicinò alla sedia. Mentre si accomodava, lanciò un'occhiata a Murphy. «Se non c'è altro...»

Murphy si schiarì la gola. «Solo due questioni urgenti, Vostra Grazia.»

Hugh inarcò un sopracciglio. «Sarebbero?»

«Mi avete detto di considerare urgente qualsiasi messaggio del signor Kendall. Uno è arrivato ieri, indirizzato a voi.»

Hugh si spinse indietro, la sedia stridette sul pavimento di legno al punto che il maggiordomo fece una smorfia di disappunto. «Kendall?» ripeté. «Dov'è?»

Afferrò il vassoio e cominciò a scorrere le lettere, mettendo da parte quelle dei suoi amici mentre cercava quella che gli interessava.

«Ecco, Vostra Grazia» disse Murphy con tono improvvisamente sommesso, preoccupato, mentre infilava la mano nella tasca interna della divisa e tirava fuori un pezzo di pergamena piegato, sigillato con ceralacca rossa. «L'ho tenuto da parte in vostra attesa.»

Hugh lo prese e lo girò. Il suo nome era scritto male. Ma non aveva assunto quell'uomo per la sua abilità nello scrivere lettere. «È tutto» disse con voce incrinata mentre la rigirava e afferrava il tagliacarte per rompere il sigillo.

«Vostra Grazia, c'è un'altra cosa...»

«No!» Hugh gli fece cenno di andarsene con impazienza. «Può aspettare. Grazie, Murphy.»

Il maggiordomo annuì e si accomodò fuori, chiudendo saldamente la porta alle sue spalle. Quando se ne fu andato, Hugh si precipitò verso il camino e si sedette sulla poltrona. Era un messaggio breve, grazie a Dio, perché Kendall faceva davvero fatica a scrivere. La sua grafia era a malapena leggibile e la sua ortografia scadente costringeva Hugh a rileggere ogni frase per coglierne il significato.

Ma eccolo lì, alla fine, nero su bianco. L'incubo che Hugh stava aspettando da quando aveva assunto Kendall più di un anno prima.

Jess Michaels è un'autrice bestseller di USA Today a cui piacciono robe da secchioni come Guerre Stellari, giocare ai videogiochi (ha una MEGA cotta per Cullen di *Dragon Age*), guardare la serie tv *Bob's Burgers* e collezionare Funko POP! Beve anche MOLTA Diet Coke. Probabilmente una quantità esagerata e poco salutare, ma è il suo unico vizio. Mangia (quasi) tutti i piatti a base di cocco, qualsiasi piatto al formaggio e nessun piatto piccante (sì, in questo è uno stereotipo ambulante). Le piacciono i gatti, il suo cane Elton e le persone che hanno a cuore il benessere dei loro simili.

Sebbene abbia iniziato come autrice tradizionale pubblicata da Avon/HarperCollins, Pocket, Hachette e Samhain Publishing, e anche da Mondadori in Italia, nel 2015 è passata al self publishing e non si è mai guardata indietro! Ha la fortuna di essere sposata con la persona che ammira di più al mondo e di vivere nel cuore di Dallas.

Quando non controlla ossessivamente quanti passi ha fatto su Fitbit, o quando non prova tutti i nuovi gusti di yogurt greco, scrive romanzi d'amore storici con eroi super sexy ed eroine irriverenti che fanno di tutto per ottenere quello che vogliono senza stare ad aspettare.

Jess è sempre molto felice di avere notizie dai suoi fan. Potete contattarla sul suo sito, tramite mail, e sui suoi social (o con piccione viaggiatore):

www.AuthorJessMichaels.com

OGNI mese Jess Michaels mette in palio un buono acquisto

Amazon GRATUITO riservato agli iscritti della newsletter. Registratevi al sito: http://www.authorjessmichaels.com/

Se vi è piaciuta questa storia, lasciate una recensione per favore. Aiuterete altri lettori a conoscerla.

facebook.com/jessmichaelsbks
twitter.com/jessmichaelsbks
instagram.com/jessmichaelsbks
bookbub.com/authors/jess-michaels

9 781947 770683